WRAAKZUC

Van David Morrell zijn verschenen:

De achtervolging
Broederschap van de roos*
Het vijfde beroep*
Verbond van de vlam*
Genootschap van de steen*
Verbond van nacht en nevel
De Maya connectie
Rambo III
Vuurvliegjes
De Millgate opdracht*
Het Santa Fe mysterie*
Dubbele obsessie
Gebrande siena
Wraakzucht

*In POEMA-POCKET verschenen

David Morrell

Wraakzucht

Uitgeverij Luitingh ~ Sijthoff

Voor meer informatie: kijk op **www.boekenwereld.com**

Published in agreement with the author, c/o Baror International, Inc., Armonk, New York, U.S.A.

Oorspronkelijke titel: *Long Lost*
Vertaling: Marjolein van Velzen
Omslagontwerp: Rob van Middendorp
Omslagillustratie: Image Bank

CIP/ISBN 90 245 4211 1
NUR 332

Voor Jeffrey Weiner:
Rekenmeester.
Een hele tijd geleden heb je een belofte gedaan,
en die heb je gehouden.
Dank dat je afleidingen buiten de deur hebt
gehouden en me meer tijd hebt geschonken om
te schrijven.

Aan het legioen der verlorenen,
het leger der verdoemden.
RUDYARD KIPLING

Deel Een

I

Toen ik nog maar klein was, verdween mijn broertje. Compleet en helemaal spoorloos. Hij heette Petey, en hij fietste naar huis na een baseballwedstrijd na school. Niet dat hij zelf meegedaan had. Dat was iets voor grotere jongens zoals ik, dat wil zeggen: ik was al dertien en Petey was nog maar negen. Hij keek huizenhoog tegen me op; hij wilde altijd mee, overal heen.

Maar de andere jongens zeiden dat ze last van hem hadden, dus zei ik tegen Petey: 'Rot op, joh, ga naar huis.' Ik herinner me zijn gekwetste blik vlak voordat hij op zijn fietsje stapte en wegpeddelde, een mager ventje met stekeltjeshaar, een brilletje, een beugel en sproeten, met een veel te groot T-shirt, een loszittende broek en sportschoenen – dat was het laatste dat ik ooit van hem gezien heb. Dat was een kwart eeuw geleden. Gisteren.

Tegen de tijd dat we aan tafel moesten was Petey nog niet boven water. Mijn moeder belde zijn vriendjes in de buurt, maar die hadden hem niet gezien. Twintig minuten later belde mijn vader de politie. Zijn ergste angst (althans, tot dat moment) was dat Petey onder een auto was gekomen, maar volgens de politiecentrale waren er geen aanrijdingen gemeld waarbij een kind op een fietsje was betrokken. De telefonist beloofde terug te bellen zodra hij iets hoorde en tegelijkertijd naar hem te laten uitkijken door patrouillewagens.

Mijn vader werd gek van het wachten. Ik moest hem de meest waarschijnlijke route tonen die Petey genomen kon hebben tussen het sportveld en huis. We reden hierheen en daarheen. Intussen was de schemering ingevallen, en bijna waren we de fiets voorbijgereden. Maar plotseling zag ik een van de rode reflectoren glinsteren in de laatste stralen van de ondergaande zon. De fiets was op een open plek tussen de bosjes geschoven. Peteys baseballhandschoen lag eronder. We

doorzochten de hele omgeving. We riepen Peteys naam. Toen mijn vader plankgas terug naar huis reed, was de huid over zijn gezicht zo strak gespannen dat zijn jukbeenderen uitstaken. Onophoudelijk mompelde hij 'o jezus' in zichzelf.
Ik kon alleen maar hopen dat Petey was weggebleven omdat hij boos op me was, omdat ik hem van het baseballveld naar huis had gestuurd. Ik fantaseerde dat hij vlak voor bedtijd op de stoep zou staan met de woorden: 'Nou heb je zeker wel spijt? En ben je niet blij dat ik terug ben?' En ik had ook echt spijt, want ik kon mezelf niet wijsmaken dat Petey zelf zijn fiets tussen die struiken had geschoven – hij was gek op die fiets. En waarom had hij zijn baseballhandschoen laten liggen? Er was iets ergs met hem gebeurd, maar dat erge zou nooit gebeurd zijn als ik niet had gezegd dat hij moest oprotten.
Mijn moeder werd hysterisch. Mijn vader belde opnieuw de politie. Al gauw kwam er een rechercheur en de volgende dag werd er een zoekactie georganiseerd. De krant (dit gebeurde allemaal in het plaatsje Woodford, net buiten Columbus in Ohio) stond vol met het verhaal. Mijn ouders waren op de radio en op tv en smeekten Peteys kidnappers om hem vrij te laten. Het haalde allemaal niets uit.
De ellende en het verdriet van Peteys verdwijning zijn met geen pen te beschrijven. Mijn moeder had pillen nodig voor haar zenuwen. Vaak hoorde ik haar midden in de nacht huilen. Ik voelde me tot op het merg schuldig dat ik Petey had weggestuurd van de baseballwedstrijd. Telkens wanneer ik de voordeur open hoorde gaan, bad ik dat hij het was, dat hij eindelijk thuiskwam. Mijn vader begon te drinken en raakte zijn baan kwijt. Hij en mam maakten ruzie. Een maand nadat hij het huis uitgegaan was, kwam hij om het leven toen zijn auto van de snelweg raakte, een paar keer over de kop sloeg en ondersteboven ergens tegenaan ramde. Er was geen levensverzekering. Mijn moeder moest het huis verkopen. We verhuisden naar een klein flatje en trokken

vervolgens in bij mijn moeders ouders in Columbus. Urenlang piekerde ik me suf hoe Petey ons nou moest vinden als hij thuiskwam.

Hij spookte door mijn hoofd. Ik werd ouder, maakte mijn studie af, trouwde, kreeg een zoon en had een geslaagde carrière. Maar in mijn hoofd werd Petey geen dag ouder. Nog steeds was hij dat magere negenjarige jochie dat me een gekwetste blik toewierp voordat hij wegfietste. Ik bleef hem missen. Als een boer een skelet had opgeploegd van een jongetje en het stoffelijk overschot op de een of andere manier was geïdentificeerd als dat van Petey, zou ik diep getreurd hebben om mijn kleine broertje, maar dan was het tenminste voorbij geweest. Ik moest weten wat er gebeurd was, ik kon niet zonder die wetenschap.

Ik ben architect. Een tijdlang werkte ik bij een groot bedrijf in Philadelphia, maar mijn beste ontwerpen waren te onorthodox voor dit kantoor, dus na enige tijd begon ik voor mezelf. Verder besloot ik dat een verandering van omgeving een goed idee kon zijn – niet gewoon verhuizen naar een andere stad aan de oostkust, maar helemaal weg van de oostkust. Tot mijn verbazing was mijn vrouw nog enthousiaster over dat plan dan ikzelf. Ik zal niet ingaan op alle redenen waarom we Denver kozen – de verlokking van de bergen, de mythe van het westen. Het voornaamste is dat we daar gingen wonen en dat er bijna meteen vanaf het begin grote vraag naar mijn ontwerpen was.

Twee van mijn kantoorgebouwen staan vlak naast stadsparken. Ze vallen niet alleen samen met de omgeving, maar ze weerspiegelen de omgeving: de glazen wanden en de tegelmuren werken als enorme spiegels die de beelden van vijvers, bomen en graslanden ernaast opvangen en weerkaatsen, één met de natuur. Mijn favoriete projecten zijn echter particuliere huizen. Een groot aantal van mijn cliënten woonde in de buurt van mega-dollaroorden als Aspen en Vail, maar deze mensen respecteerden de bergen en wilden niet te veel opvallen. Ze wilden het liefst dicht bij de natuur zijn, zonder daar inbreuk op te maken. Dat begreep ik. De huizen die ik ontwierp vielen zo goed samen met de achtergrond dat je ze pas zag als je zowat op de stoep stond. Ze lagen verborgen achter bomen en richels. Er liepen waterstromen onderdoor. Vlakke stukken rots deden dienst als terras. Rotsen waren traptreden. Rotswanden waren muren.

Ironisch genoeg trokken deze structuren, ontworpen als onzichtbare bouwwerken, bijzonder veel aandacht. Mijn cliënten beweerden weliswaar onzichtbaar te willen zijn, maar ze konden geen weerstand bieden aan de verleiding om hun nieuwe huizen te etaleren. Er verschenen artikelen in *House Beautiful* en *Architectural Digest*, hoewel de foto's van de buitenkant eerder op natuuropnamen dan op huizenfoto's leken. De plaatselijke CBS-nieuwszender besteedde er twee minuten aan in het nieuws van tien uur. De verslaggeefster, met wandelschoenen en sportieve outfit, daagde haar publiek uit: 'Ziet u het huis temidden van deze rotswanden en bomen?' Ze stond drie meter van een muur af, maar pas toen ze die aanwees besefte de kijker hoezeer het huis gecamoufleerd was. Dat verslag trok de aandacht van het CBS-hoofdkantoor in New York, en een paar weken later werd ik geïnterviewd voor een item van tien minuten in de *CBS-zondagochtendshow*.

Ik vraag me nog steeds af waarom ik daar ooit aan meegedaan heb. God weet dat ik niet meer publiciteit nodig had om aan werk te komen. Als er dus geen economische redenen waren, moet het pure ijdelheid geweest zijn. Misschien wilde ik dat mijn zoon me op tv zag. Zowel mijn vrouw als hijzelf verscheen heel even in beeld, bij een opname waarin we langs een van de huizen wandelden die de verslaggever mijn 'kameleon'-huizen noemde. Waren we zelf ook maar zo onzichtbaar gebleven!

Een man riep mijn naam. 'Brad!'
Dit was drie dagen na de *CBS-zondagochtendshow*. Woensdag. Begin juni. Een schitterende, zonnige dag. Ik was de hele ochtend in vergadering geweest, en het gerommel in mijn maag herinnerde me eraan dat ik de lunch had overgeslagen. Ik had mijn secretaresse erop uit kunnen sturen om een broodje te halen, maar wat zij aan het doen was, was een stuk belangrijker dan zo'n boodschap voor mij. Bovendien had ik wel zin om buiten even van de zon te genieten. Het centrum van Denver is een schoolvoorbeeld van stadsplanning – ruim en open, met gebouwen die zo laag zijn dat het licht naar binnen kan. Ik wilde naar een broodjeszaak aan de overkant van de straat, Bagels And More, en ik dacht aan helemaal niets (behalve een broodje cornedbeef) op het moment dat ik mijn naam hoorde roepen.
'Brad!'
Eerst dacht ik dat het iemand van kantoor was die mijn aandacht wilde trekken omdat ik iets vergeten had. Maar toen ik me omdraaide, herkende ik de man die naar me toe kwam niet. Hij was midden dertig en zag er ruig uit met een vaalbruine huidskleur en samengeklit, lang haar. Even dacht ik dat hij een van de bouwvakkers moest zijn die ik bij een project had ontmoet. Daar zag hij qua kleding wel naar uit: kaalgetrapte werklaarzen, stoffige spijkerbroek en een verfomfaaid denim overhemd met opgerolde mouwen. Maar ik heb een goed geheugen voor gezichten, en ik wist zeker dat ik me het vijf centimeter lange litteken op zijn kin herinnerd zou hebben.
'Brad! O god, ik kan het haast niet geloven!' De man liet een gehavende rugzak op de stoep vallen. 'Na al die jaren! Godallemachtig!'
Ik moet een verbijsterde blik op mijn gezicht gehad hebben. Ik hoop altijd maar dat mensen mijn gezelschap op prijs stel-

len, maar een dergelijk enthousiasme was me nog maar zelden ten deel gevallen. Klaarblijkelijk hadden we elkaar ooit gekend, hoewel ik geen flauw idee had wie die vent kon zijn. Zijn brede grijns liet een afgebroken voortand zien. 'Ken je me niet meer? Kom op, ik zou jou uit duizenden herkend hebben! Ik wist het meteen, toen ik je op tv zag! Ik ben het!'
Mijn brein kwam langzaam op gang en probeerde mijn geheugen af te speuren. 'Ik vrees dat ik geen...'
'Peter! Je broertje!'
Nu werd alles volslagen helder. Mijn brein werkte razendsnel.
De man stak zijn hand uit. 'Wat ben ik blij dat ik je zie!'
'Hou je poten thuis, gore klootzak!'
'Wat?' De man keek geschokt.
'Nog één stap en ik bel de politie. Als jij soms denkt dat je geld kunt krijgen van...'
'Brad, waar heb je het over?'
'Jij hebt zeker naar de *CBS-zondagochtendshow* gekeken?'
'Ja, maar...'
'Je vergist je, hufter. Die vlieger gaat niet op.'
Op tv had de verslaggever het even gehad over Peteys verdwijning. De dag na de show hadden er zes verschillende mannen naar kantoor gebeld om te zeggen dat ze Petey waren. 'Je lang verloren broer,' zeiden ze opgewekt. Bij het eerste telefoontje was ik dolblij geweest, maar al na een paar minuten werd duidelijk dat de man geen flauw idee had hoe Petey was verdwenen of waar het gebeurd was of hoe ons gezinsleven eruit had gezien. De volgende twee bellers waren nog ergere leugenaars. En allemaal wilden ze geld. Ik zei tegen mijn secretaresse dat ze geen telefoontjes meer mocht doorverbinden van mensen die beweerden mijn broertje te zijn. De volgende drie oplichters logen tegen haar, deden alsof ze iets zakelijks te bespreken hadden en brachten haar ertoe het telefoontje door te schakelen. Zodra ze met hun leugens begonnen, ramde ik de telefoon neer. De dag daarna

zag mijn secretaresse kans nog eens acht telefoontjes te onderscheppen van mensen die beweerden Petey te zijn.
En nu kwamen ze dus in eigen persoon opdraven.
'Blijf uit m'n buurt.' Ik kon het geduld niet opbrengen om te wachten op het verkeerslicht. Ik draaide me snel om, vond een opening in het verkeer en schoot de straat over.
'Brad! In godsnaam, luister naar me!' schreeuwde de man. 'Ik ben het écht!'
Ik voelde mijn rugspieren verstrakken van woede, en liep door.
'Wat moet ik doen om ervoor te zorgen dat je me gelooft?' riep de man.
Ik kwam bij de middenlijn en wachtte ongeduldig op een tweede hiaat in het verkeer.
'Ik was op de fiets op weg naar huis toen ze me grepen!' brulde de man.
Razend draaide ik me om. 'Dat zei die verslaggever op tv! Rot op, voordat ik je helemaal aan puin sla.'
'Brad, dat zou je intussen niet meer meevallen. We zijn geen kinderen meer. Het was een blauwe fiets.'
Bijna had ik die laatste opmerking niet gehoord, zo boos was ik. Toen zag ik in een flits Peteys blauwe fietsje voor me.
'En dát was niet op tv,' zei de man.
'Dat stond indertijd in de krant. Je kon gewoon opbellen naar de bibliotheek van Woodford en de naslagafdeling vragen om de plaatselijke krant voor die maand en dat jaar na te pluizen. Het kan niet moeilijk geweest zijn om details aan de weet te komen over Peteys verdwijning.'
'Míjn verdwijning,' zei de man.
Aan weerszijden van ons werd waarschuwend geclaxonneerd door voorbijrazende auto's.
'We sliepen samen in één kamer,' zei de man. 'Hebben ze dat ooit in de krant gezet?'
Met iets van verontrusting fronste ik mijn voorhoofd.
'We hadden een stapelbed,' zei de man met stemverheffing.

'Ik sliep boven. Ik had een modelhelikoptertje aan een touw boven mijn bed gehangen. Dat haalde ik dan naar beneden om de wieken te laten draaien.'
Mijn voorhoofd maakte nog diepere rimpels.
'Pap had zijn vingertop verloren bij een ongeluk in de meubelfabriek. Hij ging graag vissen. De zomer voordat ik verdween, was hij met jou en mij gaan kamperen in Colorado. Mam wilde niet mee. Die kwam niet graag buiten vanwege haar allergie voor bijensteken. Ze raakte al in paniek als ze maar een bij zág.'
Er spoelden allerlei herinneringen door me heen. Een onbekende had onmogelijk dergelijke details kunnen achterhalen door er een oude krant op na te slaan. Geen van die feiten was ooit in druk verschenen.
'Petey?'
'We hadden een goudvis in onze kamer. Maar we hadden er allebei de pest aan om de kom schoon te maken. Op een dag, toen we uit school kwamen, stonk de hele kamer. De vis was dood. Toen hebben we hem in een lucifersdoosje gedaan en in de tuin begraven. Toen we het graf later bezochten, was er alleen nog maar een gat waar de kat van de buren de vis had opgegraven.'
'Petey.' Ik kwam bijna onder een auto toen ik naar hem terugliep. 'Jezus, je bent het echt.'
'We zijn een keer door een ruit gegaan toen we binnenshuis aan het worstelen waren. Toen kregen we een week huisarrest.'
Ditmaal was ik degene die een hand uitstak. Ik heb nog nooit iemand zo hard omhelsd. Hij rook naar kauwgum en sigaretten. Hij had verschrikkelijk sterke armen. 'Petey.' Ik kreeg de woorden amper mijn keel uit. 'Wat is er in godsnaam met je gebeurd?'

3

Terug naar huis, op de fiets. Boos. Beledigd. Een auto die naast hem kwam rijden, langzaam, even snel als hij. Een vrouw naast de bestuurder, die haar portierraampje omlaag rolde en vroeg hoe ze bij de snelweg kwamen. Uitleggen. Vrouw luisterde niet echt. De man met het zure gezicht achter het stuur leek zich er ook niet echt druk om te maken. De vrouw vroeg: 'Geloof je in God?' Wat was dat nou voor vraag? De vrouw vroeg: 'Geloof je in het einde der wereld?' De auto sneed hem de pas af. Bang. Met fiets en al de stoep op. De vrouw uit de auto gesprongen en achter hem aan. Een schoen die van het pedaal gleed. Een open plek. Struiken. De vrouw die hem greep. De man die de achterklep opende en hem de kofferbak in smeet. Achterklep met een dreun dicht. Donker. Gillen. Bonzen. Geen lucht! Flauwvallen.
Petey beschreef de gebeurtenissen terwijl we tegenover elkaar aan een afgelegen tafeltje achter in de broodjeszaak zaten.
'Je had me nooit van die baseballwedstrijd moeten wegjagen,' zei hij.
'Weet ik.' Mijn stem brak. 'God, als er één ding is dat ik weet...'
'De vrouw was ouder dan mam. Ze had rimpels bij haar ogen. Grijze haarwortels. Samengeknepen lippen. Vreselijk mager... kromme schouders... flubberarmen. Ze leek wel een vogel, maar jemig, wat was dat mens sterk. De man had smerig, lang haar en had zich niet geschoren. Hij had een overall aan en rook naar pruimtabak.'
'Wat wilden ze met je? Hebben ze je...' Ik kon mezelf er niet toe dwingen het woord 'misbruikt' uit te spreken.
Petey wendde zijn blik af. 'Ze brachten me naar een boerderij in West-Virginia.'
'Vlak over de grens? Zat je zo dichtbij?'

'Niet ver van een plaats die Redemption heette. Zieke grap, nietwaar? "Verlossing", jawel. Maar zo heette het daar echt, hoewel het een tijd duurde voordat ik daarachter kwam. Daar heb ik vastgezeten totdat ik kon ontsnappen. Op m'n zestiende.'
'Zestiende? Maar wat heb je dan al die tijd gedaan? Waarom ben je niet naar ons toe gekomen?'
'Daar heb ik aan gedacht.' Petey keek ongemakkelijk. 'Maar ik kon me er niet toe zetten.' Hij haalde een pakje sigaretten uit zijn borstzak.
Maar net toen hij een lucifer afstreek, bleef er een dienster bij ons tafeltje staan. 'Pardon, meneer, maar u mag hier niet roken.'
Peteys trekken verhardden zich. 'Ook goed.'
'Wilt u iets bestellen?'
'Een sigaret, graag.'
'Wat?'
'Cornedbeef,' zei ik, om de spanning te verlichten.
Petey schoof met een ongeduldig gebaar zijn sigaretten terug in zijn borstzak.
'Doe maar twee bier.'
Toen ze wegliep, keek ik om me heen om te zien of er niemand zo dichtbij zat dat ze ons gesprek konden afluisteren.
'Wat bedoel je, dat je je er niet toe kon zetten?'
'Die man zei maar steeds dat pap en mam me niet zouden terugnemen.'
'Wat?'
'Nee, omdat hij me... Hij zei dat pap en mam dat zo smerig zouden vinden dat ze...'
'Dat ze je niet meer zouden willen kennen? Nooit.' Ik voelde me helemaal beroerd worden.
'Dat snap ik intussen ook. Maar toen ik ontsnapte... ik zal maar zeggen, toen was ik mezelf niet. Ze hadden me gevangengehouden in een ondergrondse kamer.'
'Jezus.'

'Ik heb zeven jaar geen daglicht gezien.' Zijn kaakspieren trokken samen. 'Niet dat ik enig idee had hoeveel tijd er was verstreken. Toen ik eenmaal weg was, duurde het een hele tijd voordat ik de zaken op een rijtje had.'

'Maar wat heb je sindsdien gedaan?'

Petey keek gepijnigd. 'Rondgezworven. In de bouw gewerkt. Vrachtwagens gereden. Twaalf ambachten, dertien ongelukken. Net nadat ik eenentwintig was geworden, reed ik een enorme wagen naar Columbus. Ik wist genoeg moed te verzamelen om naar Woodford te gaan, om naar ons huis te kijken.'

'Maar dat was intussen verkocht.'

'Daar kwam ik ook achter, ja.'

'En pap was dood.'

'Dat hoorde ik ook. Niemand wist nog waar mevrouw Denning en haar zoon Brad heen gegaan waren.'

'We zaten in Columbus, bij mams ouders.'

'Zo dichtbij.' Petey schudde wanhopig zijn hoofd. 'Ik wist mams meisjesnaam niet, dus ik kon haar niet opsporen via haar ouders.'

'Maar de politie had je toch kunnen helpen?'

'Niet zonder een heleboel vragen te stellen, en daar had ik geen zin in.'

'Dan hadden ze de man en de vrouw die jou hadden ontvoerd, kunnen oppakken.'

'Wat had ik daaraan gehad? Dan zou er een rechtszaak gekomen zijn. Dan had ik moeten getuigen. Dan was het verhaal in alle kranten gekomen.' Hij maakte een hulpeloos gebaar. 'Ik voelde me zo...'

'Het is voorbij. Probeer er niet meer aan te denken. Het was jouw schuld niet.'

'Ik voel me nog steeds...' Petey kon niet op het woord komen, en toen de dienster met ons bier kwam, hield hij zijn mond. Hij nam een grote slok uit zijn flesje en veranderde van onderwerp. 'En mam?'

De vraag overviel me. ‘Mam?’
‘Ja, hoe is het met mam?’
Ik moest even slikken voordat ik hem antwoord kon geven. ‘Vorig jaar overleden.’
‘... O.’ Peteys stem werd zachter.
‘Kanker.’
‘Uh.’ Het klonk alsof hij zachtjes uitademde. Maar tegelijkertijd leek het wel of iemand hem een klap had gegeven. Hij staarde naar zijn bierflesje, maar zijn gepijnigde blik was in de verte gericht.

4

Kates doorgaans zo aantrekkelijke gezicht stond gespannen toen ik de keuken inliep. Ze ijsbeerde terwijl ze aan de telefoon was en haalde bezorgd een hand door haar lange, blonde haar. Toen zag ze mij, en haar schouders verslapten van opluchting. ‘Hij komt net binnenlopen. Ik bel je nog.’
Ik glimlachte toen ze ophing.
‘Waar heb jij gezeten? Iedereen was bezorgd,’ zei Kate.
‘Bezorgd?’
‘Je had vanmiddag een paar belangrijke besprekingen, maar je kwam helemaal niet opdagen. Op kantoor zeiden ze dat ze vreesden dat je een ongeluk had gehad, of dat...’
‘Het gaat geweldig. Ik was alleen de tijd vergeten...’
‘... je beroofd was of...’
‘Beter dan geweldig.’
‘... dat je een hartaanval had gekregen of...’
‘Ik heb fantastisch nieuws.’
‘... wat dan ook. Je bent altijd en overal op tijd. En nu is het bijna zes uur en je hebt niet eens even gebeld om te zeggen dat er niets aan de hand was en... ruik ik alcohol? Heb je in de kroeg gezeten?’
‘Jazeker.’ Ik grijnsde nog breder.
‘Op klaarlichte dag? Terwijl je allerlei afspraken met klan-

ten had? Wat héb jij?'
'Ik zei toch dat ik fantastisch nieuws heb.'
'Wat voor nieuws dan?'
'Petey is terecht.'
Kates blauwe ogen keken verward, alsof ik wartaal uitsloeg. 'Wie is...' En toen drong het tot haar door. 'Grote god, je bedoelt toch zeker niet... je broertje?'
'Precies.'
'Maar... maar je zei toch dat je dacht dat die dood was?'
'Dat is dus niet zo.'
'Weet je zeker dat hij het is?'
'Nou en of. Hij heeft me dingen verteld die alleen Petey maar kon weten. Hij moet het zijn.'
'En hij is hier? In Denver?'
'Nog veel dichterbij. Hij staat op de stoep.'
'Wat? Heb je hem buiten laten staan?'
'Ik wilde je niet overvallen. Ik wilde je voorbereiden.' Ik legde uit wat er gebeurd was. 'De details vertel ik wel als we meer tijd hebben. Het voornaamste dat je moet weten, is dat hij een heleboel meegemaakt heeft.'
'Dan moet hij niet op de stoep blijven staan. Haal hem in vredesnaam binnen.'
Op dat moment kwam Jason binnen, vanuit de tuin. Hij was elf, maar klein voor zijn leeftijd zodat hij sprekend leek op Petey op het moment van zijn verdwijning. Beugel, sproeten, brilletje, mager. 'Wat is hier aan de hand? Hebben jullie ruzie?'
'Het tegenovergestelde,' zei Kate.
'Wat is er dan?'
Toen ik naar Jasons bril keek, herinnerde ik me dat ook Petey een bril had gedragen. Maar de man buiten had er geen. Plotseling voelde ik spelden in mijn maag prikken. Was het dan toch een bedrieger?
Kate hurkte voor Jason neer. 'Weet je nog dat we je weleens verteld hebben dat je vader een broertje had?'

'Ja. Daar had pap het nog over voor de tv.'
'Die was als jongetje verdwenen,' zei Kate.
Jason knikte ongemakkelijk. 'Daar heb ik eng over gedroomd.'
'Nou, dat hoeft voortaan niet meer,' zei Kate. 'Want wat dacht je wat? Hij is vandaag teruggekomen. Dadelijk krijg je hem te zien.'
'Echt waar?' Jasons hele gezicht klaarde op. 'Wanneer dan?'
'Zodra we de voordeur opendoen.'
Ik wilde nog iets tegen Kate zeggen, ik wilde vertellen van mijn plotselinge achterdocht, maar ze liep de gang al in naar de voordeur. Even later had ze hem opengetrokken en ik weet niet wat ze verwachtte, maar ik denk niet dat de haveloze man daar buiten overeenstemde met haar geïdealiseerde beeld van de lang verloren gewaande broer. Hij draaide zich om. Hij had een sigaret staan roken en de bomen voor het huis bewonderd. Zijn rugzak stond naast hem op de grond.
'Petey?' zei Kate.
Hij verplaatste zijn gewicht van de ene werklaars naar de andere, slecht op zijn gemak. 'Ik geloof dat "Peter" tegenwoordig iets volwassener klinkt.'
'Kom alsjeblieft binnen.'
'Bedankt.' Hij keek naar zijn half opgerookte sigaret, wierp een blik naar binnen, kneep de gloeiende punt van de tabak en stopte de peuk in zijn borstzak.
'Je kunt toch hoop ik wel blijven eten?' zei Kate.
'Als het niet te veel moeite is.'
'Onzin. Dat vinden we juist fijn.'
'Nou, om je de waarheid te zeggen, dat zou ik erg op prijs stellen. Ik kan me niet herinneren wanneer ik voor het laatst bij iemand thuis gegeten heb.'
'Dit is Jason.' Kate maakte een trots gebaar naar onze zoon.
'Hallo, Jace.' De man schudde zijn hand. 'Hou jij van baseball?'
'Ja,' zei Jason, 'maar ik ben er niet erg goed in.'

'Was ik ook niet op die leeftijd. Zal ik je wat zeggen? Na het eten gaan we een paar balletjes gooien. Wat vind je daarvan?'
'Fantastisch.'
'Nou, laten we niet op de stoep blijven staan. Kom binnen,' zei Kate. 'Dan haal ik iets te drinken.'
'Bier graag, als je het hebt.' De man die zei dat hij Petey was, liep naar binnen.
Maar voordat hij de drempel over was, moest ik het weten.
'Heb jij contactlenzen?'
'Nee.' De man fronste verbaasd zijn voorhoofd. 'Waarom vraag je dat?'
'Als kind had je een bril.'
'Nog steeds.' De man stak een hand in zijn tas en haalde er een hoesje uit. Hij opende het, zodat er een bril zichtbaar werd, waarvan één glas gebroken was. 'Dit is gisterochtend gebeurd. Maar ik red me prima. Zoals je weet, heb ik alleen een bril nodig om in de verte te kijken. Was dat een testje of zo?'
Ik kreeg een brok in mijn keel. 'Petey... welkom thuis.'

5

'Dit was de beste ovenschotel die ik ooit geproefd heb, mevrouw Denning.'
'Alsjeblieft zeg, je hoort bij de familie. Zeg maar Kate.'
'En die aardappelpuree is niet van deze wereld.'
'Ik vrees dat ik vals gespeeld heb: ik heb er boter doorheen gedaan. Niet best voor ons cholesterolgehalte.'
'O, daar let ik nooit zo op. Eten is eten, en dus welkom.'
Wanneer Petey glimlachte, werd zijn afgebroken voortand zichtbaar.
Jason kon er zijn blik niet van afwenden.
'Wil je weten hoe ik hieraan kom?' Petey gebaarde naar de tand.

'Jason, staren is niet beleefd,' zei Kate.

'Geeft niets.' Petey grinnikte. 'Hij is gewoon nieuwsgierig, net als ik op die leeftijd. Jace, afgelopen zomer werkte ik voor een dakbedekkersbedrijf in Colorado Springs. En toen ben ik van een ladder gevallen. Zo kom ik ook aan dat litteken op mijn kin. Gelukkig stond ik niet al te hoog op de ladder. Anders had ik mijn nek wel kunnen breken.'

'Woon je daar tegenwoordig?' vroeg ik. 'In Colorado Springs?'

'God, nee. Ik woon nergens.'

Ik hield op met kauwen.

'Maar iedereen woont ergens,' zei Kate.

'Ik niet.'

Jason keek verbouwereerd. 'Maar waar slaap je dan?'

'Ik slaap waar ik toevallig ben. Overal is wel een plekje om te gaan liggen.'

'Maar dat lijkt me...' Kate schudde haar hoofd.

'Wat?'

'Zo vreselijk eenzaam. Geen vrienden. Geen plek van jezelf.'

'Het hangt ervan af wat je gewend bent. Ik ben nogal vaak teleurgesteld in mensen.' Petey keek me niet aan, maar ik vatte zijn opmerking persoonlijk op. 'En wat betreft spullen van mezelf, tja, alles wat van belang is zit in mijn tas. Als het te zwaar is om te dragen, wordt het een blok aan het been.'

'Continu in beweging,' zei ik.

'Precies. Kijk...' Petey leunde naar Jason toe en zette zijn ellebogen op tafel, 'ik zwerf heel wat rond. Het hangt er maar net van af waar werk is en hoe het weer zich houdt. Iedere dag is een nieuw avontuur. Ik weet nooit wat er gebeuren gaat. Neem nou afgelopen zondag. Toen zat ik in Butte, Montana, te ontbijten in een café met televisie. Normaal kijk ik geen televisie en die zondagochtendtalkshows vind ik al helemaal niets, maar toevallig keek ik ditmaal wel. En er was iets met de stem van de man die geïnterviewd werd. Ik keek op van mijn eieren met worst en grote god, die vent op tv deed me aan iemand denken – maar niet iemand die ik kortgeleden nog gezien had. Iemand van heel vroeger. Ik wachtte tot de presentator zei wie het was. Maar dat hoefde al niet meer – want de presentator zei iets over dat die vent een broertje had gehad dat als kind verdwenen was toen hij na een baseballwedstrijd naar huis fietste. En die man op tv was natuurlijk je vader.'

Petey wendde zich naar mij toe. 'Toen ik ouder werd dacht ik steeds vaker dat ik jou moest opzoeken, Brad, maar ik had geen idee waar je heen gegaan was. Toen de presentator zei dat je in Denver woonde, heb ik mijn bestek neergelegd en ben ik onmiddellijk op pad gegaan. Ik ben de hele zondag, maandag en dinsdag onderweg geweest. En ik heb natuurlijk wel geprobeerd om te bellen, maar jullie privénummer staat niet in het telefoonboek. En je zakennummer... je secretaresse wilde me niet eens doorverbinden.'

'Vanwege al die gestoorde telefoontjes waarover ik je vertelde.' Ik voelde me schuldig, alsof hij dacht dat ik hem opzettelijk afgewezen had.

'Drie dagen om van Montana hierheen te rijden? Kreeg je pech of zo?' vroeg Kate.

Petey schudde zijn hoofd. 'Een auto is ook maar weer een handenbinder. Ik ben komen liften.'

'Liften?' vroeg Kate verbaasd. 'Waarom heb je de bus niet genomen?'

'Nou, daarvoor zijn twee goede redenen. Ten eerste hebben mensen in bussen vaak keer op keer dezelfde saaie verhalen, maar de eerste de beste automobilist met voldoende moed om een lifter mee te nemen, is de moeite van het aanhoren waard.'

We moesten grinniken om de manier waarop hij dat zei.

'En mochten ze bij nader inzien niet interessant zijn, dan kan ik altijd nog zeggen dat ik in de volgende plaats wil uitstappen. Dan probeer ik het gewoon met een volgende au-

to. Iedere tocht is een avontuur op zich.' Peteys ogen rimpelden van plezier.
'En wat is de tweede reden om de bus niet te nemen?' vroeg ik.
De pret vervaagde. 'Het liep niet zo best met werk, de laatste tijd. Ik had geen geld voor een kaartje.'
'Dat gaat veranderen,' zei ik. 'Ik weet dat er meer dan genoeg werk is in de bouw – als je daar zin in hebt.'
'Natuurlijk.'
'En intussen kan ik je wat geld geven.'
'Hé, ik ben niet gekomen voor een aalmoes,' zei Petey.
'Weet ik. Maar wat wou je doen tot je zelf geld hebt?'
Daar had Petey geen antwoord op.
'Kom op,' zei ik. 'Zie het als een cadeautje.'
'Nou, misschien wat geld voor een motelkamer?'
'Geen sprake van,' zei Kate. 'Jij gaat niet naar een motel. Je slaapt hier.'

6

Petey gooide een baseball naar Jason, die meestal tamelijk onhandig was maar de bal ditmaal keurig ving. Hij grijnsde van oor tot oor.
'Kijk eens, pap! Kijk eens wat ik van oom Peter geleerd heb!'
'Nou zeg! Dat gaat geweldig. Misschien moest je oom maar coach worden of zo.'
Petey haalde zijn schouders op. 'Ik heb gewoon onderweg een paar kunstjes opgepikt, op van die vrijdagavonden wanneer ik uiteindelijk belandde op sportvelden in de ene na de andere stad. Je hoeft maar één ding te onthouden, Jace, en dat is dat je je oog op de bal moet houden, niet op je handschoen. En denk erom dat je je handschoen meteen kunt dichtklappen.'
Kate verscheen in de achterdeur, haar blonde haar een silhouet in het keukenlicht. 'Tijd voor bed, sportfanaat.'

‘Ah, nu al, mam?’
‘Het is al een halfuur later dan normaal. Morgen moet je naar school.’
Teleurgesteld keek Jason naar zijn oom.
‘Bij mij moet je niet wezen,’ zei Petey. ‘Je moeders wil is wet.’
‘Bedankt voor de les, oom Peter. Misschien mag ik nou met de andere jongens meedoen.’
‘Nou, als ze dat niet goedvinden, dan roep je mij maar. Dan zal ik weleens even een hartig woordje met ze spreken.’ Petey woelde door Jasons zandkleurige haar en gaf hem een duwtje in de richting van het huis. ‘Laat je moeder maar niet wachten.’
‘Tot morgen.’
‘Tot morgen.’
‘Ik ben blij dat u ons gevonden hebt, oom Peter.’
‘Ik ook.’ Peteys stem klonk onvast. ‘Ik ook.’
Jason ging naar binnen, en mijn broer draaide zich naar me om. ‘Leuk joch.’
‘Ja, we zijn erg trots op hem.’
De ondergaande zon legde een rode gloed over de bomen in de achtertuin.
‘En Kate is…’
‘Geweldig,’ zei ik. ‘De dag dat ik haar ontmoette was de beste dag van mijn leven.’
‘Er valt niets op af te dingen. Je hebt het gemaakt. Moet je dat huis eens zien.’
Ik schaamde me haast dat ik zoveel had. ‘Mijn personeel maakt er grappen over. Zoals je op tv hebt gezien, is mijn specialiteit het bouwen van huizen die bijna onzichtbaar in de omgeving staan. Maar toen we hier pas waren, leek het wel of dit enorme, negentiende-eeuwse gebouw op ons stond te wachten. Die bomen voor en achter verbergen het natuurlijk behoorlijk goed.’
‘Het voelt solide aan.’ Petey keek naar zijn eeltige handen. ‘Grappig hoe het allemaal gelopen is. Nou ja…’ Hij hees zich

met een grijns overeind. 'Coachen is dorstig werk. Ik zou nog wel een biertje willen.'
'Ik kom eraan.'
Toen ik terugkwam met het bier (binnen had Kate haar wenkbrauwen opgetrokken, ze was niet gewend dat ik zoveel dronk), had ik ook iets bij me in een plastic draagtas.
'Wat is dat?' vroeg Petey.
'Iets wat ik voor jou heb bewaard.'
'Ik kan me niet voorstellen wat je...'
'Ik vrees dat hij intussen veel te klein is en dat je er niets meer aan hebt als je nog eens met Jason wilt baseballen,' zei ik.
Petey schudde verward zijn hoofd.
'Herken je deze nog?' Ik stak mijn hand in de zak en haalde er de haveloze baseballhandschoen uit die ik al die jaren geleden onder Peteys fietsje had gevonden.
'Mijn god.'
'Heb ik al die tijd bewaard. Hij is mijn kamer niet uit geweest. Vroeger nam ik hem mee naar bed en dan probeerde ik me voor te stellen waar je was en wat je deed en...' Ik moest de woorden naar buiten persen. '... en of je nog leefde.'
'Er zijn tijden geweest dat ik wenste dat ik niet meer leefde.'
'Denk daar maar niet meer aan. Het verleden doet er niet meer toe. We zijn weer bij elkaar, Petey. Dat doet ertoe. God, wat heb ik je gemist.' Ik gaf hem de handschoen, hoewel ik hem niet goed meer zag – mijn ogen stonden vol tranen.

7

'En, wat vind je van hem?' vroeg ik op gedempte toon aan Kate, terwijl ik het licht uitdeed en onder het dekbed kroop. Peteys kamer lag aan de andere kant van de gang. Hij kon ons niet horen. Toch vond ik het bezwaarlijk om over hem te praten.

Naast me in het donker gaf Kate eerst even geen antwoord. Toen zei ze: 'Hij heeft een zwaar leven gehad.'
'Dat zeker. Maar het lijkt wel of hij het leuk vindt.'
'Een noodzakelijke deugd.'
'Ik denk het, ja. Maar toch...'
'Waar denk je aan?' vroeg Kate.
'Nou, als hij het niet leuk vond, kon hij altijd een ander leven gekozen hebben.'
'Hoe dan?'
'Hij had naar school kunnen gaan, een vak kunnen leren.'
'Misschien had hij architect kunnen worden, net als jij?'
Ik haalde mijn schouders op. 'Misschien. Helemaal onmogelijk was dat niet geweest. Ik heb wel verhalen gehoord over tweelingen die bij de geboorte uit elkaar waren gehaald en als elkaar als volwassenen weer troffen. En dan ontdekten ze dat ze dezelfde baan hadden, dezelfde hobby's, dat hun vrouwen sprekend op elkaar leken en dat ze dezelfde persoonlijkheid hadden.'
'Ik weet niet zeker of ik wel in één adem genoemd wil worden met een hobby. Bovendien zijn je broer en jij geen tweeling.'
'Dat is zo. Maar je weet wat ik bedoel. Petey had net zo'n leven kunnen hebben als ik, alleen heeft hij daar niet voor gekozen.'
'Denk je echt dat mensen zoveel keuze hebben in hun leven? Jij hebt zelf weleens gezegd dat je nooit architect geworden was als je op school niet zo'n aardige wiskundeleraar had gehad.'
Weemoedig staarde ik naar het maanlicht dat door het slaapkamerraam stroomde. 'Ja, een buitenbeentje was ik wel – de enige op school die van geometrie hield. Door die leraar werd het een boeiend onderwerp. Hij zei wat ik moest doen, tot en met waar ik moest studeren, als ik architect wilde worden.'
'Nou, ik vraag me in alle ernst af of jouw broer wel een ge-

ometrieleraar hád. Heeft hij überhaupt middelbare school gehad?' vroeg Kate.
'Iemand moet hem iets bijgebracht hebben. Hij spreekt keurig. Ik heb hem nog geen grof woord horen uitspreken.'
Kate draaide zich naar me om en leunde op een elleboog. 'Luister eens, ik ben bereid alles te doen om te helpen. Als hij hier een tijdje wil logeren totdat hij weet wat hij verder wil, dan vind ik dat prima.'
'Ik hoopte al dat je er zo over zou denken.' Ik boog me naar haar toe en gaf haar een kus. 'Bedankt.'
'Is dat het beste bedankje dat je kunt verzinnen?' vroeg ze.
Ik kuste haar nogmaals, intenser.
'Dat was een heel stuk beter.' Ze streek met haar hand langs mijn been.
'Mm.' Daarna bleef het een tijdlang stil. Door de aanwezigheid van een onbekende in huis wilden we niet te veel herrie maken. Toen we klaarkwamen, kusten we elkaar zo grondig dat ons gekreun erin verzonk.
Zwijgend lagen we bij te komen.
'Als het nog beter moet, moet ik na afloop aan de beademing,' mompelde ik.
'Mond op mond?'
'Dat helpt altijd.' Ik stond op, en onderweg naar de badkamer wierp ik even een blik uit het raam. Terwijl ik in het donker de tuin in tuurde, zag ik iets onverwachts.
'Waar kijk je naar?' vroeg Kate.
'Petey.'
'Wat?'
'In de maneschijn. Hij zit in een tuinstoel.'
'Te slapen?' vroeg Kate.
'Nee, te roken en naar de sterren te staren.'
'Gezien alles wat er gebeurd is kon hij waarschijnlijk niet in slaap komen.'
'Daar kan ik me iets bij voorstellen.'
'Ik zal je één ding zeggen,' zei Kate. 'Iemand die zo welle-

vend is dat hij in huis niet rookt, is bij mij van harte welkom.'

8

Hoewel Petey had gezegd dat hij zijn zwervende bestaan niet erg vond, wilde ik ervoor zorgen dat hij nog meer van het leven zou genieten door wat aandacht te besteden aan een paar normale basiszaken: zijn uiterlijk, bijvoorbeeld. Die afgebroken voortand maakte een vreselijke eerste indruk. Ik had het vermoeden dat Petey misschien geen werk meer had gekregen omdat aannemers bij wie hij langsging, de indruk kregen dat hij eruitzag als een lastpak. De volgende ochtend belde ik dus onze tandarts, legde de situatie uit en kreeg hem zover dat hij (tegen dubbel tarief) zijn lunchpauze opofferde.

'Tandarts?' zei Petey. 'Ben je nou helemaal? Ik ga niet naar een tandarts.'

'Gewoon om die tand op te bouwen. Dat doet geen pijn.'

'Geen denken aan. Ik ben niet meer bij een tandarts geweest sinds er zes jaar geleden een kies uit moest.'

'Zes jaar geleden? Grote goedheid. Een reden te meer om er eens even goed naar te laten kijken.' Ik zei niet dat ook de mondhygiëniste had beloofd haar lunchpauze aan hem te besteden.

Daarvoor had ik een aantal kapperszaken opgebeld tot ik er eentje vond die tijd had. Lang haar – mijn eigen haar is niet bepaald kort te noemen – hoeft er niet slordig en verwaarloosd uit te zien. Na de kapper hadden we wat kleren gekocht. Niet dat ik de illusie koesterde dat Petey geklede broeken en blazers zou gaan dragen, maar een nieuwe spijkerbroek en een mooi overhemd konden geen kwaad. Daarna een schoenenwinkel: nieuwe werklaarzen en instappers.

'Dat kan ik niet allemaal zomaar aannemen,' zei Petey.

'Natuurlijk wel. Je doet me er een plezier mee. Als je wilt, kun je het als een lening beschouwen. En als je dan weer een keer geld hebt, kun je me terugbetalen.'
Toen was het tijd voor de tandarts. Daarna zagen Peteys tanden er geweldig uit, hoewel de tandarts zei dat hij een paar gaatjes had. Die zou hij vullen als Petey over een paar weken terugkwam. Peteys haar zag er verzorgd-nonchalant uit. Ik kwam bijna in de verleiding om een plastisch chirurg te vragen of er iets te doen viel aan het litteken op Peteys kin. Maar goed, na wat achterstallig onderhoud zag hij er al een heel stuk beter uit. Zo'n beetje als iemand die zich net verkleed heeft na het tennissen.
'Honger?'
'Altijd,' zei Petey.
'Ja, ik krijg de indruk dat je de laatste tijd nog weleens een maaltijd hebt overgeslagen. Er mag wel een kilo of vijf bij. Houd je van Italiaans eten?'
'Spaghetti met gehakt, bedoel je?'
'Min of meer. Maar waar wij heen gaan heet spaghetti "pasta" en hebben de gerechten namen als "marsalakip".'
'Wacht even.'
'Na het eten breng ik je naar iemand die misschien werk voor je heeft.'
'Brad… hou op… wacht even.'
'Waarom? Wat is er?'
'Moet jij niet werken?' vroeg Petey. 'Je hebt gisteren al de hele middag vrij genomen. En vanochtend ben je ook niet naar je werk gegaan. Kate zei dat je afspraken had, vergaderingen.'
'Niets dat zo belangrijk is als jij.'
'Maar zo kun je geen bedrijf draaiende houden, zeker niet als je ook nog eens dit soort bedragen aan mij spendeert. We hebben heel wat in te halen, maar dat hoeft niet allemaal in één keer.'
Ik moest lachen om Peteys bezorgde uitdrukking. 'Dacht je

dat ik al te enthousiast aan het worden was?'
'Nou, een beetje wel, ja.'
'Wat stel jij dan voor?'
'Ga naar je werk. Aan de overkant van de straat is een park. Daar ga ik gewoon een tijdje zitten. De dingen op een rijtje zetten. Al die veranderingen. En dan zie ik je thuis voor het eten.'
'Is dat wat je het allerliefste wilt?' vroeg ik.
'Je hebt genoeg voor me gedaan.'
'Maar hoe kom je dan thuis?'
'Liften,' zei Petey.
'En als je geen lift krijgt?'
'Maak je geen zorgen. Daar ben ik reuze handig in.' Peteys tanden zagen er geweldig uit toen hij grijnsde.
'Ik heb een beter idee,' zei ik. 'Neem mijn auto. Dan kun je me aan het eind van de middag ophalen.'
'Gaat niet. Ik heb geen rijbewijs.'
'Dan zorgen we daar ook voor.'
'Morgen,' zei Petey.
'En we moeten die bril van je laten repareren.'
'Precies,' zei Petey. 'Morgen.'

9

Petey en Jason waren gras aan het maaien toen ik thuiskwam. De grasmaaier was te groot voor Jason, dus liep Petey naast hem om hem te helpen bij de bochten.
'Hé, kijk mij eens, pap!' riep Jason boven het motorgebrul uit.
Enthousiast stak ik mijn duim op.
Ze kwamen naast me tot stilstand.
'Kun je hem aan, Jace?' vroeg Petey.
'Ik denk van wel.'
'Dan mag je nu in je eentje. Ik moet even met je vader praten.'

Jason knikte en concentreerde zich om de maaier in een rechte lijn te sturen. Het gebrul nam af toen hij tussen de bomen door navigeerde naar het einde van de tuin.

Petey wenkte me naar de veranda, waar hij een flesje bier pakte. 'Misschien heb ik een monster in het leven geroepen. Als hij hier nog beter in wordt, zul je z'n zakgeld moeten verhogen.'

'Het is voor het eerst dat hij enige belangstelling toont. Misschien heb je een goede daad verricht,' zei ik. 'Normaal gesproken komt er iemand voor, maar het zou hem goed doen om een handje te helpen en wat verantwoordelijkheid te leren.'

'Verantwoordelijkheid kun je niet vroeg genoeg leren.' Petey nam een slok bier.

'Luister eens, ik waardeer het gebaar, maar je had echt geen gras hoeven maaien,' zei ik.

'Geeft niet. Het leek me aan de lange kant. Ik wil mijn steentje bijdragen.'

'Echt, dat hoeft niet. Ik ben blij genoeg dat je er bent. Bovendien, volgende week ga je aan het werk, dus doe voorlopig maar rustig aan.'

Petey hield zijn hoofd schuin. 'Volgende week aan het werk?'

'Ja, ik heb een paar telefoontjes gepleegd. Ik heb een baan voor je.'

'Echt waar? Fantastisch!'

'Bij de bouw van een ontwerp van mij.'

'Kon niet beter.'

'Oom Peter!' riep Jason in paniek. Aan het einde van een baan gekomen probeerde hij de maaier om te draaien. Hij koerste recht op een struik aan.

'Volhouden!' Petey rende eropaf.

'Je hoeft niet te helpen met afwassen,' zei Kate.

'Dat is het minste wat ik kan doen.' Petey droogde nog een pan af. 'Ik kan me niet herinneren wanneer ik voor het laatst zulk heerlijk vlees gegeten heb.'

'Anders eten we niet zoveel rood vlees,' zei ze. 'Maar ik probeer wat vlees op die botten van je te krijgen.'

'En die citroentaart was spectaculair.'

Jason loerde naar een tweede stuk. 'Ja, normaal hebben we doordeweeks geen toetje.'

'Nou, je hebt zo je best gedaan met grasmaaien,' zei Kate. 'Je hebt wel iets extra's verdiend.'

Ik zat aan het hoofd van de tafel, en ik kon mijn glimlach niet inhouden. Dat Petey daar werkelijk bij het aanrecht stond en zijn hand uitstak naar nog een pan om af te drogen, kwam me nog steeds verbijsterend voor.

'Maar goed,' zei hij, terugkerend naar een vorig gespreksonderwerp, 'het verbaast me niet dat jullie hier in Denver zijn komen wonen.'

'O?'

'Weet je nog toen jij en ik met pap gingen kamperen?' vroeg Petey.

'Jazeker.'

'Hier in Colorado. Wat was dat geweldig. Natuurlijk was die eindeloze rit vanuit Ohio een ellende. Het was maar goed dat pap onderweg al die nieuwe stripboeken kocht. Maar toen we er eenmaal waren... toen was het dubbel en dwars de moeite waard. Kamperen, wandelen, bergbeklimmen en vissen, en pap die ons alles voordeed.'

'Bij de eerste vis die jij ving, raakte je zo opgewonden dat je je lijn al inhaalde voordat hij goed aan de haak zat,' zei ik. 'Hij sprong terug in het meer.'

'Weet je dat nog?'

'Ik heb in de loop der jaren heel wat aan die reis gedacht.

Een maand nadat we terugkwamen, moesten we weer naar school en...' Ik kon me er niet toe zetten, over Peteys verdwijning te beginnen. 'Jarenlang was dat de laatste fijne zomer van mijn leven.'
'Voor mij ook.' Petey keek naar de grond. Een lange seconde later haalde hij zijn schouders op en pakte de laatste pan uit het rek. 'Hoe dan ook, misschien ben je wel hierheen gekomen omdat je diep in je hart terug wilde naar die zomer.'
'Kamperen?' Jason verbrak de sombere stemming.
We keken naar hem. Hij had een tijdje zwijgend zijn tweede stuk taart zitten verorberen.
'Pap zei dat hij met mij ging kamperen, maar dat is nooit gebeurd,' zei Jason.
Ik voelde me gegeneerd. 'We hebben anders heel wat wandeltochten gemaakt.'
'Maar we hebben nooit in een tent geslapen.'
'Wou je me zeggen dat jij nog nooit gekampeerd hebt?' vroeg Petey.
Jason knikte, maar corrigeerde zichzelf. 'Behalve één keer, toen hebben we in een tent geslapen in de achtertuin van Tom Burbick.'
'Dat telt niet,' zei Petey. 'Je moet ergens heen waar je leeuwen en tijgers en beren hoort.'
'Leeuwen en tijgers?' Jason fronste zijn voorhoofd en zag er achter zijn brillenglazen kwetsbaar uit.
'Het was maar een grapje.' Kate woelde door zijn haar.
Er bleven een paar zeepbellen achter. Hij sloeg ernaar. 'Mam!'
'Maar het lijkt me geen gek idee.' Ze keek naar Petey en mij. 'Een kampeertocht. Dan kunnen jullie de draad oppakken waar je gebleven was. Een brug over de jaren heen. Ik weet dat je het zwaar gehad hebt, Peter, maar nu begint het goede leven weer.'
'Volgens mij heb je gelijk, Kate,' zei Petey. 'Ik voel het.'
'En ík dan?' vroeg Jason. 'Mag ík niet mee?'

'We gaan allemaal samen,' zei Petey.
'Sorry. Ik niet, heren.' Kate hief haar handen op. 'Zaterdag moet ik een seminar houden.' Kate was consultant op het gebied van stressbeheersing; haar specialiteit was advies aan bedrijven met werknemers die aan burn-out leden vanwege inkrimpingen. 'Bovendien kan ik heel gelukkig leven zonder dat ik in het bos slaap.'
'Net als mam.' Petey draaide zich naar me om. 'Weet je nog?'
'Ja, net als mam.'
'Alleen was jullie moeder,' zei Kate, 'bang voor bijen. En in mijn geval is het een kwestie van natuurlijke selectie.'
'Natuurlijke selectie?' vroeg ik verbaasd.
'Kerels zijn een stuk beter uitgerust om 's nachts een tent uit te kruipen en in het bos te plassen.'

11

'Ik wilde je iets vragen.'
Petey hief zijn blik op van de kaart die hij aan het bestuderen was en vroeg: 'Waarover?'
Het was bijna elf uur: een stralende zaterdagochtend. Mijn Ford Expedition was volgeladen met allerhande stukken kampeeruitrusting. We waren via de Interstate 70 Denver uit gereden in westelijke richting, en nu zaten we diep in de bergen, hoewel Jason weinig waardering opbracht voor de besneeuwde toppen. Hij lag te dommelen in een slaapzak op de achterbank.
'Toen je...' Het viel me moeilijk om verder te gaan. 'Ik bedenk plotseling dat je er misschien liever niet over wilt praten.'
'Er is maar één manier om daarachter te komen.'
'Toen je was ontsnapt aan...'
'Zeg het maar. Aan dat stelletje griezels dat me had ontvoerd. Dat is nu eenmaal een feit. Daar hoef je niet omheen te draaien.'

'Je was zestien toen je ontsnapte. Je had het over een zwervend bestaan, over werken in de bouw of wat dan ook. Maar je hebt het nooit over school gehad. Toen je verdween zat je in de vierde klas, maar je hebt duidelijk meer dan drie jaar lagere school achter de rug. Van wie heb je dat allemaal geleerd?'

'O, ik heb heel wat lesjes in omgangsvormen gehad,' zei Petey op bittere toon. 'Die man en vrouw die me in dat souterrain opgesloten hadden, wilden dat ik om de haverklap "ja meneer, ja mevrouw, alstublieft, dank u wel" zei. En als ik dat eens een keertje vergat, kon ik een stoot voor m'n harses krijgen.' De pezen in zijn nek spanden zich tot touwen.

'Sorry. Ik wou dat ik er niet over begonnen was,' zei ik.

'Geeft niet. Het heeft geen zin om je voor het verleden te verbergen. Dan komt het op andere manieren boven.' Peteys blik verhardde zich. Hij haalde diep adem om zijn emoties te bedwingen. 'Maar goed, wat betreft school heb ik betere herinneringen. Toen ik van hot naar her aan het zwerven was, leerde ik dat je zonder enige moeite een gratis maaltijd kunt krijgen als je je aanmeldt bij kerkelijke bijeenkomsten na de zondagochtenddienst. Ik moest natuurlijk wel de hele kerkdienst uitzitten om een gratis maaltje te krijgen. Maar meestal vond ik dat niet erg – het waren rustige momenten. Na zoveel jaren zonder te lezen was ik zowat vergeten hoe dat ook weer ging. En als leden van deze of gene gemeente doorkregen dat ik de bijbel niet kon lezen, deden ze er alles aan om te zorgen dat ik leerde spellen – en dat ik kennismaakte met het Blijde Nieuws, want dat was natuurlijk het belangrijkste. Er waren altijd wel onderwijzers in de gemeente. Soms kreeg ik 's avonds, na het werk, privélessen in een kerk, in de plaats waar ik op dat moment was. Er zijn heel wat aardige mensen in de wereld.'

'Gelukkig maar.'

'Wat is er gelukkig, pap?' vroeg Jason slaperig vanaf de achterbank. Hij was wakker geworden.

'Dat er nog aardige mensen in de wereld zijn.'
'Wist je dat dan niet?'
'Ik heb het me weleens afgevraagd. Maar nu moeten jij en je oom maar eens op de kaart kijken. De afslag kan niet ver meer hiervandaan zijn.'

12

We waren op zoek naar een plaats die Breakhorse Ridge heette. Vreemd hoe sommige plaatsnamen in mijn geheugen blijven hangen. Vijfentwintig jaar geleden had pap Petey en mij daarheen meegenomen op onze kampeertocht. Iemand bij de meubelfabriek waar pap als voorman werkte, had ooit in Colorado gewoond en had aan pap beschreven hoe prachtig de omgeving van Breakhorse Ridge was. Dus had pap, die toch al beloofd had dat hij met ons zou gaan kamperen in Colorado, besloten dat dat onze bestemming zou worden. Maar toen, tijdens die eindeloze rit, had ik een schrikbeeld voor ogen gehad van iemand die paarden doormidden brak, want dat moest die naam volgens mij betekenen. Ik wist niet dat cowboys wilde paarden moesten 'breken' zodat andere mensen erop konden rijden, en ik was bang voor wat we te zien zouden krijgen. Uiteindelijk zag pap kans me te laten zeggen wat me dwarszat. Toen hij het had uitgelegd, veranderde mijn angst in nieuwsgierigheid. Maar bij aankomst bleken er helemaal geen paarden of cowboys te zijn, alleen een paar oude houten omheiningen en een weiland aan een meer en een bos met bergen erboven.
Ik ben de naam nooit vergeten. Maar toen Petey, Jason en ik plannen aan het maken waren, kon ik de plek niet vinden op de kaart. Uiteindelijk had ik het hoofdkantoor van het beheer voor nationale parken in Colorado moeten bellen. Een boswachter had me een stuk doorgefaxt van een veel gedetailleerdere kaart dan ik had, en daarop stond de route naar Breakhorse Ridge. Ik had mijn overzichtskaart op de

eettafel uitgevouwen, had de fax op het bewuste deel van de kaart gelegd en had Petey en Jason laten zien waar we heen gingen.

Intussen waren we er bijna. We sloegen rechts af Highway 9 op en reden in noordelijke richting het nationale park Arapaho in.

'Nu wordt het lastig, jongens. Kijk goed op de kaart en vertel me wat je om je heen ziet,' zei ik.

Jason kroop voor in de auto, en Petey bond zijn riem om hen beiden heen.

'Waar moeten we naar uitkijken?' vroeg Jason.

'Naar dit kronkellijntje.' Petey liet hem de fax zien. 'Dat is waarschijnlijk een smal zandpad, rechts van ons. Met al die sparren moeten we goed uitkijken. Zo'n pad zie je niet gemakkelijk liggen.'

Ik nam een bocht. Het bos werd dichter. Toch dacht ik rechts een open plek te zien. Maar ik zei niets, want ik wilde dat Jason de ontdekking deed. Petey moest mijn gedachten gelezen hebben. Ik zag hem van de kaart opkijken en ik zag zijn blik, alsof hij de open plek gezien had, maar ook hij zei niets.

Ik reed er dichter langs.

De opening tussen de bomen werd iets duidelijker zichtbaar.

'Daar,' wees Jason. 'Het pad!'

'Mooi werk,' zei Petey.

'Nou en of,' voegde ik daaraan toe. 'Ik zou er zó langs gereden zijn.'

Ik stuurde naar rechts en reed een hobbelig zandpad op. Tussen de wielsporen groeide helmgras. De takken van dichte struiken streken langs de auto. Boven ons hoofd was een dak van sparrentakken.

'Goh, zouden we vast komen te zitten?' Jason leunde bezorgd naar voren.

'Niet met zo'n terreinwagen,' zei Petey. 'Dan moet het nog heel wat ruiger worden voordat we in de problemen komen.

Al sneeuwde het, dan hoefden we ons nog geen zorgen te maken.'

'Sneeuw?' Jason fronste zijn voorhoofd. 'In juni?'

'Tuurlijk,' zei Petey. 'Om deze tijd van het jaar kun je nog complete sneeuwstormen meemaken in de bergen.' De begroeiing werd dunner. 'Moet je eens naar die bergtoppen kijken, hoeveel sneeuw daar nog op ligt. Zo hoog in de bergen is de zon nog niet heet genoeg geweest om de sneeuw te smelten.'

Het pad zigzagde omhoog met scherpe haarspeldbochten. De helling onder ons werd duizelingwekkend steil. De hobbels in de weg waren zo diep dat alleen de cowboys die hier jaren geleden met hun wilde paarden gekomen waren, hier met plezier hadden kunnen rijden.

'Wie zou deze weg aangelegd hebben, denk je?' vroeg Jason. 'Hij ziet er verschrikkelijk oud uit.'

'Misschien staatsbosbeheer,' zei ik. 'Of misschien houthakkers of boswachters, voordat het hier werd ingelijfd bij de nationale parken. Ik weet nog dat onze vader zei dat koeherders hier vroeger kleine kuddes hadden om de goudzoekers in de mijnsteden van eten te voorzien.'

'Goudzoekers? Goud?' vroeg Jason.

'En zilver. Een hele tijd geleden. De meeste dorpjes zijn nu verlaten.'

'Spookstadjes,' zei Petey.

'Goh,' zei Jason.

'Of het zijn ski-oorden geworden,' zei ik, in de hoop Jasons verbeeldingskracht wat in te dammen zodat Petey en ik niet wakker zouden liggen van zijn nachtmerries over spoken.

We kwamen over de bergtop heen en belandden in een felgroene weide, met nieuw gras dat stond te wuiven in een lichte bries.

'Zo herinner ik het me van toen pap ons hierheen bracht,' zei ik tegen Petey.

'Na al die tijd,' zei Petey vol ontzag.

‘Zijn we er bijna?’ vroeg Jason.
Een kindervraag van alle tijden. Ik stelde me zo voor dat Petey of ik onze vader dezelfde vraag gesteld hadden. We keken elkaar aan en konden ons lachen niet inhouden.
‘Wat is er zo leuk?’ wilde Jason weten.
‘Niets,’ zei Petey. ‘Nee, we zijn er nog niet.’

13

Het duurde nog een halfuur. Het grasland maakte plaats voor meer sparren en een heuvel die steiler was dan de vorige, met nog scherpere haarspeldbochten. We kwamen over een hobbelige heuvel heen en plotseling bleef ik staan. Ik staarde omlaag naar een amper zichtbare weg die afdaalde naar een vriendelijke, met gras begroeide kom. Zonlicht glinsterde op een plaatje van een meer, met daarachter espen, gevolgd door sparren met daarachter de hoog opdoemende bergen.
‘Ja,’ zei ik met een beklemd gevoel. ‘Precies zoals ik het me herinner.’
‘Niets veranderd,’ zei Petey.
Rechts vormden oude omheiningen de enige afwisseling in het grasland. De verweerde, grijze palen waren al lang geleden weggerot tot bergjes vermolmd hout. We reden erlangs, naar het meer toe. Er waren geen andere auto’s. Ik kon zelfs geen enkele aanwijzing vinden dat hier de laatste tijd nog iemand was geweest.
We bleven op een twintigtal meters van het meer staan, op de plek waar pap ook gestopt was, herinnerde ik me. Toen we uitstapten, snoof ik de frisse, aangenaam koele lucht op.
‘Kijk eens, pap, een oud kampvuur.’
Petey en hij stonden rechts naast de auto. Ik keek naar een verschroeide stenenkring met verkoolde brokken hout in het midden.
‘Dat is inderdaad oud, ja,’ zei Petey. ‘Volgens mij is dit hier

in geen jaren gebruikt.' Hij keek me aan. 'Zou dit dezelfde plek zijn waar jij en ik en pap ons kampvuur hadden?'

'Het is in ieder geval een mooie gedachte.'

Jason borrelde over van de energie. 'Waar gaan we de tent opzetten?'

'Wat dacht je van hier?' Ik wees rechts naast het kampvuur. 'Volgens mij hebben Petey en ik onze vader geholpen om hier de tent op te zetten.'

'Mag ik helpen, pap?'

'Natuurlijk,' zei Petey.

Er was een moment, nadat ik de achterklep had opengemaakt en we onze spullen aan het uitladen waren, dat het gevoel van déjà vu een overweldigende intensiteit aannam. Alles leek meer dan levensecht. Ik keek naar Jason en Petey, die bezig waren de opgevouwen tent uit de nylon zak te halen en probeerden te beredeneren hoe hij moest worden opgezet. Jason, met zijn bril en zijn sproeten, met zijn zandkleurige haar onder zijn baseballpetje uit, zijn veel te grote spijkerbroek en zijn ruim vallende hemd leek zo sprekend op Petey als jongetje dat ik er de rillingen van kreeg.

Jason merkte het. 'Wat is er, pap?'

'Niets. Het is een beetje koud in de wind. Ik ga mijn jack aantrekken. Wil jij het jouwe hebben?'

'Nee hoor, ik heb het niet koud.'

'Grote broer,' riep Petey. 'Jij bent hier degene die weet hoe bouwwerken in elkaar gezet worden. Denk je dat je ons kunt laten zien hoe die verdraaide tent in elkaar moet?'

Met ons drieën waren we een uur bezig.

14

Tegen die tijd was het bijna halftwee. Kate had een lunch ingepakt in een koelbox: boterhammen met kip, vleeswaren en pindakaas, met frisdrank, appels en kleine zakjes chips. Jason maakte een grote bocht om de appels heen, maar verder werkte hij zijn maaltijd in hoog tempo weg, net als Petey en ik. We zagen vissen in het water plonzen, maar we besloten onze hengels nog even ingepakt te laten. Voorlopig was er meer dan genoeg te doen: we moesten op verkenningstocht. We stopten het afval van onze lunch in een zak, deden die in de auto en gingen op pad, om het meer heen.

'Ik weet nog dat daar een grot was.' Ik wees naar een plek boven de boomkruinen. 'En een heleboel plaatsen waar je omhoog kon klimmen.'

Petey schreeuwde naar Jason, die voor ons uit holde: 'Hou jij van klimmen?'

'Weet ik niet!' Jason draaide zich naar ons om, terwijl hij verder rende. 'Nog nooit gedaan!'

'Je vindt het vast fantastisch!'

Het meer had een doorsnee van een meter of honderd. We kwamen aan de overkant en vonden een beekje dat erin uitmondde. Het water stroomde snel vanwege het smeltwater, en was te breed om over te steken. Dus volgden we de waterloop bergopwaarts, tussen de espen door. Het gebrul van het water was bij tijden zo luid dat we elkaar niet konden horen.

Al zaten we hier duizend meter hoger dan de zestienhonderd meter boven zeepeil waaraan we in Denver gewend waren, de ijle berglucht hield ons niet op. Hij werkte zelfs stimulerend. Het leek wel of je vitaminen inademde. Terwijl ik mijn benen strekte om over gevallen bomen heen te klimmen of over grote rotsblokken te klauteren, beleefde ik zo'n genoegen aan die fysieke activiteit dat ik mezelf een standje gaf dat ik niet eerder vrij genomen had om dit soort dingen te doen.

Aan de overkant van het beekje, boven ons, bewoog een hert. Het bruine silhouet verstrakte toen wij eraan kwamen en verdween toen met elegante sprongen tussen de witte boomstammen. Gezien de herrie van het water had hij ons niet horen aankomen, dacht ik. Hij moest ons geroken hebben.

Toen zagen we een tweede verstijfd silhouet dat even later wegsprong, en een derde. Ondanks het geraas van de beek hoorde ik hun hoeven denderen.
Al gauw kwamen we bij de plek waar de beek in een waterval van een hoge, steile rotswand kletterde die te gevaarlijk was om te beklimmen. We maakten een bocht naar links en volgden een steil pad omhoog, vol hoefsporen. Het spoor boog verder naar links en liep in een vlakke lijn langs een helling vol bomen, zo voorspelbaar dat we, toen onze aandacht getrokken werd door een door de zon beschenen rotsrand boven onze hoofden, besloten daar eens te gaan kijken.
De plek was moeilijker bereikbaar dan we gedacht hadden. Zowel Petey als ik verloren een paar maal ons houvast op de losse stenen ondergrond. Als we geen kans gezien hadden om ons vast te grijpen aan blootliggende boomwortels, zouden we naar de bodem gerold zijn en hadden we onze armen en benen lelijk geschramd, misschien zelfs iets gebroken. Jason daarentegen klauterde als een klipgeit tegen de rotswand op.
Zwaar hijgend kropen Petey en ik over de rand heen, waar Jason op ons zat te wachten op een grote, platte steen die uitzicht bood op de beek onder ons en de rotsspleet waar hij doorheen kolkte. Zeventig meter hoger zaten we zo ver van het gebrul vandaan dat ik niet meer hoefde te schreeuwen toen ik Jason waarschuwde: 'Blijf bij die rand vandaan.'
'Doe ik,' beloofde hij. 'Maar jemig, dit is wel heel gaaf, pap.'
'Daar haalt televisie het niet bij, wat jij?' zei Petey.
Daar moest Jason over nadenken. Zijn gezicht kreeg een uitdrukking van 'nou, dat hoor je mij niet zeggen'.
Petey lachte.
'Waar is die grot waar je het over had?' vroeg Jason.
'Ik weet het niet meer goed,' zei ik. 'Ergens aan deze kant van de beek, dat is het enige dat ik zeker weet.'
'Mogen we ernaar op zoek?'
'Jazeker. Maar eerst even pauzeren.'

Ik liet me op de platte steen zakken, maakte mijn veldfles los van mijn riem en nam een lange slok ietwat lauw, enigszins naar metaal smakend, onvoorstelbaar heerlijk water. De boswachter die ik aan de telefoon had gesproken, had met klem gezegd dat we veldflessen mee moesten nemen, en rugzakken met noodrantsoenen, een kompas, een topografische kaart (met die laatste twee kon ik niet omgaan), een verbandtrommel en een regenponcho voor als het slecht weer werd. 'Trek lagen over elkaar heen,' had ze geadviseerd. 'En hou een droog jack in je rugzak.' Ik had mijn spijkerjack aangetrokken voordat we de auto uit stapten. Nu had ik het zo warm gekregen van de tocht dat ik het jack uittrok en in de rugzak propte.
'Iemand zin in pinda's en rozijnen?' vroeg ik.
'Ik zit nog vol van de lunch,' zei Petey.
Jason keek ongemakkelijk.
'Wat is er?' vroeg ik.
'Ik moet...'
Het duurde even voordat ik het doorhad. 'Plassen?'
Jason knikte bedremmeld.
'Ga maar achter die rots daar,' zei ik.
Aarzelend verdween hij uit het zicht.
Nu ik voorlopig aan mijn ouderlijke verplichtingen had voldaan, stapte ik naar voren om de bergspleet te bewonderen. De beek tuimelde in een reeks lage watervallen omlaag. Er hing waterdamp boven. Wat had Jason ook weer van het uitzicht gezegd? Gaaf? Hij had gelijk. Dit was verschrikkelijk gaaf.
Achter me riep hij plotseling: 'Pap!'
Er sloeg iets met zo'n kracht tegen mijn rug dat het mijn adem wegnam. Ik zeilde de leegte in.

15

De val zoog nog meer adem weg. Het beetje dat over was, klapte mijn mond uit toen ik op losse stenen viel. Kreunend rolde ik mee naar beneden. Plotseling zeilde ik weer de lucht in en viel ik nog verder, terwijl mijn maag naar mijn keel geperst werd. Ik kwam met een pijnlijke schok tot stilstand. Mijn linkerarm werd uitgerekt alsof hij ieder moment uit de kom gescheurd kon worden. Mijn arm schoot los. Ik viel opnieuw, en sloeg tegen iets hards aan. Ik werd opgeslokt door kille mist.

Wervelende duisternis. Toen mijn oogleden langzaam opengingen, veranderde het zwart in grijs, maar het gewervel ging door. In mijn hele lichaam werd pijn wakker. Koortsig van ellende besefte ik pas na een hele tijd dat de grijze wervelingen om me heen de waterdamp was die opkolkte vanuit de waterval. Van het gebrul werd ik nog duizeliger dan ik al was.

Ik had het gevoel dat ik door een koud, nat washandje heen lag te ademen. Langzamerhand drong door dat mijn linkerarm over mijn neus en mond heen lag. Mijn mouw was doorweekt van de damp die opsteeg vanuit de donderende stroom. Maar even later begon ik te rillen, toen ik zag dat mijn mouw niet alleen van de mist zo nat was. Bloed. Ik had een enorme snee in mijn arm.

Angst schoot door me heen. Ik deed mijn best om mijn hoofd op te tillen en zag dat ik op mijn rug op een richel lag. Onder me was een lege ruimte van, naar ik schatte, zo'n vijftig meter. Een reeks uitstekende rotspunten leidde steil omlaag naar het bulderende water.

Jezus, wat was er gebeurd?

Ik tuurde omhoog. Door de damp was de bovenkant van de rots amper te zien. Toch kon ik door de nevel heen een lange helling vol losse stenen onder de rotsrand zien liggen. Die helling was mijn redding geweest. Als ik een ononderbroken

val had gemaakt tot op de plek waar ik nu lag, waren mijn verwondingen rampzalig geweest. Nu was ik echter van de helling af gerold, waardoor de lengte van de val pijnlijk verkort was. Maar onder die helling met losse stenen was een richel geweest waarover ik gevallen was naar de richel waarop ik terechtgekomen was, en de afstand tussen die twee bedroeg een meter of zeven. Een doodsmak. Waarom was ik dan niet dood?
Mijn rugzak bungelde boven me. Hij was blijven hangen aan een scherpe tak van een onvolgroeide spar die kans had gezien vanuit de rotswand te groeien. Ik herinnerde me dat ik mijn windjack in de rugzak had gestopt en de rugzak over mijn linkerschouder had gehangen voordat ik het ravijn in was gaan staren. De tak had de rugzak gevangen. De scherpe pijn in mijn linkerschouder gaf wel aan met welke kracht ik tot stilstand was gekomen. Mijn arm was uit de riem geschoten. Ik was één lichaamslengte gevallen, en op deze richel beland. Geluk, dat was het enige dat me gered had.
Ik probeerde te gaan zitten. Iedere beweging was een marteling. Mijn hele verstand kapseisde, alsof er kogellagers los van voor in mijn schedel naar achter rolden. Even dacht ik dat ik moest overgeven.
'Jason!' probeerde ik te schreeuwen. 'Petey!'
Maar de woorden waren als stenen in mijn keel.
'Jason!' probeerde ik, harder nu. 'Petey!'
Het gebrul van de stroom overstemde mijn geroep.
Geen paniek, dwong ik mezelf te denken. Het maakt niet uit of ze me niet kunnen horen. Ze weten waar ik ben. Ze komen me helpen.
Mijn god, ik hoop maar dat ze niet naar beneden proberen te klimmen, dacht ik plotseling.
'Jason! Petey! Blijf waar je bent! Jullie vallen hier dood!'
Mijn stem brak, en mijn woorden waren een hees gefluister.
Gespannen tuurde ik door de nevel in de hoop dat ik een glimp zou opvangen van Jason en Petey die over de rand

heen tuurden, op zoek naar mij. Niets te zien. Misschien probeerden ze een gunstiger plek te vinden voor de afdaling, dacht ik. Of misschien waren ze zo snel ze konden op weg terug naar het begin van de bergspleet, in de hoop dat ze me van onder af konden bereiken.
Ik bad dat ze voorzichtig zouden doen, dat Jason geen overdreven risico's zou nemen, dat Petey hem zou tegenhouden als hij dwaze dingen wilde doen. Bevend keek ik door de scheur in mijn overhemd naar mijn arm. Ik veegde het bloed weg en zag een jaap van bijna vijftien centimeter van halverwege mijn elleboog naar mijn pols lopen. Meteen welde er weer bloed op, zodat de wond aan het zicht onttrokken werd. Het droop van mijn arm en vormde een plasje op de bergrichel.
Ik kreeg een galsmaak in mijn mond.
Doe iets, dacht ik. Ik kan hier niet gewoon blijven zitten doodbloeden.
Mijn rugzak leek boven me te zweven. Ik stak mijn goede arm uit, maar kon er niet bij. Krimpend van de pijn wist ik de kracht op te brengen om overeind te komen.
Mijn EHBO-trommel in de rugzak, dacht ik.
Mijn benen begaven het. Ik klauwde naar een uitholling in de bergwand en wist nog net te voorkomen dat ik het ravijn in rolde. Ondanks de kilte van de beek brak het zweet me uit. Bevend van de shock greep ik naar een hoger gelegen uitholling en kwam ik wankelend overeind. Even zag ik vlekken voor mijn ogen. Toen werd mijn blik weer helder en staarde ik naar mijn rugzak. Wanhopig zag ik dat die geen centimeter dichterbij gekomen leek. Mijn gewonde arm bungelde aan mijn zijde. Ik stak mijn rechterarm omhoog. *Nog vijftien centimeter.* Ik hoef nog maar vijftien centimeter, dacht ik.
Ik drukte me plat tegen de rots aan en ging op mijn tenen staan. Daarbij schoot een bonzende pijn door mijn heupen, mijn flanken en mijn ribben heen. Ik rekte me zo ver moge-

lijk uit en ademde triomfantelijk uit toen ik de band van de rugzak te pakken kreeg.
Het nylon was glibberig geworden door de waterdamp die opsteeg van de beek. Het glipte uit mijn vingers, maar meteen greep ik de band weer vast, rekte me met uiterste inspanning nog iets meer uit en greep uit alle macht de rugzak vast. Ik rukte hem opzij, in de richting van de bergspleet, en wrong hem los van de dikke tak waaraan hij was blijven hangen. Eén, twee rukken, en toen voelde ik me plotseling gewichtloos doordat de rugzak losschoot.
In mijn val dook ik naar de richel. Ik schreeuwde het uit toen mijn gewonde arm neerkwam, maar ik gaf mezelf niet de kans om te reageren. Ik mocht me op niets anders concentreren dan op mijn gezonde arm, die over de rand hing, terwijl de rugzak aan mijn vingers bungelde.
Voorzichtig rolde ik me op mijn rug en legde ik de tas op mijn borstkas. De verleiding om zo te blijven liggen verdween al snel toen mijn arm weer begon te bloeden. Met een misselijk gevoel maakte ik de rugzak open, groef onder mijn windjack en mijn regenponcho, schoof de zakjes astronautenvoedsel opzij en vond de plastic hoes van de EHBO-trommel.
Ik frummelde hem open, maar trof tot mijn afgrijzen alleen pleisters en verbandgaasjes aan, met een schaar, ontsmettende doekjes, antibioticazalf en een plastic flesje Tylenol. Niets dat het bloeden zou kunnen stelpen.
Een tourniquet, dacht ik. Van mijn riem. Die trek ik strak om mijn arm heen en...
Maar nog voordat ik de gesp had losgemaakt, herinnerde ik me ooit ergens gelezen te hebben dat tourniquets gevaarlijk zijn, vanwege de kans op bloedstolsels en gangreen als je ze niet regelmatig losmaakte.
Wat maakt het ook uit, dacht ik. Ik bloed toch wel dood voordat ik bezwijk aan gangreen.
Een drukverband. In datzelfde artikel over tourniquets had gestaan dat een drukverband de veilige manier was om bloe-

dingen te stoppen, iets wat druk op de wond uitoefende zonder de bloedstroom af te knellen. Maar waar kon ik iets bruikbaars vinden?
Het bloeden werd erger.
Misschien kwam het doordat ik licht in het hoofd aan het worden was, maar het duurde langer dan strikt noodzakelijk was voordat ik me iets anders herinnerde dat in de rugzak kon zitten. Ooit, toen Kate een studiereis naar Parijs had gemaakt, had ze een enkel verzwikt en was ze moeizaam van de ene naar de andere drogist gehinkt op zoek naar een rekverband, van dat brede, lange, elastische spul dat je rond een verzwikking of een verstuiking doet om de gewonde zone wat steun te geven. Sinds die tijd nam ze, wanneer ze maar op reis ging, altijd zo'n ding mee. En ze zorgde er altijd voor dat er één in mijn bagage zat.
Duizeliger nu tastte ik met mijn rechterhand in de rugzak. Waar is dat ding, vroeg ik me af. Niets voor Kate om hem niet ingepakt te hebben, wist ik.
Verdomme, dit keer had ze hem niet ingepakt.
Ik stond in mijn wanhoop net op het punt om de hele rugzak ondersteboven te keren, toen ik een bobbel in een zijvak zag. Met grote inspanning wist ik mijn verstand helder te houden. Ik maakte de rits van het vak open en huilde bijna van opluchting toen ik een opgevouwen rekverband aantrof. Moeizaam opende ik met één hand, soms met mijn tanden, een paar pakketjes en maakte ik de snee schoon met ontsmettende doekjes, smeerde ik er antibioticazalf overheen en drukte ik een paar gaasjes op de wond, die meteen doordrenkt raakten van het bloed. Haastig bond ik het rekverband rond mijn linker onderarm. Ik wikkelde het zo strak mogelijk, maar laag na laag kleurde rood van het bloed.
Zo snel als ik kon bond ik nog meer verband om mijn arm en trok ik het nog steviger aan. Met grote bezorgdheid zag ik hoe weinig verband er nog maar over was. Ik bad dat het bloed niet door de buitenste laag heen zou komen. Nog twee

lagen. Nog één. Ik maakte het uiteinde vast met de klemmetjes die bij het verband hoorden. Toen staarde ik rillend van ellende naar het verband om te zien of het bloed erdoorheen zou dringen. Even vreesde ik dat het lichtbruin van het verband roze zou kleuren, en daarna rood. Ik hield mijn adem in en ademde pas uit toen ik zag dat er maar een klein stukje roze ontstond, en dat de vlek zich niet uitbreidde.
Het glas van mijn horloge was aan gruzelementen en de wijzers waren blijven staan op tien over twee. Ik had geen idee hoe lang ik op de richel had gezeten, maar toen ik door de waterdamp heen omhoogkeek, leek de zon sinds mijn val, nog maar zo kort geleden, verder naar het westen opgeschoven te zijn dan ik verwacht had. Kennelijk was ik langer buiten bewustzijn geweest dan ik dacht.
Ik staarde omhoog naar de richel, maar nog steeds zag ik Petey en Jason niet. Geef ze de tijd, dacht ik.
Het probleem was, dat ik in heel wat ergere problemen zou geraken als ik hier niet snel wegkwam.
Ik was geen buitenmens – dat had ik nu wel bewezen. Maar je kon onmogelijk in een bergstaat als Colorado leven zonder verhalen in de krant te lezen of bij het nieuws te horen over de gevaren van onderkoeling. Wandelaars die met een shortje en een T-shirt de bergen in liepen en doorweekt raakten bij een onverwachte storm. Als de temperatuur dan daalde en de wandelaars niet binnen drie uur warme kleren en warme dranken kregen om hun snel dalende kerntemperatuur te verhogen, gingen ze dood van de kou.
Huiverend lag ik op de koude, kille richel. Mijn handen en voeten waren gevoelloos geworden. Als ik niet snel van die richel af kwam, dacht ik, doet het er niet meer toe dat ik het bloeden gestelpt heb. Dan ga ik dood door onderkoeling.
Ik probeerde te berekenen hoe ik de bijna loodrechte rotswand op moest klimmen naar de volgende uitstekende richel, en daarvandaan de puinhelling op naar de bergtop. Ik wist dat ik mijn gewonde arm niet kon gebruiken. Er was

maar één andere manier om van de richel te komen...
Ik staarde naar beneden en probeerde te schatten hoe de rots naar de beek toe liep. Het was een steile helling vol uitstekende punten. De richel onder me lag anderhalve meter dieper, de volgende lag daar weer drie meter onder. Ik wilde niet eens denken aan de obstakels die verder naar beneden konden liggen.
Maar de zon was al achter de rotswand verdwenen. De bodem van het ravijn lag in de schaduw. Hoewel het nog lang geen avond was, zou het hier binnenkort donker worden. De omringende bergen zouden de zon vroeger blokkeren dan ik gewend was. En als het eenmaal donker was, mocht ik er niet op hopen dat ik nog voor de ochtend gered zou worden.
Tegen die tijd zou ik dood zijn.
Met martelende pijnen bij iedere beweging hees ik de rugzak over mijn schouders, ging ik op mijn buik liggen en liet ik me over de rand zakken. Ik zakte zo ver omlaag als mijn gezonde arm toeliet, en liet me toen vallen.
De schok van de landing ging me door merg en been. Bijna ging ik tegen de vlakte. Ik kroop over de zijkant van de volgende uitstekende punt heen, en daarbij scheurde ik mijn hemd en schramde ik mijn borst. Mijn opengehaalde knieën waren door mijn gescheurde spijkerbroek heen te zien. Met uiterste inspanning wist ik mijn gevoelens te bedwingen. Ik klauterde verder naar beneden. Een paar plekken die er van boven af onmogelijk uitgezien hadden, bleken mee te vallen: rotsblokken die dienst deden als traptreden. Andere plekken, die er gemakkelijk uitgezien hadden, bleken angstaanjagend moeilijk te zijn.
En het werd steeds donkerder. Naarmate het gebrul van het water dichterbij kwam, daalde ik behoedzamer af. Er was een moment dat ik, toen ik voorzichtig testte of ik houvast had, bijna het ravijn in viel doordat een rotsblok losschoot onder mijn gewicht en naar de bodem rolde. Niet alleen werd het

steeds schemeriger, maar ook werd de nevel die van het water opsteeg allengs dichter. Het water parelde op mijn gezicht, doordrenkte mijn kleren en deed me nog harder huiveren. Ik herinnerde me dat slachtoffers van onderkoeling tegen het einde versuft raakten en niets meer van hun omgeving merkten. Ik streed om mijn gedachten op een rijtje te houden.
Uiteindelijk bleek ik op de bodem beland te zijn voordat ik er erg in had. Ik stapte bijna in de razende stroom, zo verdoofd door het donderende geweld dat ik niet had gemerkt hoe dichtbij ik was. Ik deinsde achteruit en verzwikte bijna mijn enkel. Geschrokken van het onwerkelijk aandoende contrast tussen de blauwe hemel boven het ravijn en de snel invallende schemering op de bodem liep ik behoedzaam langs het kolkende water. Al snel was ik doorweekt van de opspattende druppels. Naarmate de ravijnbodem afliep naar de donkere uitgang, begon ik me zorgen te maken dat ik in het zicht van mijn ontsnapping een been zou breken. Ik wrong me langs glibberige rotsen, greep steenblokken beet voor houvast en was geestelijk en lichamelijk zo versuft dat het een tijdje duurde voordat ik doorhad dat ik tegen een boom stond te leunen, niet tegen een rotsblok, dat het zonlicht in schuine banen omlaag kwam zetten en dat ik al een tijdje het ravijn uit was en nu door een bos strompelde.
Het is bijna voorbij, hield ik mezelf voor. Nu hoef ik alleen nog maar het water te volgen, door het bos heen naar het meer. Ik begon sneller te lopen en stelde me al voor hoe ik het autoportier zou openmaken. Ik verheugde me op de opluchting als ik naar binnen kon kruipen en de motor kon starten. Ik voelde de warmte al bijna over me heen stromen en ik dacht aan de warme kleren in mijn koffer, die ik onmiddellijk zou aantrekken.
'Jason! Petey!'
Ik kwam tussen de bomen uit en stond aan de rand van het meer. Met samengeknepen ogen keek ik door het afnemende zonlicht naar de overkant.

Mijn maag zakte naar mijn knieën toen ik zag dat de auto er niet stond.
Maar daar was natuurlijk een verklaring voor! Petey en Jason waren hulp gaan halen, dacht ik. Ze zouden zo terugkomen. Ik hoefde alleen maar naar de tent te kruipen en proberen op temperatuur te komen.
De tent was ook weg.
'Nee!' De aderen in mijn hals dreigden te barsten, maar ik kon niet ophouden met schreeuwen. 'Neeee!'

16

Ontkenning is een verbijsterende emotie. Tijdens mijn afdaling had ik al wel af en toe een knagende achterdocht gevoeld, maar die had ik weten te onderdrukken omdat ik het te druk had met overleven. Nu probeerde ik nog steeds mezelf voor te houden dat ik het bij het verkeerde eind had. Tenslotte zou de mogelijkheid dat mijn broer me van een rots af zou duwen zes uur geleden onmogelijk geschenen hebben, zeker gezien de bergen schuldgevoel die ik met me meetorste.
Mijn god, wat had Petey met Jason gedaan?
Razend van woede en zo hevig bevend dat mijn tanden op elkaar klapperden, rukte ik mijn natte overhemd uit en trok ik mijn spijkerjack uit de rugzak. Snel trok ik het over mijn blote huid aan. Het jack was nat van de waterdamp, maar voelde aan als pure luxe in vergelijking met wat ik eerder gedragen had.
Maar het zou niet genoeg zijn. Ik moest een vuurtje maken, ik moest mijn spijkerbroek en mijn sokken en schoenen drogen. Ik maakte een zijvak van de rugzak open en zag dat het metalen buisje met lucifers inderdaad waterdicht was, zoals de verkoper in de winkel met kampeerartikelen beloofd had. Daarna ging ik het bos in om hout te sprokkelen.
Mijn natte spijkerbroek ging ijzig aanvoelen door de wind,

die ook dwars door mijn jack heen blies. Ik sloeg mijn armen om me heen en probeerde mezelf warm te houden, maar ik trilde erger dan ooit. Zonder te weten wat ik deed, imiteerde ik de opbouw van het kampvuur aan de overkant van het meer: stenen in een kring op een open plek. Ik legde wat takjes en dorre blaadjes in het midden, plaatste daar een stel gebroken stokken overheen en streek een lucifer af. Maar mijn hand schudde zo vreselijk dat de vlam doofde toen ik de lucifer naar het blad bracht. Ik probeerde het opnieuw, met een wanhopige poging om mijn hand stil te houden. Met opperste concentratie wist ik mijn armspieren tot bedaren te brengen en ditmaal bereikte de vlam de bladeren. Er steeg een pluimpje rook op en het geknetter van vuur klonk.
Ik had een vreselijke dorst, maar toen ik mijn hand uitstak naar de veldfles aan mijn riem, bleek die weg te zijn. Ik was ontzet; niet alleen omdat ik de fles kwijt was, maar ook omdat ik dat nu pas merkte. Mijn tong was zo droog dat hij aan mijn verhemelte plakte. Het gebrul van de beek vlakbij klonk zeer verlokkelijk en ik moest me beheersen om geen handenvol water op te scheppen, maar ik had geen idee wat voor bacteriën er in het water konden leven. Ik durfde geen risico te nemen. Als ik moest braken of diarree kreeg, zou ik nog veel erger uitdrogen dan nu al het geval was.
De zon zakte steeds verder naar de horizon. Ik moest zoveel mogelijk takken opstapelen. Terwijl de laatste stralen achter de bergen verdwenen, werkte ik zo hard mogelijk en sleepte ik grote stukken hout naar het vuur. Even later viel de duisternis in.
Maar die was niet zo zwart als mijn gedachten. Jason. *Had Petey hem iets gedaan?* Alstublieft, God, bescherm mijn zoon. *Alstublieft.*
In de kilte van de nacht schoof ik zo dicht mogelijk naar het vuur en maakte dat woord tot mijn mantra. Ik wist niet wat het belangrijkst was: de noodzaak om warm te worden of de angst dat ik voor het einde van de nacht door mijn brand-

stofvoorraad heen zou zijn. Ik pakte het shirt dat ik uitgetrokken had. Ik hield het zo dicht mogelijk bij het vuur en draaide het om en om, uit angst dat ik het zou verbranden voordat het droog was. Delen ervan waren aan flarden, maar toch was het een extra laag, dacht ik. Ik had geen zin om langer dan nodig met blote rug en borst in de kou te zitten, dus snel trok ik mijn jack uit en het shirt aan, met daar het jack weer overheen. Ik trok de regenponcho uit mijn rugzak en trok die ook aan. Met de capuchon over mijn hoofd getrokken was dat ook weer een extra isolerende laag. Mijn handen deden pijn van de kou. Ik wreef ze boven het vuur en kon mezelf wel voor het hoofd slaan dat ik er niet aan had gedacht om handschoenen mee te nemen.
Jemig, als ik slim geweest was had ik Petey natuurlijk nooit bij me thuis gevraagd. Maar hoe ik ook probeerde om in zijn gedrag van de afgelopen paar dagen een teken te ontdekken, ik kon niets verzinnen.
Klootzak, gilde ik inwendig. Maar wat er gebeurd was, was natuurlijk mijn eigen schuld.
Bij de weersvoorspelling was gesproken over een minimumtemperatuur van 4 graden. Als ik in slaap viel en het vuur uit liet gaan, zou ik zo koud kunnen worden dat ik nooit meer wakker zou worden. Ik dacht aan de warme slaapzakken in de auto. Ik stelde me voor dat ik in zo'n slaapzak kroop, de rits dichttrok en...
Ik schrok wakker. Ik lag op het gras naast de nog maar amper nagloeiende resten van het vuur. Hevig geschrokken probeerde ik mijn rechterhand in beweging te zetten, tastte naar een handvol twijgjes en duwde die met een stok de met as overdekte kolen in. Ik keek hoe de takjes vlamvatten. Met onhandige bewegingen stapelde ik meer hout op het vuur. Langzaam aan verdween het verdoofde gevoel, maar de vreselijke angst om dood te gaan van de kou bleef bij me. Met droge mond probeerde ik op wat pinda's en rozijnen te kauwen. Ik kwam geestelijk weer wat bij mijn positieven door

voor Jason te bidden. Zonder het vuur ook maar een moment uit het oog te verliezen, dacht ik wrokkig na over Petey.
Ik haatte hem.
En ik bleef wakker.

17

Eerst voelde het zo zacht aan dat ik dacht dat ik het me verbeeld had, een onzichtbare, koele veer die in het donker langs mijn gezicht streek. Toen hoorde ik een zacht gesis op de hete rotsen bij het vuur. In mijn verwarring moest ik meteen denken aan ons koffiezetapparaat als er een paar druppels uit de kan op de hete plaat vielen. Meteen werden de vlagen sterker en werd de wind nog killer.
Ik had versuft op de grond gelegen en kwam nu overeind. Het grauwe licht van vlak voor de dageraad gaf een eerste indruk van wat er om me heen wervelde. Mijn eerste geschrokken impuls was om meer hout op het vuur te gooien, maar terwijl de sneeuw luider op de hete stenen siste, probeerde de zon zich boven de bergtop in het oosten uit te worstelen en werd het zo licht dat ik het witgekleurde gras om me heen kon zien. Donkere wolken hingen laag boven de grond. Ondanks het extra hout dat ik op het vuur had gegooid, namen de vlammen af. Er steeg rook op.
In paniek pakte ik mijn rugzak. Zoals Petey tegen Jason had gezegd toen we de snelweg af reden, begin juni was niet te laat voor sneeuw in de bergen. Op tv werden mensen soms bij de weersvoorspelling gewaarschuwd dat het op grote hoogte zomaar, zonder waarschuwing, slecht weer kon worden. Maar dat was nu niet voorspeld, en ik had gedacht dat we ons met de auto en de tent geen zorgen hoefden te maken. Nu vervloekte ik mezelf dat ik geen betere plannen had gemaakt.
De snelweg was een halfuur met de auto hiervandaan. Met

gefronst voorhoofd vanwege de steeds dikkere en donkerder wolken probeerde ik uit te rekenen hoe ver het te voet was. De weg de bergen in was zo slecht geweest, het terrein zo ruig, dat ik zelden meer dan dertig kilometer per uur had kunnen rijden. Dat betekende dat de snelweg zo'n vijftien kilometer verderop lag. Maar met mijn zere enkel kon vijftien kilometer wel vijf of zes uur lopen zijn. En dat met kleren die te dun waren voor deze kou. Bovendien besefte ik, nu de sneeuwvlagen toenamen zodat ik het meer niet meer kon zien, dat ik waarschijnlijk de weg naar de snelweg niet eens zou kunnen vinden, dat ik het risico liep dat ik in cirkels zou ronddolen tot ik erbij neerviel. Als ik geweten had hoe ik het kompas moest gebruiken dat de verkoper in de kampeerwinkel me had verkocht, dan hadden mijn kansen uiteraard anders gelegen. Maar spijt was geen overlevingsemotie. Angst om Jason wel. Woede tegenover Petey ook.

Toen ik aan Jason dacht, herinnerde ik me plotseling de laatste keer dat ik hem gezien had. Op die rotsrand. 'Waar is die grot waar je het over had?' had hij toen gevraagd.

De grot.

Als ik die kon vinden voordat de storm aanwakkerde...

Worstelend om de kracht te vinden wankelde ik het bos in. Plotseling werd het zicht slechter en ik strompelde naar rechts, naar de beek. Niet om eruit te drinken, maar om de stroom als leidraad te gebruiken. Een witte sluier omhulde me toen ik het kolkende water tussen de bomen door volgde. De sneeuwvlokken werden dikker. De sneeuw op de grond bedekte mijn tennisschoenen.

Mijn tennisschoenen. Ik had een kompas gekocht dat ik niet kon gebruiken, maar ik had het advies van de verkoper in de buitensportwinkel in de wind geslagen, namelijk om stevige wandelschoenen te kopen. Die had ik niet nodig, had ik hem gezegd. We gingen geen zware tochten maken.

Ik begon het gevoel in mijn voeten te verliezen. Hinkend werkte ik me een heuvel op, vol zorgen dat er een rots onder de sneeuw los zou laten zodat ik zou vallen. Kon ik vertrouwen op mijn herinnering, wist ik nog waar de grot was? Voor zover ik wist, lag die aan de overkant van de beek en was het amper meer dan een spleet in een rots die in mijn dertienjarige ogen enorm was geweest.

De heuvel eindigde in een steile richel naar links. Toen ik daarlangs ploeterde, maakten de espen plaats voor sparren. Takken prikten in mijn armen en krasten over mijn gezicht. Toen de sneeuwval heviger werd, begon ik te vrezen dat ik langs de grot zou wankelen zonder hem ook maar te zien. Volgende zomer zouden bergwandelaars mijn lijk vinden, of wat daarvan over was nadat de aasdieren uit het bos er zich te goed aan hadden gedaan.

Ik ben architect, geen survivalspecialist, dacht ik. Ik kon mijn handen amper meer voelen. Waarom had ik in godsnaam geen handschoenen in mijn rugzak gestopt? Ik was zo stom dat ik het verdiende om dood te gaan.

Ik probeerde een sparrentak te ontwijken, struikelde, viel en sloeg bijna met mijn hoofd op een rotsblok rechts van me. Stom. Verdiende het om...

18

Architect.

Die vage gedachte prikte door mijn afnemende bewustzijn heen.

Wist hoe ik...

Langzaam nam de gedachte vorm aan, zodat ik me omdraaide naar het rotsblok waar ik bijna met mijn hoofd op geklapt was.

Dingen bouwen.

Toen ik overeind krabbelde, ontdekte ik dat de rots tot aan mijn borst reikte. Een tweede rotsblok, anderhalve meter verder naar rechts, was iets minder groot. De blokken lagen tegen een helling die een achterwand vormde.

Dingen bouwen, herhaalde ik.
Ik strompelde naar de sparrentak die ik had willen ontwijken, ging er met mijn volle gewicht aan hangen en voelde hoop opkomen toen er een luid gekraak door de stilte klonk. Uit alle macht werkend sleepte ik de tak door de sneeuw naar de rotsblokken en tilde hem erbovenop, zodat hij stevig vast kwam te liggen. Wankelend herhaalde ik dit proces een paar maal. Ik legde de naalden schuin over elkaar heen om te proberen een dak te maken.
Mijn handen deden zo vreselijk pijn van de kou dat de tranen over mijn wangen biggelden, waar ze meteen bevroren. Maar ik had geen tijd om mijn rauwe en bloederige handen onder mijn regenponcho te steken in een poging ze aan mijn borst te verwarmen. Er was te veel te doen. Met stenen zo groot als een voetbal verankerde ik de uiteinden van de takken.
IJlend schopte ik de sneeuw van de grond tussen de rotsblokken naar de bergen buiten mijn schuilplaats. Ik stak twee takken vol naalden in de ingang van mijn schuilplek om de wind buiten te houden. Ik kon niet ophouden, hoe pijnlijk mijn handen ook aanvoelden. Ik moest dode takken, bladeren en stokken halen en die tegen de achterwand van mijn hut opstapelen.
Achterin had ik een kleine opening gelaten, waar de rotsblokken de rotswand raakten, in de hoop dat de rook daardoor zou ontsnappen. Uit de wind en de neervallende sneeuw voelde ik me minder aangevallen door de kou. Maar mijn handen waren net klauwen toen ik met onhandige bewegingen een stapeltje takjes en blaadjes maakte en het lucifersdoosje opende om er een kaartje uit te halen. Ik kreeg maar amper een lucifer van het kartonnetje gescheurd. Mijn vingers leken mij niet toe te behoren. Keer op keer viel de lucifer uit mijn handen. Uiteindelijk was hij zo beschadigd dat ik een tweede moest afscheuren, en gelukkig vatte die vlam toen ik hem afstreek. Hij viel uit mijn handen op het

hoopje twijgjes en bleef branden, zodat er een vuurtje ontstond. Er steeg rook op. Ik hield mijn adem in om niet te hoesten. Opgestuwd door de hitte dreef de rook naar het gat in de achterwand.
Mijn keel was zo droog dat hij opzwol, zodat ik bijna geen lucht meer kreeg. Ik was zo versuft dat ik een hele tijd wazig naar het metalen busje met lucifers bleef kijken voordat mijn verwarde gedachten helder werden en ik besefte wat me te doen stond. Ik frommelde de lucifers in de eerstehulptrommel. Ik raapte de metalen bus op, stak mijn gevoelloze rechterhand naar buiten, vulde de bus met sneeuw en zette hem bij het vuur.
Langzaam begonnen de kristallen te smelten. Bezorgd dat ik mijn hand zou branden, trok ik de mouw van mijn hemd over mijn vingers voordat ik het hete blik greep en wegtrok bij het vuur. Het was maar een centimeter breed en vijf centimeter lang, maar het leek een enorme beker, zo onweerstaanbaar was dat kleine beetje water. Ik moest me beheersen om het te laten afkoelen.
Uiteindelijk kon ik het geduld niet meer opbrengen. Met mijn mouw pakte ik de bus beet. Ik bracht hem naar mijn lippen, blies erop en nam een slok van het warme, bittere water. Mijn uitgedroogde mond absorbeerde het vocht nog voordat ik kon slikken. Gretig stak ik mijn hand naar buiten en vulde het busje met nog meer sneeuw. De restwarmte in het metaal smolt de sneeuw tot water zonder dat ik het bij het vuur hoefde te houden. Ik vulde de bus nog een keer, zette hem bij het vuur en legde nog een paar stokjes op de vlammen.
Zo ging ik verder. Toen mijn mond en keel vochtig genoeg waren, haalde ik een zakje pinda's en rozijnen uit mijn rugzak en kauwde grondig op iedere mondvol zodat ik er zo lang mogelijk mee deed. Vol zorg om Jason en vol haat jegens Petey staarde ik naar het vuur.

Vagelijk herinner ik me dat ik naar buiten ging om sneeuw weg te schuiven bij het rookgat en om meer hout te zoeken. Verder was alles onduidelijk. Een paar keer was het vuur uit als ik wakker werd. Dan was mijn enige bescherming tegen de dood door bevriezing de warmte die de rotsen hadden opgenomen.

Toen ik merkte dat het drukverband rond mijn linker onderarm helemaal roze was gekleurd van de bloeding eronder, reageerde ik niet eens met ontzetting: ik had niet meer het gevoel dat het míjn arm was. Zelfs toen ik zonlicht tussen de takken en de sneeuwhopen voor mijn schuilplek zag schijnen, had ik niet het gevoel dat dat iets betekende. Uiteindelijk merkte ik dat er een hele dag voorbijgegaan was, maar zolang ik had vastgezeten in mijn schuilplaats was de tijd amper verstreken.

Waarschijnlijk was ik versuft blijven liggen totdat ik geen enkele energie meer over had, als er geen water door het dak heen was gaan lekken. De koude druppels vielen op mijn oogleden, en ik schrok. De zon scheen pijnlijk fel. Ik bewoog mijn hoofd. De druppels vielen in mijn mond met een lichte terpentinesmaak van de hars in de sparrentakken. Ik kokhalsde en spuugde het uit, en ging rechtop zitten om een droge plek te zoeken.

Er pletsten meer druppels om me heen, en het bijna dode vuur begon te walmen. Kuchend greep ik mijn rugzak en wankelde naar buiten. Ik moest me een weg banen tussen de takken en de sneeuwbulten bij de ingang door. De warmte van de zon voelde weldadig aan. Er viel sneeuw van de bomen. Er begonnen zich kleine beekjes te vormen. Ik stond in de smeltende sneeuw, mijn voeten en kuiten werden opnieuw nat, maar dit was anders, de zon warmde me op en ik hield op met huiveren. Zo te zien aan de stand van de zon in het zuidoosten moest het halverwege de ochtend zijn. Mijn lichaam wilde zeer beslist niet in beweging komen, maar ik wist dat ik moest profiteren van het goede weer: misschien kreeg ik geen tweede kans.

Ik keek nog eens goed achterom naar mijn schuilplaats. Het was een wankele, schamele constructie, het zag eruit als iets wat een kind gebouwd had, maar nog nooit was ik zo trots geweest op iets wat ikzelf ontworpen had.

Ik begon de berg af te dalen. Het zonlicht schitterde op de sneeuw en stak in mijn ogen. Tegen de tijd dat de zon recht boven me stond was de meeste sneeuw gesmolten en was de bodem in modder veranderd toen ik de eerste weide overstak. Maar de weg was nog steeds nergens te bekennen, en omdat ik weinig aanknopingspunten had bleef ik afdalen, op weg naar de open plekken tussen de bomen waar de weg misschien door het bos heen liep.

Ik herinner me niet meer dat ik Highway 9 vond, of dat ik daar ineenklapte, of dat ik werd gevonden door een toevallige voorbijganger. Dat moet rond zonsondergang geweest zijn. Ik kwam bij in een klein ziekenhuisje in een plaats die Frisco heette. Tegen die tijd was de politie gewaarschuwd. Er kwam een agent, die zich over het bed boog en wilde weten wat er gebeurd was. Later hoorde ik dat het twintig minuten had geduurd voordat hij een samenhangend verslag van mij had gekregen. Ik bleef maar schreeuwen om Jason, alsof mijn zoon zich binnen een armlengte afstand bevond en ik hem kon helpen.

De arts hechtte de wond in mijn linker onderarm. Hij ontsmette en verbond mijn handen, die naar hij vreesde bevroren waren.

De agent kwam terug nadat hij getelefoneerd had. 'Meneer Denning, de politie in Denver heeft een patrouilleauto bij u langs gestuurd. De lichten waren uit en er werd niet opengedaan. Toen ze met een lantaarn in de garage schenen, zagen ze uw Ford Expedition staan.'

'In de garage? Dat kan niet. Waarom zou Petey teruggegaan

zijn naar huis?' De afgrijselijke gevolgtrekking liet niet lang op zich wachten. 'Jezus.'

Ik probeerde uit bed te klimmen. De arts en de agent samen konden me nauwelijks in bedwang houden.

'De agenten hebben een ruit ingeslagen en zijn uw huis binnengegaan. Dat hebben ze grondig doorzocht. Niemand thuis. Meneer Denning, hebt u nog een andere auto?'

'Wat maakt dat...' Mijn hoofd bonkte. 'Mijn vrouw heeft een Volvo.'

'Die staat niet in de garage.'

Dat klonk ook niet logisch. 'Die klootzak moet hem meegenomen hebben. Waarom? En waar zijn mijn vrouw en mijn zoon?' De steeds onbehaaglijker blik op het gezicht van de agent maakte me duidelijk dat dit nog niet alles was.

'De ouderlijke slaapkamer en de kamer van uw zoon zijn geplunderd,' zei de agent.

'Wat?'

'Laden uit kasten getrokken, kleren in het rond gesmeten. Het zag eruit, zeiden ze in Denver, alsof iemand met vreselijke haast die kamers leeggehaald had.'

Ik schreeuwde.

Deel Twee

I

Hoe wanhopig graag ik ook naar huis wilde, de arts weigerde me voor de volgende ochtend te ontslaan. De agent bracht me terug naar Denver. Mijn rechterpols deed pijn van het infuus dat de arts me had gegeven. Na twee dagen zonder voedsel had ik uitgehongerd moeten zijn, maar de schok van mijn emoties had mijn eetlust weggeslagen. Ik moest me dwingen om langzaam op een banaan te kauwen en kleine slokjes uit een flesje sinaasappelsap te nemen.

Toen we mijn straat in reden, zag ik de esdoorns voor het huis, een bestelwagen en een stationcar op de oprit en een auto van de politie van Denver bij de stoep staan. Verderop stonden nog meer auto's en twee vrachtwagens van plaatselijke televisiezenders.

Toen ik de politiewagen uitstapte, herkende ik de vrouwelijke televisiepresentatrice die naar me toe liep, gewapend met een microfoon en met een cameraman in haar kielzog. Haar mannelijke collega van een concurrerende zender kwam niet ver achter haar aan. Ook uit de andere auto's kwamen verslaggevers aanzetten.

'Hoe zijn ze er in godsnaam achter gekomen?' vroeg ik.

'Snel, naar binnen.'

Met uitgestrekte armen vormde de agent een afscheiding terwijl ik over het gazon hinkte. De broek en het hemd die de arts me had geleend (mijn eigen kleren waren aan flarden geweest), hingen los om me heen en bezorgden me een nog groter gevoel van kwetsbaarheid. Ik zag kans naar binnen te komen en de deur achter me dicht te slaan, zodat de herrie van de verslaggevers die mijn naam riepen, doffer werd. Maar daarvoor in de plaats kwamen andere stemmen. Een agent, een paar mannen in blazers en anderen met laboratoriumspullen in hun handen stonden in de woonkamer te praten. Een van de mannen, een forse kerel met een snor, zag me in

de gang staan en kwam naar me toe. 'Meneer Denning?'
Ik knikte, maar die beweging maakte me duizelig.
'Mijn naam is Webber. En dit is sergeant Pendleton.' Hij wees naar een jongere, slankere man zonder baard of snor.
'We hebben op zolder gekeken, in de kelder en tussen de bomen in de achtertuin. Geen spoor van uw vrouw en zoon,' zei Pendleton.
Even begreep ik niet waar hij het over had. De agenten die de vorige nacht het huis binnengedrongen waren, hadden al gezegd dat Kate en Jason niet thuis waren. Als Petey ze had meegenomen in Kates Volvo, waarom had de politie dan nu gezocht op zolder en in de...? Met een misselijk gevoel drong tot me door dat ze hadden gezocht naar goed verborgen lijken.
'U ziet er niet al te best uit, meneer Denning. Gaat u maar even zitten.' Webber voerde me aan mijn arm mee naar de woonkamer, waar de andere mannen plaats maakten. 'Ik haal even een glas water.'
Ondanks de vloeistoffen die ik van de dokter had gekregen, voelde ik me nog steeds uitgedroogd. Toen de rechercheur terugkwam met een vol glas, voelde ik me even heel vreemd, alsof dit zijn huis was en ik zijn gast was. Onhandig hield ik het glas in mijn verbonden handen en nam een slok. Mijn maag protesteerde. Ik wist uit te brengen: 'Hebt u dan helemaal geen idee waar mijn vrouw en mijn zoon zijn?'
'Nog niet,' zei Webber. 'De staatspolitie heeft gemeld wat u hebt verteld, maar we zullen u enkele vragen moeten stellen.' Hij keek naar de schrammen op mijn gezicht. 'Voelt u zich goed genoeg om die te beantwoorden?'
'Hoe sneller ik dat doe, hoe eerder ik mijn gezin weer bijeen heb.'
Ze wisselden een blik die ik pas later begreep; ze hadden er minder vertrouwen in dan ikzelf dat ik mijn gezin terug zou zien.
'Het zou nuttig zijn als...' Pendleton keek naar mijn vinger-

toppen, die uit het verband rond mijn handen staken. 'We moeten uw vingerafdrukken nemen.'
'Mijn... hoezo...?'
'Dan kunnen we uw vingerafdrukken onderscheiden van die van de man die uw gezin heeft meegenomen. Wat was zijn slaapkamer?'
'Boven aan de trap linksaf.' Ik voelde me buiten adem. 'De kamer aan het eind van de gang. Rechts.'
'Dat is die met die baseballhandschoen op het bed,' zei Webber tegen een technicus.
'Baseballhandschoen?' Ik verstrakte. 'Op zijn bed?'
Pendleton fronste zijn wenkbrauwen. 'Ja. Is dat belangrijk?'
'Dat was Peteys handschoen, jaren geleden.'
'Dat begrijp ik niet.'
'Hij bedoelt dat hij dat rotding niet meer nodig heeft. Omdat hij nu iets beters heeft.'
'Langzaam aan, meneer Denning. We kunnen u niet meer volgen.'
Terwijl een technicus mijn vingertoppen op een inktkussen drukte en over een stuk papier rolde waarop voor iedere vinger een vak stond, probeerde ik uit alle macht om duidelijk te maken wat ik bedoelde.

2

'Verloren gewaande broer?'
'God sta me bij, ja.'
'Maar hoe wist u dan dat het echt uw broer was?'
'Hij zei dingen die alleen mijn broer geweten kan hebben.'
De rechercheurs wisselden weer een blik.
'Wat is er?'
'Het is maar een idee,' zei Webber. 'Misschien hoorde u wat u *wílde* horen. Sommige bedriegers zijn prima in staat om algemene opmerkingen te maken die heel specifiek klinken. De slachtoffers vullen dan zelf de lacunes in.'

'Nee. Ik heb hem op de proef gesteld. Hij had alles goed, tot in de details.'
'Soms zijn ze bijzonder knap.'
'Maar dat slaat nergens op. Een bedrieger zou op geld uit geweest zijn. Dan had hij alleen maar hoeven wachten tot Kate en ik naar ons werk waren en Jason naar school. Dan had hij de hele dag de tijd gehad om het huis te plunderen. Dan had hij niet hoeven te proberen om mij te vermoorden. Dat was iets persoonlijks. Dat was Petey, die wraak wilde.'
Pendleton maakte een kalmerend gebaar. 'We proberen alleen te reconstrueren hoe onze man geredeneerd kan hebben.'
'In godsnaam, een bedrieger zou toch niet zo stom zijn om moord en ontvoering toe te voegen aan gewone diefstal!'
'Tenzij hij van geweld houdt.'
Webber keek me strak aan, en ik werd duizelig van zijn blik. De hele tijd had ik geprobeerd mezelf ervan te overtuigen dat Jason en Kate in leven waren. Nu bekende ik mezelf voor het eerst dat Jason ergens dood in de bergen kon liggen en dat Kates lijk ergens in een greppel kon zijn.
Ik moest bijna overgeven.
Pendleton leek mijn paniekerige gedachten aan te voelen. Zijn toon suggereerde een poging om me af te leiden. 'U hebt zeker niet toevallig een foto van hem?'
'Nee.'
'In alle opwinding rondom zijn thuiskomst hebt u geen foto's gemaakt?'
'Nee!' Ik had zin om te schreeuwen. Had ik die onbekende nou maar nooit in mijn huis toegelaten...
Maar het ís geen onbekende, probeerde ik mezelf in te prenten.
Wat is er in vredesnaam met je aan de hand, dacht ik. Na vijfentwintig jaar is Petey wél een onbekende!
'Meneer Denning?'
Ik keek Pendleton aan en besefte dat hij al een paar keer mijn

naam uitgesproken had, in een poging mijn aandacht te vangen.

'Als u denkt dat u het aankunt, zouden we graag willen dat u door het huis gaat om te zeggen of er dingen weg zijn.'

'Als dat nuttig is.'

Ze gaven me rubberhandschoenen en trokken hun eigen handschoenen aan. Met onvaste tred begon ik op de begane grond, en meteen zag ik dat het zilveren bestek dat Kate van haar oma had geërfd, niet meer op het dressoir in de eetkamer lag. Er ontbrak ook een zilveren theestel. In de televisiekamer waren de dvd- en de videospelers weg, samen met een kostbare audio/video-ontvanger.

'Waarschijnlijk had hij de tv ook meegenomen,' zei ik op bittere toon, 'als het niet zo'n groot toestel was geweest. Dat past nooit in de Volvo. Ik snap niet waarom hij de Expedition niet gehouden heeft. Die is veel groter. Dan had hij meer kunnen jatten.'

Webber keek ongemakkelijk. 'Daar hebben we het later nog wel over. Controleert u nu eerst het huis.'

In de keuken ontbraken de magnetron en de keukenmachine. Uit de garage was een groot aantal elektrische gereedschappen verdwenen. Mijn laptop was niet meer in mijn kantoor.

'En vuurwapens?' vroeg Pendleton. 'Hebt u die in huis? Heeft hij die meegenomen?'

'Geen wapens.'

'Ook geen jachtgeweer?'

'Nee. Ik jaag niet.'

Ik ging naar boven en bleef als verstijfd staan in de deuropening naar Jasons kamer. De laden lagen op de grond, zijn kleren lagen overal verspreid. Met grote wilskracht kon ik over de drempel stappen om rond te kijken.

'Mijn zoon bewaart al zijn wisselgeld in een pot op zijn bureau,' zei ik.

Die stond er niet meer.

Het was nog veel zwaarder om de chaos van onze eigen slaapkamer binnen te gaan. Ik stapte over een paar jurken van Kate heen, die op de grond lagen, en staarde naar de achterwand van de inloopkast. 'Er zijn vier koffers weg.'

Toen doordrong wat dat betekende, werden mijn knieën zo slap dat ik tegen de deurpost moest leunen.

Ik was ervan uitgegaan dat Petey bureaus en kasten had geplunderd omdat hij zo snel mogelijk dingen wilde vinden die hij kon stelen. Nu durfde ik hoop te vatten. Ik keek nog eens en besefte dat de kleren van Kate en Jason niet zomaar op de grond gesmeten waren – er ontbraken kledingstukken.

'Als ze dood zijn, had hij geen kleren voor ze ingepakt,' zei ik tegen de rechercheurs. 'Ze zijn in leven. Het kan niet anders.'

In een waas volgde ik Webbers instructies op en zocht ik verder. Ook enkele van mijn eigen kleren waren weg. Mijn noodvoorraad van vijfhonderd dollar lag niet meer achter in mijn ondergoedla. Kates juwelenkistje was verdwenen, samen met een gouden Rolex die ik bij speciale gelegenheden droeg. Maar dat deed er allemaal niet toe; alleen Kate en Jason waren belangrijk.

De hele tijd bleven de technici foto's maken van de chaos in de slaapkamers en bleven ze vingerafdrukken zoeken. Om te voorkomen dat ik in de weg liep, namen de rechercheurs me mee naar beneden. Opnieuw kreeg ik het gevoel dat mijn huis niet van mij was.

'Waarom de Volvo?' wist ik uit te brengen. Mijn stem leek van heel ver weg te komen. 'U zei dat we het er nog over zouden hebben waarom hij die genomen heeft. In de Expedition had hij veel meer kunnen meenemen.'

'Ja.' Pendleton sprak met tegenzin. 'Maar de Volvo heeft iets wat de Expedition niet heeft.'

'Ik weet niet waar u het over hebt.'

'Een afsluitbare kofferbak.'

'Een...?' Toen ik het begon te begrijpen, moest ik gaan zitten.
'Misschien is het niet verstandig om op de details in te gaan.'
'Ik wil het weten.' Mijn verbonden handen deden pijn toen ik de armleuningen van de leren stoel beetgreep. 'Ik moet het weten.'
Webber wendde zijn blik af, alsof hij de mijne niet verdragen kon. 'Zoals het er nu uitziet, is hij met uw zoon teruggekomen en heeft hij uw vrouw overmeesterd. We moeten ervan uitgaan dat ze vastgebonden waren en dat ze iets voor hun mond hadden.'
Het leek wel of er een touw in mijn polsen sneed.
'Hij kan niet het risico genomen hebben dat ze vastgebonden op de achterbank zaten. Vroeg of laat zou dat opgevallen zijn,' zei Pendleton.
'Dus toen heeft hij ze maar in de...'
'De garagedeuren waren dicht, dus niemand kan hem gezien hebben.'
'Jezus.' Ik stelde me de stank van benzine en uitlaatgassen voor, en ik werd misselijk. 'Hoe kregen ze dan nog lucht?'
Plotseling herinnerde ik me Peteys blik vol afgrijzen toen hij had beschreven hoe de man en de vrouw hém in een achterbak hadden gestopt.
Ik schrok op toen er iets schril begon te piepen. Webber stak zijn hand onder zijn jasje en haalde zijn mobiele telefoon te voorschijn. Toen hij zich omdraaide en naar de piano liep waar Kate zo graag op speelde, kon ik zijn gedempte stem amper horen.
Hij stak de telefoon weer weg.
'Nieuws?' Ik rechtte mijn rug, vol gespannen hoop.
'De Volvo is gevonden. Bij een rustplaats langs Highway 25.'
'Kate en Jason? Zijn ze...'
'Niet in de auto. Hij is de grens over. De politie van Wyoming heeft de Volvo ten noorden van Casper gevonden.'
'In Wyoming?'

'Hij dacht natuurlijk dat hij zeeën van tijd had, en dat de Volvo pas over een paar dagen gemist zou worden,' zei Webber. 'Maar stel dat uw vrouw zaterdagavond ergens heen had gemoeten, of dat er bezoek kwam, en dat ze hem daar niets over wilde zeggen, wat hij ook deed om haar te overreden?'

Mijn vel begon te prikken bij de gedachte aan de pijn die Kate kon hebben geleden.

'Het beste dat hij kon doen, was uw vrouw en zoon weghalen voordat iemand ging vermoeden dat er iets niet in orde was,' zei Webber. 'De dichtstbijzijnde geldautomaat voor uw bank vermeldt een opname om 18.21 uur. Toen is er vijfhonderd dollar opgenomen, dat is het maximumbedrag dat de machine per dag van een rekening mag halen. Op de videoband is een man te zien die het geld opneemt, maar die kijkt omlaag zodat zijn gezicht niet te zien is.'

Het klamme zweet brak me uit bij het besef dat Petey Kate had gedwongen om onze pincode te geven.

'Zo te zien heeft hij gereden tot het donker werd en toen in het donker een andere auto gestolen bij de rustplaats buiten Casper. Het meest waarschijnlijke doelwit moet iemand geweest zijn die in z'n eentje onderweg was, maar de bestuurder is niet gevonden in de buurt van de rustplaats, dus we nemen aan dat hij of zij zich samen met uw vrouw en zoon in de auto bevindt. Pas als die bestuurder als vermist wordt opgegeven, weten we wat voor auto we zoeken.'

'Drie mensen die proberen adem te halen in een kofferbak? Jezus.'

Iets in de blik van de rechercheurs liet me raden wat ze dachten. Petey was gevaarlijk: misschien probeerden er maar twee mensen adem te halen. Misschien had hij de bestuurder niet in leven gelaten.

'Wyoming? Maar waarom zou hij in vredesnaam naar Wyoming gegaan zijn?' Plotseling herinnerde ik me iets wat Petey had gezegd. 'Montana.'

'U klinkt alsof dat iets betekent,' zei Pendleton. 'Waar wilt u heen?'
'Montana ligt ten noorden van Wyoming.'
Ze keken me aan alsof ik raaskalde.
'Nee, luister even. Mijn broer zei dat hij in Montana zat te ontbijten toen hij mij op de CBS-*zondagochtendshow* zag, in een diner bij Butte. Misschien is hij daarom op weg naar het noorden. Misschien is er in Montana iets waarnaar hij terug wil.'
Voor het eerst leek Webber tot leven te komen. 'Mooi zo.' Snel greep hij zijn telefoon. 'Ik zal beschrijvingen van die kerel, uw vrouw en uw zoon naar de politie in Montana sturen.'
'We nemen contact op met de politie in Butte,' voegde Pendleton daar snel aan toe. 'Misschien weten zij iets over die vent. Als hij al eens gearresteerd is, hebben ze daar een foto van hem die we kunnen rondsturen.'
'Ervan uitgaand dat hij zichzelf daar Peter Denning noemde.' Somber staarde ik naar de grond.
'Er zijn andere manieren om te zoeken. Ontvoering waarbij iemand de grens overgaat, betekent dat de FBI erbij gehaald wordt. Die zullen hun best doen om vingerafdrukken die we hier vinden, te vergelijken met afdrukken in hun dossiers. Als hij ooit een alibi heeft gebruikt, komen we er vast wel achter wat dat was.'
Ik probeerde te geloven wat ze zeiden.
'Hebt u een recente foto van uw vrouw en zoon?'
'Op de schoorsteen,' zei ik. Ik keek ernaar. De stralende gezichten van Kate en Jason raakten me tot op het merg. Ik had de foto zelf genomen. Meestal wist ik amper welke cameraknop ik moest indrukken, maar die avond had ik geboft. We waren gaan skiën op Copper Mountain, hoewel Kate en ik meer op de grond hadden gelegen dan iets anders. Jason bleek echter een natuurtalent te zijn. Hij had de hele dag lopen grijnzen. Kate en ik ook, ondanks onze kneuzin-

gen. Op de foto had Kate een rood ski-jack aan, Jason een groen. Allebei hielden ze een gebreide muts in hun hand. Kates blonde haar en Jasons bruine koppie glansden in de zon, hun wangen gloeiden.

'U krijgt hem terug zodra we kopieën hebben gemaakt,' zei Pendleton.

'Houd hem maar zolang als nodig is.' Maar in mijn hart vond ik het vreselijk om er afstand van te doen. De lege plek op de schoorsteen versterkte het holle gevoel nog eens. 'Als er verder nog iets is... wat dan ook... zeg het alstublieft.'

Wat ze meer dan al het andere nodig hebben, dacht ik, is dat God mijn gebeden verhoord heeft.

3

De hele tijd had de telefoon regelmatig geklonken. Vagelijk was ik me ervan bewust geweest dat een politieman had opgenomen. Nu gaf hij me een lijst met namen van mensen die gebeld hadden, voornamelijk verslaggevers die een interview wilden. Televisie. Radio. Tegen de avond zou alom bekend zijn wat er gebeurd was.

'Jezus, Kates ouders.' Haastig liep ik de kamer uit. In de keuken koos ik met trillende, verbonden hand het telefoonnummer.

'Hallo?' zei een oudere man.

'Ray...' Ik kon amper spreken. 'Ga even zitten. Ik heb slecht nieuws, vrees ik.'

Met een misselijkmakend gevoel vertelde ik wat er gebeurd was, veranderde ik binnen een minuut hun hele leven. Geen van beiden waren ze echt gezond. Toch wilden ze onmiddellijk in de auto stappen en de vierhonderdvijftig kilometer vanuit Durango komen rijden, door de bergen, naar Denver. Het viel niet mee om ze te overreden om thuis te blijven. Wat konden ze tenslotte in Denver uitrichten? Kates vader ademde zo snel dat hij klonk alsof hij een hartaanval zou krijgen.

‘Blijf waar je bent,’ zei ik. ‘Het enige dat we kunnen doen, is wachten.’ Ik had een vreselijk beeld voor ogen van Kates vader die zo snel mogelijk naar Denver reed, de macht over het stuur verloor en in een ravijn stortte. ‘En dat kun je net zo gemakkelijk thuis doen. Zodra ik iets hoor, bel ik je.’

Ik hing op, haalde diep adem en merkte dat Webber en Pendleton in de opening van de keukendeur stonden.

‘Wat?’ vroeg ik.

‘We hebben zojuist een telefoontje gekregen van de politie in Wyoming,’ zei Webber.

Ik zette me schrap.

‘Er is een vrouw uit Casper als vermist opgegeven. Zaterdagavond was ze op weg naar huis nadat ze haar zus in Sheridan had bezocht, zo’n tweehonderd kilometer ten noorden van waar ze woont.’

‘Denkt u dat mijn broer haar met auto en al ontvoerd heeft?’

‘Qua tijd kan het kloppen. Net na zonsondergang kan ze bij de parkeerplaats aangekomen zijn, waar de politie van Wyoming de Volvo van uw vrouw heeft gevonden. Als de vrouw bijvoorbeeld even naar de wc is gegaan...’

Innerlijk verstijfde ik toen ik me voorstelde hoe Petey naar de vrouw toe gegaan moest zijn, en hoe doodsbang ze geweest moest zijn.

‘Ze had een Chevrolet Caprice uit vierennegentig,’ zei Pendleton. ‘Afgezien van het feit dat ze in haar eentje op pad was, heeft haar ontvoerder haar waarschijnlijk uitgekozen omdat zulke auto’s een grote kofferbak hebben. Hij is verder naar het noorden getrokken. De politie van Wyoming heeft het nummerbord doorgegeven aan de politie in Montana, en die hebben de Chevrolet gevonden bij een parkeerplaats langs Highway 90, niet ver van Billings.’

‘En mijn vrouw en zoon...’

‘Of die in de Chevy zaten? Nee.’

Iets in Pendletons toon maakte me argwanend. ‘En de vrouw van wie de auto was?’

Hij gaf geen antwoord.
'Zeg op.'
Pendleton keek even naar Webber, die knikte alsof hij toestemming gaf.
'Haar lijk lag in de kofferbak.'
'Grote god.' Ik wilde het niet weten, maar ik kon me niet inhouden. 'Wat heeft Petey met haar gedaan?'
'Hij had haar handen gekneveld en isolatieband over haar mond geplakt. Ze...' Pendletons stem verzwakte. 'Ze had astma. Ze is gestikt.'
Met mijn hoofd vol gedachten aan de wanhopige strijd om adem die de vrouw geleverd moest hebben, kon ik me amper concentreren toen Webber uitlegde dat Petey nog diezelfde nacht met de Chevrolet van Casper in Wyoming naar Billings, Montana, kon zijn gereden. Waarschijnlijk had hij op de parkeerplaats bij Billings weer een andere auto gestolen. Toen de bestuurder uitstapte om naar de wc te gaan, moest Petey vanuit de schaduw opgedoken zijn.
Ik stelde me voor hoe afgrijselijk het geweest moest zijn voor Kate en Jason, in het donker tegen de dode vrouw aan geperst, de stank, haar doodsstrijd, haar gedempte, verstikte geluiden, haar wanhopige bewegingen, haar wurgende gehijg steeds langzamer, steeds zwakker, totdat het ophield.
'Hier komt nooit een einde aan,' wist ik uit te brengen.
'Nee, we konden hem weleens op het spoor zijn,' zei Pendleton. 'U had het goed gezien. Hij was op weg naar Montana. Waarschijnlijk terug naar Butte. Billings ligt op de snelweg naar Butte. De politie ter plekke heeft geen dossier over iemand met de naam Peter Denning. Maar ze zijn op zoek naar iemand die voldoet aan de beschrijving van de man, vooral dat litteken op zijn kin. De bestuurder van het laatste voertuig dat hij heeft gestolen, moet binnenkort als vermist worden opgegeven. Zodra de politie van Butte het merk en het kenteken van de auto heeft, kan de zoekactie toegespitst worden. Intussen worden motels doorzocht, en ande-

re lokaties waar uw broer zich eventueel zou kunnen schuilhouden met uw vrouw en zoon. Butte is geen grote stad. Geloof me, zodra hij zich laat zien, valt dat op.'

'Maar als hij het gevaar nou eens aanvoelt en ervandoor gaat?'

'Daar hebben we aan gedacht. De politie van Montana heeft burgerauto's langs de snelweg geplaatst op zoek naar alle blanke mannen rond de dertig die in hun eentje op de weg zijn. Zodra de FBI klaar is met zijn vingerafdrukken, krijgen we een betere indruk van de man met wie we te maken hebben. Gezien zijn modus operandi moet hij dit vaker gedaan hebben. Dan moet hij dus in de dossiers voorkomen, en in dat geval komt de FBI met een recente foto die we kunnen verspreiden.'

4

Een van de bellers op de lijst die ik van de politiebeambte had gekregen, was van kantoor. Ik moest dus bellen en voor de derde maal binnen enkele uren uitleggen wat er gebeurd was. De nachtmerrie nam aan werkelijkheid toe toen ik het verhaal hardop vertelde. Een paar keer hoorde ik de toon die aangaf dat er nog een gesprek aankwam. Tweemaal schakelde ik over naar het nieuwe signaal om te zien of dat iets te maken had met Kate en Jason, maar beide malen was het een journalist. Daarna lette ik niet meer op nieuwe gesprekken op de lijn.

Zodra ik had opgehangen, rinkelde de telefoon alweer. We hadden nummerweergave, maar meestal had ik dat een nutteloze uitvinding gevonden omdat een groot aantal telefoontjes werd vermeld als BELLER ONBEKEND of, in dit geval, NUMMER GEBLOKKEERD. Maar toch nam ik op en uiteraard was het de zoveelste journalist. Daarna liet ik de politieman weer opnemen.

Toen de technische recherche eindelijk weg was en Webber,

Pendleton en alle anderen vertrokken waren, voelde het huis leger aan dan ooit. Mijn voetstappen klonken hol op de hardhouten vloer toen ik de trap op ging. De meubels zaten onder het vingerafdrukpoeder en de slaapkamervloeren lagen bezaaid met kleren. Ik ging op Jasons bed zitten en ademde zijn jongenslucht in. Ik ging naar onze eigen slaapkamer, raapte een van Kates blouses op en drukte die tegen mijn gezicht. Ik heb geen idee hoe lang ik daar zo gezeten heb. De telefoon rinkelde weer. Zonder te reageren ging ik naar de badkamer, trok mijn geleende kleren uit en probeerde een bad te nemen zonder mijn verbonden handen en mijn gehechte onderarm nat te maken. Vuil en opgedroogd bloed dreven in wolken van me af. Er steeg stoom op, maar in plaats van de warmte van het water voelde ik de zich verspreidende pijn; de pillen die ik van de dokter had gekregen, waren uitgewerkt. Ik zat onder de blauwe plekken. Ik probeerde me te scheren en trok schone kleren aan, maar meteen verweet ik mezelf het comfort daarvan. Ik prentte mezelf in dat ik daar geen recht op had, gezien de hel die Kate en Jason op ditzelfde moment aan het beleven waren.

Er werd aangebeld. Omdat ik mank liep, duurde het wat langer voordat ik beneden was, en in die tijd werd er keer op keer aangebeld. Als dit een verslaggever is... dacht ik. Toen ik de deur opende, zag ik een man met een rechte rug in een donker pak, met glanzend gepoetste schoenen en kort, keurig, iets grijzend haar. Er lag een zakelijke blik op zijn smalle gezicht.

'Meneer Denning?'

Achter hem, op straat, kwam een cameraploeg in beweging.

'Ik geef geen interviews.' Ik deed een stap achteruit om de deur te sluiten.

'Nee, u begrijpt het niet. Ik ben speciaal agent John Gader van de FBI.' De man liet zijn badge zien. 'Ik heb een paar keer gebeld, maar er werd niet opgenomen, dus heb ik het er maar op gewaagd.'

'Ik was... ik wist niet... Komt u binnen.'
Toen de verslaggevers al bijna op de stoep stonden, sloeg ik de deur dicht en schoof de grendel ervoor.
Gader opende zijn aktetas en haalde er een paar elektronische miniatuurapparaatjes uit. 'Dit zijn bandrecorders die op stemgeluid reageren.' Hij maakte er een vast aan de telefoon in de woonkamer. 'Hebt u telefoon in de keuken?'
Ook daar installeerde hij een bandrecordertje. 'De rest van het huis doen we straks. Ik heb al een gerechtelijk bevel om uw telefoon te laten aftappen en alle telefoontjes te laten traceren, maar het kan geen kwaad om een back-upsysteem te hebben. Als de man die uw vrouw en zoon heeft meegenomen belt om losgeld te eisen, hebben we hier een opname van het gesprek en wordt dat ook nog eens door het telefoonbedrijf onderschept.'
'Hij zal geen losgeld vragen.'
'Dat kunnen we niet weten.'
'Dat weet ik wél. Mijn broer wil geen geld. Hij wil mijn vrouw en mijn zoon.'
'Uw broer?' Gader klonk alsof hij alleen de grote lijnen van het geval kende.
Dus legde ik voor de vierde maal die dag uit wat er gebeurd was. Gader haalde een bandrecorder op zakformaat te voorschijn en maakte aantekeningen voor de zekerheid. Hij verzekerde me dat de FBI zijn volle aandacht zou schenken aan mijn zaak. Toen hij weg was, leek het alsof hij er nooit was geweest.
Weer was de leegte alom aanwezig.
Dit kan niet gebeurd zijn, probeerde ik mezelf te overtuigen. Dit is een nachtmerrie. Dadelijk word ik wakker. Kate en Jason komen terug. Alles wordt weer helemaal zoals het was.
Maar toen ik die nacht ellendig van de pijn wakker werd en mijn hand uitstak, vond ik alleen maar leegte aan Kates kant van het bed.
Er was niets veranderd.

Naarmate de dagen verstreken slaagde de politie van Butte er niet in om Petey te grijpen of enig teken van leven te vinden van Kate en Jason. Uiteindelijk trok de politie van Montana haar uitkijkposten langs de snelweg terug.

5

'Het is uw broer niet.'

'Wát?'

'De man die uw vrouw en zoon heeft meegenomen, is niet Peter Denning,' zei Gader bij mijn voordeur. 'Hij heet Lester Dant.'

Ik voelde me alsof iemand me een duw had gegeven. 'Bedoelt u dat Petey de naam Lester Dant als alias heeft gebruikt?'

'Nee. Andersom.'

'Waar hebt u het in godsnaam over?'

'De vingerafdrukken die de specialisten bij u in huis hebben gevonden, zijn van een man die Lester Dant heet.' Gader stapte over de drempel. 'Hier is het dossier dat we van hem hebben. Achtergrond. Sofinummer. Crimineel verleden.'

Verbijsterd ging ik in de woonkamer zitten en staarde naar de foto die bij de documenten hoorde. Met afgebroken tand en getekende kin en al staarde Peteys gezicht me aan vanaf een foto die ze in Butte hadden genomen.

Maar volgens het dossier was dit ene Lester Dant. Hij was geboren in Brockton, Indiana, een jaar voor Peteys geboortejaar. In de loop der jaren was hij gearresteerd maar nooit veroordeeld wegens autodiefstal, gewapende overvallen en mishandeling.

'Dant heeft gezeten voor afpersing, drugshandel en verkrachting,' zei Gader. 'Het is een wonder dat hij u niet allemaal in uw slaap heeft vermoord. Ziet u waar de politie van Butte hem op papier heeft staan? Lester Dant raakte betrokken bij een vechtpartij in een bar en sloeg iemand het ziekenhuis in. Hij kwam vrij een week voor die uitzending van de *CBS-zondagochtendshow* waarin u te zien was.'

'Maar...' Mijn gevoel van onwerkelijkheid werd zo sterk dat de woonkamer leek te wankelen. 'Hoe kwam het dan dat hij zoveel wist over Petey?'

'Ergens moeten hun paden elkaar gekruist hebben,' zei Gader. 'Misschien had uw broer die show gezien en heeft hij erover gepraat met mensen die hij kende, onder meer met Dant. Later kreeg Dant meer details van hem, onder vier ogen, en besloot hij eens langs te gaan.'

Vol afschuw verhief ik mijn stem. 'Mijn broer ging dus om met mensen als Dant?'

'Misschien leidde uw broer inderdaad het ruwe soort leven waar Dant het over had.'

'Maar waarom is Petey dan in vredesnaam niet zelf gekomen?'

Gader staarde me aan, en ik verstijfde bij het besef dat Dant Petey misschien had vermoord om te verhinderen dat hij tussenbeide zou komen.

'Het is niet logisch,' zei ik tegen Gader. 'Als Dant zo gevaarlijk is, waarom heeft hij dan kleren ingepakt voor mijn zoon? Waarom heeft hij Jason dan meegenomen in plaats van...' De woorden stokten in mijn keel.

'In plaats van hem te vermoorden?' Gader keek ongemakkelijk. 'Ik weet niet of dat een aangenaam gespreksonderwerp is.'

'Dat maak ik zelf wel uit. Antwoord, graag.'

Gader ademde langzaam uit. 'Waarschijnlijk heeft Dant uw zoon meegenomen om druk uit te oefenen op uw vrouw. Als hij dreigde dat hij Jason wat zou aandoen, kon hij uw vrouw dwingen om te doen wat hij wilde.'

Ik voelde me alsof ik een klap in mijn gezicht had gekregen. 'Nee.'

'Het spijt me, meneer Denning. U verzocht me om geen blad voor de mond te nemen.'

‘Petey... Lester Dant...’
‘Vingerafdrukken liegen niet.’
‘Het moet een vergissing zijn. Wat Petey me vertelde over toen we nog klein waren, over hoe hij ontvoerd was...’
‘Wat Dánt u vertelde. Waarschijnlijk heeft hij uw broer dronken gevoerd om hem te laten praten, om steeds meer details te weten te komen.’
‘Maar het voelde allemaal zo echt aan. Ik weet zeker dat hij de waarheid vertelde.’
‘Luister eens, sommige van die bedriegers zijn prima acteurs, die hadden een toneelprijs kunnen winnen als ze op het rechte pad waren gebleven.’
‘Maar...’
‘Het was één grote leugen. De naam van die stad in West-Virginia waar hij gevangengehouden was, zei hij.’
‘Redemption.’
‘Die bestaat helemaal niet.’
‘Wat?’
‘Andere delen van zijn verhaal kloppen ook niet. Hij zei dat hij dat litteken op zijn kin afgelopen zomer had opgedaan, toen hij van een ladder was gevallen toen hij aan een dak werkte in Colorado Springs.’
‘Ja.’
‘Onze agenten hebben Dants foto laten zien aan alle aannemers die aan dakbedekking doen in de wijde omtrek. Niemand herkende hem. Hetzelfde met andere aannemers. Als iemand een snee van vijf centimeter in zijn kin had opgelopen, dan hadden ze dat nog geweten, zeggen ze. Zo’n wond had gehecht moeten worden, maar de ziekenhuizen in de buurt hebben geen dossier van een timmerman die afgelopen zomer met zo’n soort verwonding is binnengekomen. Maar de politie in Colorado Springs heeft een bandopname van een beveiligingscamera waarop iemand die op Dant lijkt, een kassamedewerker in een slijterij in elkaar slaat. Daarna heeft de politie zijn auto achtervolgd, de bergen in. Misschien

heeft hij die verwonding opgelopen toen zijn auto uit de bocht vloog en in een beek belandde. Er was wel bloed te zien, maar van de chauffeur ontbrak ieder spoor toen de agenten omlaag klommen om het wrak te bekijken.'
Mijn stem klonk verwrongen van bitterheid. 'Ja, Petey heeft nogal de neiging om in lucht op te gaan.'
'Dant, bedoelt u.'
'Natuurlijk, ja... Dant.'
'We krijgen hem te pakken,' zei Gader. 'Met het geld dat hij hiervandaan heeft meegenomen, houdt hij het niet lang vol. Uiteindelijk zal hij weer het dievenpad op moeten. Eén vergissing. Hij hoeft maar één vergissing te maken en we hebben hem.'
'Uiteindelijk.' Het woord dat Gader had gebruikt, stokte in mijn keel. Ik probeerde niet te denken aan wat Kate en Jason moesten meemaken.

6

Een man die mijn broer was – of niet was maar deed alsof hij het was – had dus mijn gezin ontvoerd en mijn wereld aan barrels gegooid. Hij had zijn spoor uitgewist door mij en de politie om de tuin te leiden en de indruk te wekken dat hij op weg was naar Butte, Montana. En daarna was hij van de aardbodem verdwenen. In de betreffende periode waren er geen andere automobilisten als vermist opgegeven, en dat betekende dat de politie geen kenteken en geen beschrijving had van een gestolen auto om naar te zoeken. Wel waren er ontzettend veel auto's gestolen. Honderden alleen al in Montana, Wyoming en Colorado. Duizenden in heel Amerika. Maar als er al eens een auto werd teruggevonden, had die nooit iets te maken met Petey (ik kon me er nog steeds niet toe zetten om hem 'Dant' te noemen). Misschien had hij het kenteken van een andere auto gebruikt. Misschien was de eigenaar van die auto daar pas een hele tijd later achter gekomen en had Petey intussen alweer een andere auto gejat of weer een ander kenteken genomen. Of misschien had Petey met het geld dat hij had gekregen voor de spullen die hij uit mijn huis had gestolen, een tweedehands auto gekocht en die op naam gezet van een alias, met een vervalst identiteitsbewijs waarvan de politie niet op de hoogte was. Misschien. Kon zijn. Had gekund.

De plaatselijke televisiezenders herhaalden het verhaal. De netwerken pikten het op, vooral CBS, dat fragmenten uitzond van het item op de *Zondagochtendshow* waarin Kate, Jason en ik te zien geweest waren. Ze legden de nadruk op de ironische ontwikkeling dat een man die beweerde mijn sinds lang verloren broer te zijn, opnieuw was verdwenen, ditmaal met medeneming van mijn gezin. Ik kreeg telefoontjes van mensen die beweerden Kate en Jason te hebben ontvoerd. Tot in de kleinste details beschreven ze de martelingen waaraan ze hen hadden onderworpen. De politie trok de gesprekken na maar kwam geen steek verder, behalve de ontdekking dat sommige mensen het heerlijk vinden om bij anderen zout in de wonde te wrijven. Tegen een aantal bellers werd een aanklacht ingediend wegens obstructie van het onderzoek, maar niemand hoefde de gevangenis in.

Ik kreeg hoofdpijn van wanhoop en slaapgebrek. Ik deed alsof ik werkte, maar de hele zaak dreef op mijn personeel. De meeste tijd verkeerde ik in een soort trance. Toen de zoekacties minder intensief werden, begon het me duidelijk te worden dat Petey – weer probeerde ik Dants naam te gebruiken, maar ik zag er geen kans toe – dat Petey nooit gevonden zou worden, vooral niet als hij zijn baard liet staan zodat het litteken op zijn kin niet meer te zien zou zijn en zijn foto niet meer zou lijken. Tenzij hij in de armen van een politieman liep.

Er verschenen vage foto's van Kate en Jason op melkpakken en op strooibiljetten, met het opschrift HEBT U DEZE VROUW EN DEZE JONGEN GEZIEN? Maar als ík die onduidelijke gezichten al niet kon herkennen, kon ik me niet voorstellen dat iemand anders daar wel toe in staat zou zijn. Ik had nooit aandacht besteed aan die gezichten op melkpakken en die strooibiljetten als het ging om de vrouw of het kind van iemand anders. Hoe kon ik dan hopen dat iemand dat wel zou doen als míjn vrouw en kind vermist waren?

In het begin had ik veel steun aan vrienden: bemoedigende telefoontjes, uitnodigingen om te komen eten. Maar na een tijdje werden de meesten mijn wanhoop beu. Toen ze geen kans meer zagen om nog nieuwe uitingen van medeleven te verzinnen, hielden ze zich op een afstand.

Een paar bleven er trouw, en aan mijn buurman Phil Barrow zag ik hoe het allemaal nog erger kon worden. Lusteloos stond ik in mijn voortuin dode blaadjes te harken, me er vagelijk van bewust dat het najaar ooit mijn favoriete seizoen was geweest, met vorst in de lucht, de rook van houtvuur, het geritsel van dode blaadjes, maar dat het me nu allemaal niets deed. Toen ik toevallig opkeek, zag ik hoe Phil zijn trui strakker om zijn lijf trok en van de stoep stapte om naar mij toe te komen.

'Hoe gaat het, Brad?'

Kate had me ooit voorgehouden dat we, hoe beroerd we ons ook voelden, altijd moesten antwoorden: 'Kon niet beter.'

Phils schouders gingen even op en neer alsof hij bitter stond te grinniken. 'Ja, dat zie ik. Je staat al een uur lang dezelfde stapel bladeren te harken.'

'Ik wil de zaak niet laten verslonzen.'

Phil keek naar zijn handen. 'Ik weet niet of ik je dit wel moet vertellen.'

'O?' Ik voelde een kille bries.

'Marge zegt dat ik je niet overstuur moet maken, maar volgens mij heb je al genoeg problemen zonder dat je ook nog eens méér problemen krijgt van de mensen die geacht worden je te helpen.'

De bries werd nog killer. 'Waar heb je het over?'

‘Gisteren op het werk kwam er een FBI-agent naar me toe.’
‘John Gader?’
‘Ja, dat was ’m. Hij vroeg of jij en Kate goed met elkaar overweg konden. Of jullie vaak ruzie maakten. Of jij je zoon ooit sloeg.’
‘Wát?’
‘Hij wilde weten of je driftig werd als je gedronken had. Of je een vriendin had.’
‘Verdenken ze míj dan?’

7

‘Wat ben jij een klootzak.’
Gader wankelde even toen ik voor zijn auto kwam staan in de parkeergarage van het FBI-gebouw in Denver. ‘Rustig.’
‘Je denkt dat ik mijn vrouw en mijn zoon heb vermoord!’
‘Ik neem aan dat een paar vrienden gezegd hebben dat ik vragen over jou heb gesteld.’
‘Mijn reputatie naar de maan helpen, zul je bedoelen.’ Met gebalde vuisten liep ik naar hem toe.
‘Ho eens even,’ zei Gader.
Met echoënde motor reed een auto ons voorbij. De chauffeur keek met gefronste wenkbrauwen naar ons.
‘Er zitten hier beveiligingscamera’s. Er wordt toezicht gehouden,’ zei Gader. ‘Je kunt er maar beter niet eens aan denken om een FBI-agent op FBI-terrein aan te vallen.’
‘Ik zou het ervoor over hebben.’
Gader hief zijn handen op in een gebaar van overgave. ‘Ik ga niet met je in de clinch. Als je nou even kalmeert en naar me luistert...’
Achter hem klapte een deur open. Er stapte een bewaker het felle garagelicht in. Hij had een hand aan zijn pistool in de holster. ‘Alles in orde, meneer Gader?’
‘Dat weet ik niet.’ Gaders smalle gezicht stond streng. ‘Is alles in orde, meneer Denning?’

Ik balde mijn vuisten zo strak dat mijn knokkels pijn deden.
'Als u de gevangenis in gaat, hoe wilt u dan verder nog iets betekenen voor uw vrouw en uw zoon?' vroeg Gader.
Ik trilde en voelde hoe mijn gezicht brandde van de woede.
'Denk aan het belang van uw gezin,' zei Gader.
Ik ontspande mijn vuisten.
'In orde, Joe,' zei Gader tegen de bewaker. 'Ik red het verder wel.'
'Ik hou de camera in de gaten,' zei de bewaker.
'Dat is een goed idee.' Gader wachtte totdat de deur weer dichtsloeg.
'Hoe kunt u in godsnaam denken dat ik mijn vrouw en mijn zoon vermoord zou hebben?'
'Dit hoort gewoon bij het onderzoek. Wanneer een gezinslid vermist of vermoord wordt, is de dader vaak een ander lid van het gezin.'
'Jezus, hoe had ik nou met de Volvo naar Wyoming kunnen rijden om daar een auto te stelen en die in Montana achter te laten, en dan op een of andere manier terug om mezelf klem te lopen in de bergen?'
'Het had gekund, als die Dant voor u aan het werk was.'
Ik was geschokt toen ik de draagwijdte van Gaders achterdocht merkte. 'Waarom zou ik Petey zoiets gevraagd hebben?'
'Dant. Als u financiële problemen had en het geld van de levensverzekering nodig had, of als u een vriendin had die uw vrouw overbodig maakte.'
Weer balde ik mijn vuisten.
'Maar er zijn geen ongebruikelijke bedragen van uw rekening of uit uw beleggingsportefeuille gehaald, en is geen spoor van een schandaal met betrekking tot uw relatie met uw gezin. Bovendien kon ik me niet voorstellen hoe uw pad dat van Dant gekruist kon hebben nadat hij uit de gevangenis van Butte was gekomen en... Staar me niet zo aan. Het onderzoek leidde tot niets. Ik moest een andere benadering proberen.'

‘Klootzak, nou denken mijn vrienden dat ikzelf verantwoordelijk ben voor het verdwijnen van mijn gezin.’

‘Het was niets persoonlijks. Zoals ik zei, ik volgde de normale procedure. Waar het om gaat is dat u zonder enige blaam door het onderzoek bent gekomen. U bent niet schuldig.’

‘Bedankt. Reuze bedankt, maar niet heus.’

8

‘Het lijkt wel of u Lester Dants naam beslist niet wilt gebruiken,’ zei de psychiater.

Ik gaf geen antwoord.

‘De FBI heeft een grondig antecedentenonderzoek gedaan,’ vervolgde de psychiater. ‘En ze hebben bewezen dat hij uw broer niet is.’

Ik had zo’n beklemd gevoel in mijn borst dat ik amper een woord kon uitbrengen. ‘Ze denken dat Dant mijn broer is tegengekomen en dat hij heeft gehoord wat hem als kind is overkomen. En toen heeft hij besloten dat hij met Petey van plaats wilde ruilen. Misschien heeft hij hem zelfs vermoord.’

Ik staarde naar een spar buiten het raam.

‘Maar dat gelooft u niet,’ zei de psychiater.

‘Dat kán ik niet geloven.’

‘Dat kunt u niet geloven?’ herhaalde de psychiater op vragende toon.

De beklemming maakte zich meester van mijn keel. ‘Als ik accepteerde dat Dant mijn vrouw en zoon had gekidnapt, zou ik ook moeten toegeven dat hij, gezien zijn profiel, met ze gedaan kan hebben wat hij maar wilde en...’ Ik kon me er niet toe brengen om te zeggen ‘dat hij ze misschien wel heeft vermoord’. Ik bleef naar de spar voor het raam staren.

‘Maar als Petey de naam Dant als alias gebruikte...’ Mijn stem brak. ‘Als het Petey was die hen meegenomen heeft, dan bestaat er een grote kans dat ze nog leven.’

De psychiater leunde naar voren. ‘Waarom denkt u dat?’

'Ik heb geprobeerd me in hem te verplaatsen.' De boom werd wazig. 'Ik heb mijn best gedaan om me voor te stellen wat Petey gevoeld moet hebben toen hij bij mij thuis kwam. Mijn warme gezin, mijn huis voorzien van alle gemakken. Dan zou hij me niet hebben willen vermoorden omdat ik zijn leven had vernield. Dan had hij zelf mijn leven gewild, het leven dat ik voor mezelf had gemaakt.'

Ik dwong mezelf om door te gaan. 'Ik heb het moment geanalyseerd toen Petey me die bergspleet in duwde. Ik heb het keer op keer doorgemaakt. Volgens mij had Petey willen wachten tot Jason uit de buurt was en had hij me op dat moment willen vermoorden, zodat het eruit zou zien als een ongeluk. Dan zou hij medelijden hebben met Kate en Jason, zichzelf onmisbaar maken en uiteindelijk mijn plaats innemen. Het enige probleem was dat Jason zag hoe hij me een duw gaf.'

Ik haalde diep adem. 'Dus was zijn plan naar de bliksem. Wat moest Petey doen? Jason vermoorden? Zodat ook die dood eruit zou zien als een ongeluk? Proberen mijn plaats bij Kate in te nemen? Nee. Jason was een belangrijk onderdeel van wat Petey wilde. Niet alleen mijn vrouw, maar mijn gezin. Natuurlijk kan hij nu niet in mijn huis gaan wonen, want dan zou Jason tegen de politie zeggen wat hij gezien had. Maar Petey kon wel mijn gezin stelen. Hij kon ze ergens verstoppen en mijn vrouw naaien wanneer hij maar wilde. Hij kon mijn zoon dwingen om hem als vader te behandelen.' Met moeite kreeg ik de woorden naar buiten. 'Maar dan zouden ze tenminste nog leven. Als Petey en Dant dezelfde persoon zijn. Als Petey ze heeft meegenomen. Maar als Dant degene is die hij volgens de FBI moet zijn, als hij Petey niet is, heeft hij Jason waarschijnlijk meteen vermoord en zijn lijk in de bergen verstopt. En dan heeft hij daarna de resten van zijn mislukte plan gered door het huis te plunderen en Kate te dwingen om met hem mee te gaan, ergens heen, waarschijnlijk naar de bergen in Montana, waar hij haar zo vaak als hij wil kan verkrachten voordat hij genoeg van haar krijgt en haar...' Ik bracht het niet op om 'haar vermoordt' te zeggen.

De psychiater kneep haar ogen samen alsof ik zojuist een beschrijving van de hel had gegeven. Maar of het de hel was die Kate en Jason meemaakten of de hel van wat zij beschouwde als mijn malende geest, dat wist ik niet.

9

Terwijl ik een zoveelste antidepressivum slikte, hoorde ik de deurbel. De FBI met nieuws, hoopte ik.

Maar toen ik de deur opendeed, stond ik met gefronste wenkbrauwen oog in oog met een stel verklede kinderen. *Trick-or-treaters*. Het was Halloween, maar daar had ik niet bij stilgestaan. Ik had geen snoep in huis. Niet dat hen dat wat uitmaakte. Ze tuimelden achteruit alsof ik degene in een eng pak was. Toen ik het wilde uitleggen, holden ze de veranda af.

Ik deed de deur dicht en het licht uit. Toen ik door een verduisterd raam naar buiten keek, zag ik nog meer verklede kinderen. Zoals ik gehoopt had, liepen ze het huis voorbij.

Ik dacht eraan dat Halloween een van Jasons favoriete feestdagen was. Hij vond het heerlijk om zich te verkleden als ruimtemonster of als verstrooide professor. En ik had het heerlijk gevonden om met hem op pad te gaan. Maar dat zou dit jaar niet gebeuren. Ik was boos op mezelf dat ik die kinderen bang had gemaakt. Was mijn gezicht verwrongen van ellende? Stonden mijn ogen donker van de waanzin?

Ik had het buisje met pillen nog in mijn hand. Vloekend smeet ik het de woonkamer door. Depressie maakte plaats voor woede. Wat had Petey gezegd toen hij voor het eerst naar me toe kwam en toen ik dacht dat hij nep was, toen ik had gezegd dat hij moest oprotten voordat ik hem tot moes sloeg? 'Brad, het zou je nu zwaarder vallen om van me te winnen dan toen we klein waren.' Dat zullen we nog weleens zien, dacht ik. Op dat moment, toen ik iemand op straat hoorde roepen om kinderen van mijn veranda weg te houden, zwoer ik mezelf dat ik niet meer bleef wachten tot de politie en de FBI iets deden, dat ik niet meer bleef hopen dat er iets zou gebeuren.

Ik moest ervoor zórgen dat er iets gebeurde.

10

'Een substitutietheorie?' vroeg Gader.

'Ja.' Ik was zo overstuur dat ik voor zijn bureau was blijven staan in plaats van te gaan zitten. 'We weten dat Petey loog.'

'Dant.'

'Maar stel nou dat hij zo overtuigend overkwam omdat zijn leugens waren gebaseerd op de waarheid? Tenslotte was hij in Butte en Colorado Springs op de momenten die hij had genoemd. Alleen had hij daar niet gedaan wat hij zei.'

'Wat heeft dat te maken met die theorie van...'

'U zei toch dat er in West-Virginia helemaal geen plaats is die Redemption heet?'

'Dat klopt.'

'Maar in de rest van het land dan? Is er ergens, waar dan ook, een plaats die Redemption heet? Of zijn er in West-Virginia plaatsen met namen die een religieuze connotatie hebben met een verwijzing naar "verlossing"?'

Daar moest Gader over nadenken. 'Kan zijn. Op die manier zou Dant zijn verhalen dan dus uit elkaar kunnen houden.'

'Kunt u dat nagaan?'

Gader leunde achteruit in zijn stoel. Zijn smalle gezicht leek nog smaller van vermoeidheid. 'Ik zal het proberen. Ik werk momenteel eindeloos over aan...' Hij wees naar een hoge stapel papieren op zijn bureau. 'Wat maakt het uit? Alles wat Dant u op de mouw heeft gespeld, is een leugen, bedoeld om uw medelijden op te te wekken.'

'Maar stel nou dat het maar gedeeltelijk gelogen was?'
'Dan komen we daar nog niet verder mee bij het zoeken naar uw vrouw en uw zoon. We hebben alle aanwijzingen nagetrokken. Het speciale team is ontbonden. Het enige dat we nog kunnen doen, is wachten tot Dant opduikt.'
'Petey.' Ik probeerde me te beheersen. 'Verdomme, hebt u dan helemaal niets gehoord waardoor u ook maar één stap dichter bij een begrip van zijn patronen of zijn eindbestemming bent gekomen?'
'Jazeker,' zei Gader. 'Natuurlijk wel.' Hij stond op en liep met me mee naar de matglazen deur. 'Die substitutietheorie,' zei hij uiteindelijk, zonder overtuiging. 'Beslist. Daar zal ik beslist op ingaan. En als u nog iets anders bedenkt, laat het me dan vooral weten.'

11

'Meneer Payne kan u nu ontvangen,' zei de receptioniste.
Ik legde de drie maanden oude *Newsweek* neer, die wat mij betreft geen moment verouderd was gezien de weinige aandacht die ik de afgelopen tijd aan de rest van de wereld had besteed. Ik liep de kleine wachtruimte door en kwam in een kantoor dat naar verhouding een zee van ruimte leek, hoewel het in mijn eigen bedrijf een hokje geweest zou zijn.
Het was Spartaans ingericht: een houten stoel, een bureau, een computer en nog een stoel. En een aquarium waar een gezette man met een bril vissenvoer in stond te strooien. Zijn witte haar contrasteerde met het gezonde rood van zijn wangen. Hij had zijn blazer uitgetrokken. Hij droeg gele bretels over een blauw overhemd.
'Hoe maakt u het vanmiddag, meneer Denning?'
'Niet bijzonder goed, vrees ik. Anders was ik hier niet.'
Payne knikte, waarbij zijn vettige kin even wiebelde. 'Er komt hier inderdaad nooit iemand met blije berichten. Vroeger vrat ik dat allemaal op. Dan was ik een wrak aan het

eind van de dag. Maar toen herinnerde ik me het aquarium bij mijn tandarts en hoe ik daar vroeger altijd van kalmeerde als ik gaten moest laten boren. Dit zijn doodnormale goudvissen. Ik weet niet of mijn cliënten er iets aan hebben, maar voor mij is het een enorme opluchting. Kunt u zich voorstellen dat ik vroeger zeventig kilo woog, een en al zenuwen? Maar sinds ik die vissen heb, ben ik' – hij maakte een gebaar naar zijn omvang – 'opgebloeid.'

Ik moest even glimlachen.

'Goed zo, meneer Denning.' Payne zette het blikje vissenvoer neer en liet zich in de stoel achter zijn bureau zakken. 'Wilt u een kopje koffie? Iets fris?'

Ik schudde mijn hoofd.

Hij vouwde zijn vingers voor zijn uitpuilende maag en schonk me de meest meelevende blik die ik ooit had gezien. 'Zegt u dan maar wat ik voor u doen kan.'

Met horten en stoten vertelde ik het verhaal van Kate en Jason.

Payne knikte. 'Daar heb ik over gelezen ja, in de krant, en ik heb de verhalen op televisie gezien. Vreselijk.'

'Volgens mijn advocaat bent u de beste privédetective in Denver.'

'Misschien kent hij niet veel privédetectives.'

'Volgens hem werkte u vroeger bij de FBI. Volgens hem hebt u een seriemoordenaar opgespoord.'

'Dat klopt.'

'Volgens hem hebt u voorspeld waar een stel bankrovers die in meerdere staten opereerden hun volgende slag gingen slaan.'

'Ja.'

'En wanneer ze dat gingen doen. En volgens hem hebt u een terroristische aanslag weten te voorkomen op...'

'En dat was dan alleen nog maar in de weekends.'

Ik was niet voorbereid op zijn grapje.

'Alstublieft. Van al die vleierij worden mijn wangen alleen

nog maar roder,' zei Payne. 'Ik maakte deel uit van een team. We deden allemaal ons werk.'

'Maar volgens mijn advocaat deed u meer dan uw werk.'

'Heeft hij daar ook bij verteld dat dat me mijn eerste huwelijk heeft gekost, om nog maar te zwijgen van een kogel in mijn knie waardoor ik de FBI moest verlaten? Uiteindelijk vond ik de wijsheid om geen overspannen verwachtingen van mezelf meer te hebben. En ú moet ook geen overspannen verwachtingen koesteren, meneer Denning. Ik ben goed, maar dat komt alleen doordat ik vaak patronen zie die anderen niet zien. Bij dit soort zaken is het belangrijk voor je emotionele gezondheid dat je niet rekent op het onmogelijke.'

Ik kon nergens anders heen, en ik slikte mijn teleurstelling. 'Oké.'

'Ik vraag u dus nogmaals: wat denkt u dat ik voor u kan doen?'

'De FBI en de politie hebben het opgegeven.' Ik probeerde mijn stem vast te laten klinken. 'Het is nu zes maanden geleden. Ik heb ergens gehoord dat bij vermissingen de kans kleiner wordt om de vermisten te vinden naarmate er meer tijd verstrijkt.' Met moeite kon ik daaraan toevoegen: 'Althans, om ze levend te vinden.'

'Dat hangt ervan af. Iedere zaak is verschillend. De statistieken zijn een verslag van het verleden, geen voorspelling voor de toekomst.'

'Met andere woorden, u hebt een open geest. U bent precies degene die ik nodig heb. Zegt u maar hoeveel u hebben wilt. Geld is geen probleem.'

'Geld is ook voor mij geen probleem. Ik breng iedereen hetzelfde in rekening,' zei Payne. 'Maar wat denkt u dat ik kan doen wat de politie en de FBI niet is gelukt?'

'Momenteel doen ze helemaal niets.'

'Misschien omdat er niets nieuws meer te horen valt.'

'Dat weiger ik te geloven.'

'Begrijpelijk.' Payne spreidde zijn handen. 'Maar u moet zich realiseren dat ik lang niet over de middelen kan beschikken die de FBI ter beschikking staan.'
'Natuurlijk niet. Maar u kunt luisteren naar nieuwe ideeën. U kunt... Misschien heb ik niet goed uitgelegd wat mijn bedoeling is. Ik wil u niet inhuren om gewoon verder te gaan met het onderzoek.'
'O?' Payne keek verbluft. 'Wat wilt u dán?'
'Ik wil dat u mij leert hoe ik zelf verder kan met het onderzoek.'

12

'Ik heb een pistool nodig,' zei ik.
'Wat voor soort?' De winkelbediende had een baard en een paardenstaart.
'Het krachtigste, met de meeste kogels.'
'Patronen,' zei de bediende.
'Pardon?'
'Dat noem je geen kogels. Dat zijn patronen. De kogel is het deel dat vanuit de patroon naar buiten vliegt en het doel raakt.'
'Prima. Het pistool met de meeste patronen.'
'Is het voor hobby of voor verdediging? Ik vraag dat omdat sommige mensen denken dat een geweer de beste manier is om af te rekenen met een inbreker.'
'Wat is dit, bijvoorbeeld?'
'Een revolver? Die heeft maar zes patronen. Deze halfautomatische hebben er meer. Maar u moet bedenken wat voor kaliber u wilt: negen millimeter of vijfenveertig.'
'Welke zijn het grootste?'
'De vijfenveertig.'
'Dan neem ik die.'
'Ik wil u niet verkeerd voorlichten, dus ik moet u zeggen dat groter niet altijd beter is. De vijfenveertig heeft zeven patro-

nen in het magazijn en één in de kamer. Maar deze negen-millimeter hier heeft tien patronen in het magazijn en één in de kamer. Je hebt een heleboel vermogen en acht patronen tegenover iets minder vermogen maar elf patronen.'

'Hoeveel minder vermogen?'

'Met die negen-millimeter? Laat ik het zo zeggen, hij doet wat hij doen moet. In feite is er maar één reden waarom het magazijn van deze negen-millimeter maar tien patronen bevat, en wel deze: in het midden van de jaren negentig is er een anti-aanvalswapenwet goedgekeurd waardoor de capaciteit van handwapens werd beperkt. Maar voordat die wet erdoor was...'

'Ja?'

'Zaterdag is er een wapententoonstelling. Ik zal u voorstellen aan een vriend van mij, die bereid is om een Beretta tien-millimeter van voor die wet te verkopen. Die heeft vijftien patronen in het magazijn en één in de kamer.'

'Dat is veel.'

'Nou en of. Maar u moet me niet verkeerd begrijpen, er is niets illegaals aan de verkoop van dat wapen. De wet verbiedt de fabricage en de import van magazijnen met meer dan tien patronen. Maar omdat mijn vriend dit wapen heeft gekocht voordat die wet erdoor was, is het legaal. Dit model komt niet vaak op de markt, dus ik denk dat het u wat meer zal kosten.'

'Uiteraard.'

'Maar dan...' zei de man met een ongemakkelijke blik.

'Dan wat?'

'Het is niet beledigend bedoeld, maar u lijkt me een beginner. Het lijkt me verstandig om een paar lessen te nemen, anders schiet u uw voet er nog af.'

13

In het donker aan de andere kant van mijn raam raasde de eerste sneeuwstorm van het seizoen, maar ik had er amper ogen voor, zo druk had ik het met de internetadressen die Payne me had gegeven; sites die de FBI volgens hem vaak gebruikte voor allerhande onderzoek. Naast mijn nieuwe laptop stonden woordenboeken en synoniemenboeken waarin ik zocht naar woorden die iets te maken hadden met 'verlossing'. De meeste zagen er niet veelbelovend uit. Ik kon me niet voorstellen dat iemand een stad Boetedoening, Verzoening, Tussenkomst, Voorbede of Oordeel zou noemen, om maar eens iets te zeggen. Maar wat bleek? In Utah lag inderdaad een plaatsje dat Oordeel heette.

Aan de muur rechts naast me had ik een grote kaart van de Verenigde Staten opgehangen. Van tijd tot tijd stond ik op en stak ik een punaise op een plaats met een naam die een religieuze connotatie had. Na een paar uur zat de hele natie vol punaises, zonder dat er enig patroon in te herkennen was. Geen van de plaatsen lag in Montana. Ik begon te begrijpen waarom Gader mijn theorie niet had willen onderzoeken.

Ik raakte nog verder ontmoedigd toen ik plotseling besefte hoeveel plaatsen er naar heiligen waren genoemd. Er gingen nog meer punaises de kaart in. Al gauw was het doosje leeg.

14

'Hoe kom je aan een valse identiteit?'

Payne dacht na over mijn vraag, terwijl hij vissenvoer in het aquarium strooide. Zijn stoel kraakte toen hij zijn gewicht erop neerliet. 'Vroeger ging het zo dat je om te beginnen een plaats koos waar je nooit gewoond had.'

'Hoezo?'

'Om te voorkomen dat je echte identiteit en de aangenomen identiteit door elkaar gaan lopen. Als je bent opgegroeid in

Cleveland, wil je niet dat de persoon die je creëert daar ook vandaan komt. Anders kan iemand die je nieuwe identiteit wil controleren, daarheen gaan, je foto laten zien en iemand tegen het lijf lopen die jou onder je echte naam heeft gekend.'

Ik knikte.

'Dus ga je naar een ander deel van het land. Maar niet naar kleine gemeenschappen waar iedereen iedereen kent, zodat een speurder er meteen achter komt of daar ooit iemand vandaan is gekomen die op jou lijkt. Je kiest een stad; daar heb je minder continuïteit en zijn de geheugens korter. Zeg dat je Los Angeles kiest, of Seattle. Dan ga je daar naar de openbare bibliotheek en lees je de kranten die een paar jaar na jouw geboorte zijn uitgekomen. Je gaat op zoek naar rampen – brand, auto-ongelukken, dat soort dingen – waarbij complete gezinnen zijn omgekomen. Dat is een belangrijk detail, want je wilt niet dat er iemand in leven blijft die jouw verhaal kan tegenspreken. Je bestudeert de overlijdensberichten van de slachtoffers. Je bent op zoek naar een etnisch-compatibel jongetje dat, als het in leven was gebleven, even oud geweest zou zijn als jij nu bent.'

'En dan?'

'Stel dat het slachtoffer wiens naam je wilt gebruiken, Robert Keegan heette. In zijn overlijdensbericht staat waarschijnlijk waar hij geboren is. Je laat een kopie van zijn geboorteakte opsturen. Moeilijk is dat niet. Mensen raken aan de lopende band hun geboorteakten kwijt. De burgerlijke stand is allang gewend aan dat soort zaken.'

'Maar...' Ik fronste mijn wenkbrauwen. 'Als Robert Keegan dood is, zit er dan geen briefje bij zijn geboorteakte, een of ander soort kruisverwijzing?'

'Niet in de tijd voordat computers zo'n grote rol gingen spelen in onze samenleving,' zei Payne. 'In jouw geboortejaar was er nog geen efficiënte uitwisseling van gegevens. De burgerlijke stand stuurt jou een kopie van Robert Keegans geboorteakte zonder daar ook maar een moment bij stil te

staan. Daarna neem je contact op voor een kopie van Robert Keegans overlijdensakte. De reden waarom ik daarnet Los Angeles en Seattle noemde, is dat in de staten Californië en Washington het sofinummer op de overlijdensakte staat. Gewapend met Robert Keegans geboorteakte en zijn sofinummer kun je een rijbewijs krijgen, een paspoort en alle andere belangrijke identiteitspapieren die je maar nodig hebt. Je kunt een baan krijgen, belasting betalen en een bankrekening openen. Kortom, je kunt zijn identiteit overnemen.'
Payne wierp me een indringende blik toe. 'Maar we hebben het niet over uzelf.'
'Nee, we hebben het over mijn broer. Als Lester Dant dood was, kon Petey dan zijn identiteit hebben overgenomen op de manier die u zojuist hebt beschreven?'
Payne bleef me aankijken. 'Voordat uw broer voor het eerst werd gearresteerd en gefotografeerd? Voordat zijn vingerafdrukken het archief in gingen en hij achter slot en grendel verdween? In theorie wel, ja.'
'Dan ben ik dus niet gek.' Ik had mijn adem ingehouden, en liet die nu in een lange zucht ontsnappen. 'Petey en Dant kúnnen dus dezelfde persoon zijn. Dant kan Peteys schuilnaam zijn.'
'Maar zo is het niet,' zei Payne.
'Wat?'
'Uw broer heeft Lester Dants identiteit niet overgenomen.'
'Hoe weet u dat zo zeker?'
'Omdat ik vanochtend vroeg een bezoek heb gebracht aan Gader. We kennen elkaar nog uit de tijd dat ik bij de FBI werkte. Ik heb hem gevraagd of ik Dants dossier mocht inzien, als oude-vriendendienst.'
Ik voelde me onprettig over wat Payne, naar ik dacht, ging zeggen.
'Dat was een bijzonder onthullend dossier,' zei Payne. 'U wist zo zeker dat uw broer en Dant een en dezelfde persoon waren, dat Gader Dants achtergrond extra grondig heeft la-

ten controleren. Er is geen overlijdensakte te vinden. Bovendien heeft Dant pas een sofinummer aangevraagd toen hij bijna volwassen was. De handtekening op de aanvraag klopt met de handtekeningen die Dant heeft moeten zetten bij zijn diverse arrestaties. Dant en uw broer zijn twee verschillende personen.'

'Néé.'

'Ik zweer het u,' zei Payne.

'Maar dan zijn mijn vrouw en mijn zoon dus dood!'

'Dat hoeft niet. Zolang het tegendeel niet bewezen is, is er hoop.'

'Zolang hun lijken niet gevonden zijn, bedoelt u.'

Payne bleef even zwijgen. 'Het spijt me, meneer Denning.'

Ik staarde naar het aquarium. 'U hebt de blik in Peteys ogen niet gezien toen hij me vertelde over de goudvis die hij en ik in de achtertuin begraven hadden, en dat de kat van de buren die had opgegraven. Zijn ogen hadden die heldere blik van iemand die erbij geweest is. Degene die me dat verhaal vertelde, dat was Petey.'

'Misschien wel. Maar ik heb geen flauw idee hoe u dat kunt bewijzen.'

'Toch ga ik dat doen.' Ik stond op. 'Hoe weet ik nog niet, maar ik ga het bewijzen.'

'Voordat u gaat, wil ik u nog iets vragen.'

Ik bleef bij de deuropening staan en keek achterom.

'In mijn jaren bij de FBI is mijn neus gevoelig geworden voor de geur van cordiet. Die geur zit aan mijn rechterhand sinds ik uw hand schudde toen u binnenkwam. Hebt u vuurwapens gebruikt, meneer Denning?'

15

'Klaar op de vuurlijn!' blafte de instructrice.

We zetten ons in de houding.

'Rechts klaar!'

We keken die kant uit.
'Links klaar!'
Van achter onze beschermbrillen keken we naar links om te zien of niemand iets doms deed.
'Eén,' gilde de instructrice, 'pak je wapen in de holster! Twee: trek je wapen en richt vanuit de taille! Drie: breng je wapen naar je zichtlijn! Vier: haal de trekker over!'
Acht bijna gelijktijdige schoten daverden over de lange, smalle schietbaan. Ze echoden tegen de betonnen wanden, met een geluid dat eigenaardig veraf klonk door mijn oorbeschermers heen.
Hoewel de instructrice vlak achter me stond, klonk ook haar stem gedempt. 'Rechts van het doel richten! Links van het doel!'
We gehoorzaamden, we schoten niet maar we waren op zoek naar andere doelwitten, die volgens haar waarschuwing overal en nergens vandaan konden komen.
'Wapen naar je middel! Veiligheidspal!'
Als één man volgden we haar instructies op en namen we onze handen van onze geholsterde wapens.
Het werd stil op de baan.
'Niet slecht,' zei ze. 'Nu eens kijken of iemand iets getroffen heeft.'
We stonden elk in een hokje met een plank vóór ons voor ammunitie en reservemagazijnen. Met een knop aan de linkerkant werd een takelsysteem in beweging gezet dat de schietschijven op hun plaats bracht.
De instructrice bestudeerde onze resultaten. 'Oké. Niemand heeft midden in de roos geschoten, maar dat verwacht ik ook nog niet. Maar jullie hebben in ieder geval niet volledig mis geschoten. Denning, jij zat er het dichtst bij, maar je bent nog steeds iets te hoog en iets te ver naar links. Meer droogoefenen, thuis. En niet steeds je pols bewegen als je de trekker overhaalt.'
Daarna gaf ze de rest van de klas instructies. We plakten iso-

latieband over de gaten in onze schietschijven en drukten op de knop die ze weer naar het eind van de baan sleepten. We rechtten onze ruggen bij haar geschreeuwde bevel: 'Klaar op de vuurlijn!'

16

Iedere dag ging ik naar de fitnessclub. Ik had nooit een topconditie gehad, maar sinds Petey Kate en Jason had ontvoerd, was ik een wrak. Door een dieet van junkfood in combinatie met te veel alcohol en geen enkele activiteit was ik tien kilo aangekomen. Maar zo wilde ik niet leven. Ik schakelde een trainer in. Ik wist dat ik langzaam moest beginnen, maar ik wilde vooruit. Ik ging van dertig minuten per dag op de machines naar zestig minuten. Ik begon te joggen, eerst op de indoorbaan van de fitnessclub, maar toen buiten, in de kou. Anderhalve kilometer. Drie kilometer, acht kilometer. Ik raakte de nieuwe kilo's weer kwijt. Vet veranderde in spieren.

Ik nam lessen in zelfverdediging. Hoek. Kracht. Massa. De taal van architecten. Ik deed niet eens meer of ik probeerde te werken. Wat mij aanging had ik maar één baan. En dus hief ik mijn bedrijf op en bood ik mijn werknemers een riante afvloeiingsregeling. Als ik me niet aan het voorbereiden was door middel van schietlessen en fysieke training, surfte ik op het internet, bezig met de andere webpagina's waarvan Payne me de adressen had gegeven.

In mijn vorige leven had ik het altijd veel te druk gehad om het internet te verkennen. Nu was ik verbijsterd hoeveel informatie ik daar kon vinden, zeker omdat ik dankzij Payne wist waar ik moest zoeken. Ik vond de geboortegegevens van Lester Dant, exact zoals de FBI had gezegd: hij was zonder een spoor van twijfel geboren in Brockton, Indiana, op 24 april en een jaar voordat Petey was geboren. Ik doorzocht de databases van alle staten in heel Amerika, maar ik kon geen bijbehorende overlijdensinformatie vinden voor Lester Dant. Zonder bewijs dat Petey Dants identiteit had aangenomen, moest ik tegen wil en dank de FBI-theorie uitproberen dat Dant Peteys identiteit had aangenomen, maar hoe uitgebreid ik ook zocht, ik kon geen enkel bewijs vinden dat Petey was overleden en, als dat toch zo was, of hij vermoord was.

Thanksgiving (de naam van die feestdag gaf me een bitter gevoel) was al voorbij. Kates ouders hadden me uitgenodigd. Ik had geweigerd, want ik was niet echt in de stemming voor gezelligheid. Maar toen bedacht ik dat zij even eenzaam waren als ik, en dat we net zo goed konden proberen om elkaar op te monteren. Met ons drieën dronken we een glas wijn en keken we voetbal in de keuken terwijl we aan het koken waren, maar ik zag geen kans om in feeststemming te geraken. Ik maakte me onophoudelijk zorgen dat de politie van Denver of Gader of Payne het telefoonnummer van Kates ouders misschien kwijt zouden zijn en dat ze me dus niet konden bellen mochten ze Kate en Jason vinden terwijl ik van huis was.

Met de kerst kwamen Kates ouders bij mij. Maar zodra ik Kates vader zag, wou ik dat ik ze de moeite bespaard had en naar hen toe gegaan was. Met amper verhulde ontzetting zag ik hoe die grote, robuuste man kromgegroeid was door zijn hartkwaal en, nog erger, door de zorgen. Hoezeer we ook probeerden er iets feestelijks van te maken, we bleven maar denken aan kerstfeesten in betere tijden, zoals toen ik tijdens onze studie verliefd was op Kate en besefte dat ik vorderingen maakte toen ze me had uitgenodigd om met de kerst naar haar ouders te komen.

Een van de moeilijkste dingen van de feestdagen was het uitkiezen van de boom, want dat hadden we altijd samen gedaan – een belangrijke familiebeslissing. Zodra we ermee thuiskwamen, gingen we de versieringen aanbrengen. Vaak waren we pas klaar als het al donker was. Ditmaal voelde ik me met ieder lampje dat ik in de boom hing, verslagener worden. Normaal gesproken hadden er stapels cadeautjes onder de boom gelegen, maar dit jaar hadden Kates ouders en ik besloten elkaar niets te geven. Er was tenslotte maar één ding dat we allemaal wilden, en dat kon je niet onder een boom leggen. Zoals alle vorige jaren had Kates moeder *eggnog* gemaakt. En zoals alle vorige jaren was hij weer heerlijk, maar ik kreeg hem niet door mijn keel. Een paar dagen later reden ze terug naar Durango. Kates vader voelde zich zo slecht dat haar moeder moest rijden.

Mijn buurman Phil Barrow vroeg of ik op zijn oudejaarsfeest wilde komen. Ik deed mijn best om een beetje sociaal te doen, maar het was een nachtmerrie. Een uur voor middernacht ging ik naar huis. Hoe hard ik ook mijn best deed, ik wist niet meer hoe de stemmen van Kate en Jason hadden geklonken.

Het werd voorjaar.

Mei.

Juni.

Ze waren een jaar weg.

17

'Ik ga de stad uit,' zei ik tegen Payne.

'Ja, soms is het een goed idee om afstand te nemen van akelige herinneringen,' zei hij.

'Ik hoopte dat u het niet erg zou vinden als ik mijn post naar u liet doorsturen.'

'Tuurlijk niet,' zei Payne. 'Geen probleem.'

'Ik heb de politie en de FBI gevraagd om bij u bericht achter te laten als ze iets nieuws vinden.'

Payne knikte. 'Ik bel u dan zodra ik iets weet. Geef me gewoon het nummer waar u te bereiken bent en...'

'Momenteel is dat nog niet helemaal duidelijk. Ik zal u moeten bellen.'

'Weet u nog niet waar u heen gaat?'
'Niet precies.'
'Maar je stapt toch niet zomaar op een vliegtuig zonder een vlucht geboekt te hebben?'
'Ik ga niet vliegen. Ik wou gewoon in de auto stappen en wegrijden. Wat van het land zien. Waarheen de weg me brengt.'
Payne kneep zijn ogen samen. 'Wie denkt u voor de mal te houden?'
'Ik snap niet wat u bedoelt.'
'Waarheen de weg u brengt? Kom nou toch. U bent iets van plan. Maar wat?'
'Dat heb ik net gezegd. Ik moet hier weg.'
'Dat klinkt niet goed.'
Ik meed zijn blik en keek naar het aquarium.
'U gaat me toch niet vertellen dat u naar hem op zoek gaat,' zei Payne.
Ik bleef naar het aquarium staren.
'Hoe stelt u zich dat voor?' wilde Payne weten. 'Zoiets is onmogelijk. U maakt geen schijn van kans.'
Eindelijk keek ik hem aan. 'Ik heb verder alles gedaan wat ik verzinnen kon.'
'Zonder enige aanwijzing? Dan gaat u zeker waarheen de weg u brengt. Dan kunt u niet meer doen dan ronddolen.'
'Maar ik heb wél een paar aanwijzingen,' hield ik vol.
Payne leunde met zijn grote lijf naar voren. 'Zeg op.'
'Het is moeilijk uit te leggen.'
'Probeer toch maar.'
'Petey wilde mijn plaats innemen.'
'Nou en?' Payne keek verbijsterd.
'Nu ga ik het omgekeerde doen. Ik ga Peteys plaats innemen.'
'Wat?'
'Ik ga me in zijn geest verplaatsen. Ik ga denken zoals hij denkt. Ik ga hem wórden.'

'Jezus,' fluisterde Payne.

'Tenslotte zijn we broers.'

'Meneer Denning...'

'Ja?'

'Ik heb meer medelijden met u dan ik ooit voor mogelijk gehouden had. God sta u bij.'

Deel Drie

I

Mezelf in Peteys geest verplaatsen? Denken zoals hij denkt? Het was een wanhoopsdaad, ja, maar wat kon ik verder? Nu deed ik tenminste iets. Nu kon ik voorkomen dat ik zelf mijn verstand kwijtraakte.

Ik ging naar de straat waar Petey me voor het eerst had aangesproken, bij mijn kantoor – althans, wat mijn kantoor geweest was. Het was even na twee uur, dezelfde tijd als exact een jaar geleden. Petey had achter me gestaan en mijn naam geroepen, en dat betekende dat hij links naast de draaideur van het gebouw op me had staan wachten. Ik liep naar een grote, betonnen plantenbak. Ik nam aan dat hij daar tegenaan had staan leunen. Ik bestudeerde de voordeur en probeerde me in hem te verplaatsen. Waarom was hij niet mijn kantoor binnengegaan? Toen ik tegen de plantenbak leunde en me onzichtbaar voelde voor de menigte passanten, begreep ik waarom hij het zo gedaan had. In mijn kantoor zou hij in mijn sfeer geweest zijn, maar door achter me op de stoep mijn naam te roepen, had hij de situatie zelf in de hand. Ik herinnerde me ons eerste gesprek, ditmaal vanuit zijn perspectief, toen hij dingen had verteld die alleen mijn broer had kunnen weten. Ik zag mijn verbazing, ik zag hoe hij me overtuigde. Ik ging naar de broodjeszaak aan de overkant van de straat, waar we ons gesprek hadden voortgezet. Ik ging zitten waar hij had gezeten. Ik stelde me mezelf voor vanuit zijn perspectief, terwijl hij verder ging met me te overtuigen dat mijn lang verloren broer eindelijk terug was. Ik ging naar huis en deed alsof ik hem was, stelde me voor hoe hij voor het eerst binnenkwam, om zich heen keek, zag wat ik aan bezittingen had vergaard, allemaal dingen die hij nooit had gehad. Was zijn plan toen geboren? Ik verdien dit, niet jij, moest hij gedacht hebben. Hij had van alles opgepakt en hij moest zijn best gedaan hebben om zijn woede te verhullen. *Jij hebt mijn leven verpest en dit is je beloning, klootzak.*

Kate moest een aantrekkelijke aanblik gevormd hebben: haar lange benen, haar ranke taille. Maar Jason? Wat had Petey in werkelijkheid van hem gevonden? Een storend element. Peteys achtergrond had geen ruimte geschapen voor vaderlijke instincten. Maar Jason maakte deel uit van wat Petey gehad zou hebben als ik zijn leven niet had verpest door hem naar huis te sturen toen hij bij het baseball had staan kijken. Jason hoorde bij het totaalpakket, samen met de aantrekkelijke echtgenote en het grote huis, en dus wilde Petey hem. Petey wilde álles wat ik had.

Ik herinnerde me het avondeten, waarbij Petey zo beleefd was geweest, en dat hij had geholpen met de afwas. Later had hij met Jason gestoeid. Hij moest iedere seconde gehaat hebben, net zoals hij er de pest in gehad moest hebben toen hij moest doen alsof hij met veel plezier herinneringen ophaalde aan onze jeugd, voordat ik zijn leven had verknald. Maar het ergste moment moest geweest zijn toen ik hem die baseballhandschoen had gegeven die hij had laten vallen toen de man en de vrouw hem grepen. Die had hij waarschijnlijk het liefst door mijn strot geramd.

Ik ging naar Peteys kamer. Ik ging op zijn bed liggen. Ik staarde naar het plafond en merkte dat ik de baseballhandschoen had gepakt en keer op keer tegen mijn vuist beukte. Waarschijnlijk had hij zin gehad in een sigaret, maar had hij zijn plan niet willen ruïneren door binnenshuis te gaan roken, zodat Kate er de smoor in zou krijgen. Dus was hij naar beneden geslopen, door de openslaande keukendeuren, de maanverlichte achtertuin in, waar hij boos op een tuinstoel was gaan zitten en een sigaret had opgestoken. Ik herinnerde me dat ik vanuit het slaapkamerraam had gekeken en hem daar had zien zitten. Ik stelde me voor dat hij had gedaan alsof hij niets merkte toen mijn gezicht verscheen. Ik verplaatste me in zijn gedachten. Wat doe jij daar, moest hij gedacht hebben. Je vrouw neuken, broertjelief? Nou, geniet er nog maar even van. Straks is het míjn beurt.

2

De volgende ochtend ging ik naar de kapper waar ik met hem was geweest. Ik ging zitten en voelde de schaar tegen mijn hoofd. Ik stelde me voor hoe hij moest hebben zitten smeulen door de belediging dat hij er in mijn ogen kennelijk niet uitzag en dat ik hem presentabel zou maken. Toen ging ik naar Banana Republic, waar ik nieuwe kleren voor hem had gekocht. En naar de schoenenwinkel. En naar de tandarts, waar ik hem een rotgevoel had bezorgd over de afgebroken voortand, een extra bevestiging van het idee dat hij er niet uitzag.

Toen ik het kantoortje van de tandarts binnenliep, keek de receptioniste verbaasd op. 'We hadden vandaag niet op u gerekend, meneer Denning. Is er iets mis?'

'Nee.' Met enige verwarring besefte ik dat ik mezelf bijna had overtuigd dat ik het patroon van een jaar geleden echt kon herhalen. 'Ik moet me vergist hebben. Sorry voor de overlast.'

Toen ik met onvaste hand naar de deurknop greep, herinnerde ik me dat ik in de wachtkamer had zitten wachten terwijl Petey bij de mondhygiëniste was geweest en zijn tand had laten bijvijlen. Ik probeerde me in Petey te verplaatsen, probeerde me voor te stellen hoe hij daar boos in die stoel had gelegen. Hij moest nerveus geweest zijn, want hij was in geen jaren bij een tandarts geweest, en hij moest zijn spieren aangespannen hebben toen de tandarts op hem af kwam met...

'Hoewel... er is wél iets dat u voor me zou kunnen doen.'

Met trillende hand liet ik de deurknop los. Ik liep naar de balie tussen de receptie en de wachtruimte.

Ze keek me afwachtend aan.

'Een jaar geleden ben ik hier geweest met mijn broer.' Mijn hart bonsde van de schok bij het idee dat zojuist bij me opgekomen was.
'Ja, dat weet ik nog. En ik vond het vreselijk om te horen wat er gebeurd was met uw vrouw en uw zoon.'
'Ik heb het er verschrikkelijk moeilijk mee gehad.' Ik moest mijn best doen om met vaste stem te spreken, mijn emoties in bedwang te houden. 'Maar nu vroeg ik me af...' Ik hield mijn adem in. 'Weet u misschien of er toen röntgenfoto's zijn gemaakt van het gebit van mijn broer?'

3

'Hier!' zei ik tegen Gader. 'Dit is het bewijs!'
De sombere man keek met gefronst voorhoofd naar wat ik op zijn bureau had gelegd. 'Het bewijs waarvoor?'
'Het bewijs dat mijn broer en Lester Dant een en dezelfde zijn!'
'Probeert u nou nog steeds...'
'Mijn broer heeft een paar dagen voordat hij mijn vrouw en zoon ontvoerde, röntgenfoto's van zijn gebit laten maken. Toen ik nog klein was, moesten Petey en ik regelmatig voor controle naar de tandarts. Laat deze foto's maar zien aan onze toenmalige tandarts in Ohio. Hij kan ze vergelijken met zijn eigen dossiers. Dan zal hij het bewijs leveren dat dit het gebit van dezelfde persoon is.'
'Maar het gebit van een negenjarige is niet hetzelfde als dat van iemand in de dertig,' wierp Gader tegen.
'Omdat hij nog niet al zijn blijvende tanden had op het moment van zijn verdwijning? Nee. Volgens mijn tandarts had hij al een paar blijvende tanden, en zelfs als die in de loop der jaren veranderd zijn doordat eraan gewerkt is, houden de wortels dezelfde structuur. Het kan toch geen kwaad om eens te kijken?'
Gader legde het dikke dossier neer waarin hij had zitten le-

zen. 'Oké,' zei hij ongeduldig. 'Dan regelen we dit voor eens en altijd. Hoe heette die tandarts in Ohio?'
'Dat... dat weet ik niet meer.'
Zijn blik werd nog ongeduldiger.
'Maar Woodford was geen grote plaats,' zei ik. 'Er waren niet veel tandartsen. Het kan niet al te moeilijk zijn om na te trekken bij wie wij patiënt waren.'
'Ervan uitgaande dat hij nog werkt. Ervan uitgaande dat hij zijn dossiers al die tijd bewaard heeft.' Gaders telefoon begon te rinkelen. Terwijl hij zijn hand uitstak, zei hij: 'U hoort nog van mij.'
'Wanneer?'
'Volgende week.'
'Maar dat duurt te lang.'
Hij hoorde me niet. Hij was al aan het telefoneren.

4

Zaterdagochtend stond ik op van Peteys bed, stopte de kampeerspullen in de Expedition en deed een stapel sandwiches in de koelbox. Ik deed alles zoveel mogelijk hetzelfde als een jaar geleden en om negen uur, exact even laat als we de vorige keer waren vertrokken, nam ik Highway 70 de bergen in. De pieken waren nog met sneeuw bedekt, net als vorig jaar juni. Ik negeerde de schoonheid, net als Petey gedaan moest hebben, en deed mijn best om me ons gesprek te herinneren. Met een ongemakkelijk gevoel bespeurde ik een patroon: telkens als Jason 'Pap' had gezegd om mij iets te vragen, had Petey als eerste geantwoord. Hij had zitten oefenen om mijn plaats in te nemen, hij wilde eraan wennen om 'Pap' genoemd te worden.
Toen ik in noordelijke richting naar het nationale park Arapaho reed, stelde ik me zijn spanning voor. Ik kwam bij het meer en parkeerde waar we met ons drieën een jaar geleden hadden gestaan. Ik keek naar de plek waar Petey, Jason en

ik onze tent hadden opgezet. Ik liep rond het meer tot aan de beek die erin uitmondde en klom de beboste helling op naar het ravijn waaruit het water bulderend te voorschijn kwam. De hele tijd dacht ik aan hem, hoe hij op zoek geweest moest zijn naar een plek waar hij zich van mij kon ontdoen zodat het een ongeluk zou lijken.

Ik klom over de losliggende stenen naar de richel boven het ravijn. Ik voelde Peteys opwinding toen Jason om het rotsblok heen gelopen was om te gaan plassen. Nu! Brads rug was naar hem toegekeerd.

'Pap!'

Nee, dat joch kwam veel te snel terug!

Zonder nog te kunnen stoppen duwde ik mijn verdomde rotbroer het ravijn in en draaide me om naar het jong, dat verstijfd van schrik stond te kijken.

Toen ik dacht aan Jasons angst, kwam ik met een schok weer in het heden terecht. Ik scheurde me los uit Peteys gedachtewereld, misselijk van de duistere inspanning die het me kostte om me in te beelden dat ik hem was. Ondanks de kille bries brak het zweet me uit. Ik daalde over de losse stenen af naar het pad onder in het ravijn en vroeg me ondanks mezelf af hoe Petey naar beneden geklommen kon zijn zonder te vallen, gezien het feit dat hij een bang en tegenstribbelend kind in bedwang moest houden. Toen besefte ik dat hij dat op maar één manier gedaan kon hebben. Het antwoord bezorgde me een misselijk gevoel toen ik me voorstelde hoe het geweest moest zijn om een bewusteloos jongetje tussen de bomen door terug te dragen naar de Expedition.

De auto had geen kofferbak, dus Petey had Jason moeten vastbinden en had hem de mond moeten snoeren. Hij moest hem op de laadbodem gelegd hebben, onder de tent. Net als Petey reed ik behoedzaam over de bergpassen terug naar huis, niet harder dan de maximumsnelheid voor het geval een politieauto me zou aanhouden en de politie zich zou afvragen wat dat voor benauwde geluiden waren die onder de tent achterin klonken.

Toen ik thuiskwam, reed ik de garage in en drukte ik op de afstandsbediening. Met een rommelend geluid schoof de deur achter me dicht. Toen ik uitstapte, stelde ik me voor hoe Kate vanuit de keuken de garage in was komen lopen. Ze moest net terug zijn van het congres dat ze had geleid. Het strenge, grijze pak dat ze had gedragen toen we die ochtend op pad gingen, maakte haar lange, blonde haar nog feller.

'Hoe komt het dat je nu al terug bent?' Ze fronste haar voorhoofd. 'En waar zijn Brad en Jason?'

'We hebben een ongeluk gehad.'

'Een ongeluk?'

Hij had haar overmeesterd, haar vastgebonden, haar mond afgeplakt. Hij was het huis in gegaan, had haar autosleutels gevonden en haar en Jason in de kofferbak van de Volvo gesleept. De auto had een achterbank die kon worden neergeklapt, zodat er lange voorwerpen in de achterbak konden, ski's en zo. Waarschijnlijk had hij een deel van de achterbank neergelaten voor luchttoevoer naar de kofferbak. Met de vele spullen die hij uit het huis had gestolen, had hij ervoor gezorgd dat niet de hele bank omlaag kon, want dan hadden Kate en Jason kunnen ontsnappen. Snel had hij een paar koffers gepakt en ook een deel van mijn kleren meegenomen. Als hij tenslotte mijn plaats wilde innemen, kon hij er maar beter net zo uitzien als ik.

Tegen zes uur 's avonds reed ik, net als Petey gedaan had, weg van mijn huis. Om eenentwintig minuten over zes had ik, net als Petey, geld getrokken uit dezelfde automaat die Petey had gebruikt. En net als hij had ik mijn hoofd gebogen gehouden voor de camera. Maar toen ik in noordelijke richting de stad uit reed over Highway 25 besefte ik dat Petey zoveel spullen uit mijn huis had gestolen dat de Volvo eruitgezien moest hebben alsof hij een rijdende winkel was.

Petey moest zich zorgen gemaakt hebben dat een politieman achterdochtig zou worden, en hij zou Denver niet verlaten hebben met al dat spul aan boord. Hij moest het zo snel mogelijk verkocht hebben. Maar hij was nog niet lang in de stad. Wanneer had hij een heler kunnen vinden? Ik dacht terug aan de afgelopen dagen en herinnerde me plotseling dat Petey na het bezoek aan de tandarts een tijdje in zijn eentje het park in gewild had, 'om zijn gedachten op een rijtje te zetten'. Die hufter had zijn middag doorgebracht met het regelen van de verkoop van de spullen die hij van mij wilde jatten.

Ik reed door een onguur deel van de stad en imiteerde de transactie, die een paar minuten geduurd moest hebben. Toen keerde ik terug naar de snelweg en ditmaal voelde ik me onzichtbaar, een van de vele auto's onderweg, niets waardoor ik opviel.

5

Op een bord langs de weg zag ik dat het nog 375 kilometer was naar Casper, Wyoming. Ik stelde de cruisecontrol van de Volvo in om ervoor te zorgen dat ik onder de maximumsnelheid bleef. Toen de zon bijna onderging en ik mijn koplampen aandeed, voelde ik me nog onopvallender. Mijn licht was een van de duizenden andere lichten. Ik passeerde Cheyenne, Wyoming, zonder veel te kunnen zien, behalve dat het vol lage, lange gebouwen leek te staan. Toen, vier uur nadat ik Denver had verlaten, naderde ik de lichte vlek van Casper. Het grootste deel van de rit had ik alleen vlak land gevoeld in de onbewoonde duisternis om me heen. Nu doemde links van me de schaduw van een berg op, zodat ik de sterren niet meer kon zien.

Een paar kilometer ten noorden van Casper zag ik een bordje van een parkeerplaats. Er was niet veel verkeer, want de meeste auto's waren onderweg geweest naar Casper. Een pijl wees naar een bijna onzichtbare uitrit. Die volgde ik, en ik kwam bij twee lompe bakstenen gebouwen met verlichting die op drie pick-ups en een minibestelwagen scheen.

Maar Petey had een meer afgelegen plek nodig gehad, dus nam ik een grindpad dat vanaf het plaveisel naar de wc's afboog naar rechts. De schijnwerpers bij de gebouwen schenen zo ver dat een eind verderop picknicktafels en misvormde bomen te zien waren. Ik vergewiste me ervan dat er niemand uit de wc's kwam die getuige kon zijn van enig ongebruikelijk gedrag. Ik deed de koplampen uit en de parkeerlichten aan en had nog net genoeg licht om een pleintje met een houten schutting te kunnen ontwaren, waarachter een deel van een afvalcontainer te zien was.

Ik parkeerde achter de container, deed mijn parkeerlichten uit en liep naar de schutting toe om te kijken of niemand, ook geen agent, had gezien wat ik aan het doen was en kwam kijken wat er gaande was. Toen ik zeker wist dat niemand me zag, maakte ik de kofferbak open.

Ik deinsde achteruit bij het beeld voor mijn ogen. Kate en Jason op hun zij. Kronkelend. Doodsbang. Isolatieband strak over hun monden geplakt. Hun handen achter hun rug gesnoerd. Hun enkels gebonden. Hun ogen zo wijd opengesperd van angst dat er bijna alleen nog maar oogwit te zien was. Gekreun, half van angst en half smeekbede. De stank van hun lichaamsafscheidingen, van kooldioxide, van zweet en angst.

Petey moest de tape voor hun monden weggetrokken hebben zodat ze op adem konden komen, maar hij had ze gewaarschuwd dat ze niet moesten gaan gillen. Ze zouden zo verzwakt zijn geweest van de angst, zo duizelig van de bedompte lucht in de kofferbak, dat ze geen serieus verzet hadden kunnen bieden. Hij had ze een voor een uit de kofferbak moeten tillen, hun kleren moeten losmaken zodat ze hun behoefte konden doen. Die onaangename intimiteit zou het bewijs voor zijn toewijding aan zijn nieuwe gezin geweest

zijn. Maar dat was nog maar het begin van zijn verplichtingen. Ze moesten bijvoorbeeld vreselijke dorst gehad hebben. Had hij alles gepland en was hij gestopt bij een snackbar in Casper om frisdrank te kopen, en misschien zelfs patat en hamburgers? Had hij iets geruststellends gezegd toen hij nieuwe tape voor hun monden had geplakt en ze weer in de kofferbak had gestopt?
'Ik hou van je.'
Ik sloeg de kofferbak dicht. Vanuit het duister achter de afvalcontainer staarde ik naar de auto's die bij de wc's stonden. Ik liep die kant uit, mijn voetstappen knerpend in het grind. Hoe dichter ik bij de twee gebouwen kwam, des te naakter voelde ik me in het felle licht. Tegen die tijd waren de meeste auto's vertrokken. Er stond alleen nog een middelgrote personenauto. Ik ging naar de mannen-wc's. Ik was de enige. Ik stapte naar buiten, een zwerm insecten in.
Er liep een vrouw het andere gebouw uit. Ze haalde haar sleutels uit haar tas en liep naar de auto toe. Ze keek mijn kant niet uit. Ik stelde me voor hoe Petey op haar af gerend was, was blijven staan toen er koplampen voorbijschoten op de snelweg, niet echt veel maar wel zonder onderbreking, zonder dat er ooit een moment was waarop niemand had kunnen zien dat een man een vrouw overviel.
Dus had Petey gewacht op een andere gelegenheid, was hij de vrouwen-wc's binnengegaan en had hij daar zijn slachtoffer overmeesterd. Hij had de snelweg in de gaten gehouden tot er net genoeg tussenpozen waren tussen de voorbijflitsende koplampen, zodat niemand hem zou zien in die paar seconden die het hem kostte om de bewusteloze vrouw terug te dragen naar de duisternis. Achter de vuilniscontainer had hij haar vastgebonden en haar mond afgeplakt. Toen was hij teruggegaan naar de wc's, waar hij met de sleutel van de vrouw haar auto had gestart (een Chevrolet, had de politie gezegd). Zonder de koplampen aan te doen was hij teruggereden naar de donkere plek achter de schutting, waar

hij met een mes ventilatiegaten gemaakt moest hebben in de achterbank van de Chevrolet, voordat hij Kate en Jason in de kofferbak legde.
Maar toen hij de chauffeur ook nog eens in de bagageruimte stopte, had hij zich toen geen zorgen gemaakt dat er niet genoeg lucht zou zijn voor drie mensen? Waarom had hij het risico genomen dat Kate en Jason zouden stikken door de vrouw samen met hen in de kofferbak te stoppen? De vrouw was toch doodgegaan. Waarom had hij haar niet vermoord en haar lijk in de container gegooid? Dan hadden ze haar in geen tijden gevonden, misschien wel nooit. Opnieuw voelde ik de afschuw van Kate en Jason terwijl de astmatische vrouw vocht om adem te krijgen met het isolatieband voor haar mond – haar panische bewegingen, haar verstikte geluiden, hoe ze steeds stiller werd, hoe haar blaas leegliep, en waarschijnlijk haar darmen. Terwijl de Chevrolet over de snelweg raasde, moeten Kate en Jason zijn bevangen door een onbeheersbare angst dat dit ook hen kon overkomen, net zoals het de vrouw overkomen was.
De vraag bleef aan me knagen: waarom had Petey haar niet gewoon vermoord en haar lijk in de container gegooid? Het enige antwoord dat logisch leek was dat het niet Peteys bedoeling was geweest dat de vrouw doodging, hoe onverschillig hij zich ook tegenover haar voelde. Mij vermoorden was één ding. Wat Petey betrof had ik het verdiend om dood te gaan omdat ik zijn leven had verpest. Maar deze vrouw was gewoon toevallig op het verkeerde moment op de verkeerde plaats geweest. Het was de eerste aanwijzing dat er iets menselijks in hem school. Daardoor kreeg ik nieuwe hoop voor Kate en Jason.
Hij kon de Volvo achter de container hebben laten staan, waar hij misschien in geen dagen was gevonden. Maar in plaats daarvan had hij de moeite genomen om de Volvo duidelijk zichtbaar voor de wc's te parkeren. Omdat hij wilde dat de auto snel gevonden werd. Hij wilde dat men door die

Volvo zou gaan denken dat hij op weg was naar het noorden, net zoals hij de Chevrolet buiten Billings in Montana had laten staan om te suggereren dat hij op weg was naar Butte. Hij had beangstigend logisch nagedacht.

6

Ik reed terug naar de snelweg. Er stond een bord waarop ik zag dat het nog vierhonderd kilometer was naar Billings, Montana. Mijn oogleden voelden zwaar aan. Maar ik moest in beweging blijven. Ik moest Peteys vlucht voltooien.

Had hij onderweg geslapen? Ik had er in ieder geval sterke behoefte aan. Maar ik was bang dat ik pas tegen zonsopgang wakker zou worden als ik nu de snelweg verliet en een afgelegen plekje opzocht, een kampeerterrein bijvoorbeeld. In Peteys geval zou de Chevrolet tegen die tijd gemeld zijn. Hij moest naar Billings zien te komen. In navolging van hem reed ik verder.

Ik zette de radio hard. Het viel niet mee om een zender te vinden, zo in het holst van de nacht. Wat ik vond, waren voornamelijk radiodominees met veel ruis.

Voor me lag een bergketen die van noord naar zuid liep. Vanaf de besneeuwde pieken glansde het maanlicht. Mijn oogleden werden steeds zwaarder. Ik beet op mijn lip om wakker te blijven. Ik groef mijn nagels in mijn handpalmen. Highway 25 werd Highway 90. Ik passeerde Sheridan in Wyoming en reed Montana binnen. De borden veranderden van karakter: Lodge Grass, Custer Battlefield National Monument, Crow Agency... Bij Hardin maakte de weg een bocht naar het westen. Intussen, terwijl ik kilometer na kilometer aflegde, stelde ik me voor dat Petey zich zorgen moest hebben gemaakt over de zuurstofvoorziening van zijn gevangenen. Hij moest regelmatig langs verlaten wegen gestopt zijn om te kijken. Het wrong in mijn hart als ik dacht aan de bange ogen van Kate en Jason die wanhopig naar hem omhoogstaarden. Ze deinsden terug als hij zijn hand uitstak om hen kalmerend over het voorhoofd te strelen. Wat betreft de bestuurster van de Chevrolet, naar haar had hij amper omgekeken.

Toen ik uiteindelijk een bord met het opschrift Billings zag, merkte ik tot mijn bezorgdheid dat de afstand tussen Casper en Billings me maar vier uur had mogen kosten, terwijl ik daar met al die stops om te doen alsof ik naar mijn gevangenen omzag, anderhalf uur te lang over gedaan had.

Toch was het nog donker toen ik bij de parkeerplaats aan de andere kant van Billings arriveerde. Volgens het opschrift van een bord was dit een panoramisch vergezicht, maar nu de maan was ondergegaan kreeg ik niet meer dan een vage indruk van bergen naar het noorden en zuiden. Er stonden twee auto's bij de wc's geparkeerd: een pick-uptruck en een personenauto. Ook hier liep een ventweggetje naar de achterzijde van de gebouwen. Ik parkeerde in het donker. De lucht was verbazingwekkend koud. Er kwamen twee mannen met cowboyhoeden uit een van de betonnen gebouwen. Ik wachtte tot ze in de pick-up waren gestapt en weggereden waren. Op dit vroege uur was er bijna geen verkeer onderweg. Snel liep ik naar de wc-ruimten en luisterde of daar iemand was. Als ik stemmen hoorde, als er meerdere personen aanwezig waren, zou ik wachten op een betere gelegenheid. Maar als ik maar één stel voetstappen hoorde...

Op dat uur vonden maar weinig vrouwen het vertrouwd om in hun eentje op pad te zijn. Ik nam aan dat het slachtoffer een man geweest moest zijn. Hem in de heren-wc's bewusteloos meppen met een krik. Hem het donker in slepen. Zijn auto achterom rijden. Kate, Jason en de vrouw overbrengen naar de kofferbak.

Was dit het moment geweest waarop Petey had ontdekt dat de eigenares van de Chevrolet gestikt was doordat hij haar mond had afgeplakt? Echt rouwig kon hij daar niet om geweest zijn. Hij had haar een kans gegeven. Wat hem betreft

was het zijn schuld niet. De straf voor kidnapping was even hoog als die voor moord, dus hij had niets te verliezen gehad. Daarom had hij niet eens geprobeerd om haar lijk te verbergen, maar had hij het in de Chevrolet laten liggen. Daarna was hij in de nieuwe auto gestapt en de weg weer op gereden. Maar hij was niet verder gegaan naar Butte: hij wilde de politie op een vals spoor zetten. Hij had de volgende afslag genomen en was meteen de weg weer opgegaan, maar nu in tegengestelde richting, terug naar Billings.
Ik bleef hem volgen. De dageraad was intussen aangebroken. Ik zag bergen, ranches en olieraffinaderijen. Toen ik de Yellowstone-rivier overgestoken was, had ik geen houvast meer aan het politierapport. Petey was even moe geweest als ik. Waar was hij in vredesnaam naartoe gegaan?

7

Een splitsing in de snelweg. Ik moest kiezen: 94 in noordoostelijke richting door Montana heen naar North Dakota, of 90 weer terug Wyoming in. Ik koos de 90. Ik wilde mezelf niet wijsmaken dat ik intuïtief deed wat Petey gedaan had. Mijn besluit was volkomen arbitrair.
Maar ik was zo verschrikkelijk moe dat ik wist dat er ongelukken van zouden komen als ik niet heel binnenkort een plek vond waar ik slapen kon. Petey moest hetzelfde gevoeld hebben. Al stroomde de adrenaline door zijn aderen, veel langer kon hij het niet volgehouden hebben. En hij had beslist geen ongeluk willen riskeren. Hij had geen rijbewijs en de auto stond niet op zijn naam. Een agent die hem aan de tand gevoeld had, zou uiteindelijk wel zo achterdochtig zijn geworden dat hij in de kofferbak had willen kijken. Intussen was de zon steeds hoger geklommen, zodat het bijzonder warm geworden moest zijn in de auto. Ik stelde me voor hoe heet het in de kofferbak geweest moest zijn. Hoeveel ventilatiegaten Petey ook had gemaakt, Kate, Jason en de ei-

genaar van de auto hadden liggen roosteren in die benauwde ruimte. De hitte van de zon had de kofferbak in een oven veranderd, de lucht was steeds bedompter, verstikkender geworden. Als Petey hen in de kofferbak in leven wilde laten, had hij overdag moeten rusten en 's avonds moeten rijden. Aangezien de rechercheurs in Denver hadden gezegd dat de mond van de dode vrouw afgeplakt was geweest met isolatieband, nam ik aan dat Petey datzelfde had gedaan met Kate en Jason en de man wiens auto hij had gestolen. Ik nam mijn rechterhand van het stuur en drukte hem voor mijn mond, zodat ik mezelf dwong om alleen door mijn neus adem te halen. Mijn borst begon te zwoegen. Het leek of ik niet genoeg lucht kreeg. Ik moest me concentreren om mijn hartslag te beheersen en langzaam in en uit te ademen. Ik werd gek bij de gedachte dat ik bewust moest ademen, dat ik een minimale hoeveelheid lucht kreeg en dat dan gedurende wat een eeuwigheid moest hebben geleken in die hete, afgesloten ruimte.

Niemand in die kofferbak had ook maar een kans van overleven gehad, tenzij Petey alleen gereisd had als het koeler was; 's nachts dus. Maar waar kon hij gestopt zijn? Bij een motel liepen veel te veel mensen rond: gevaarlijk. Een kampeerterrein dan? Het toeristenseizoen was nog niet werkelijk aangebroken. Misschien had Petey een bebost terrein gevonden waar nog geen bezoekers waren. Dan had hij het, terwijl hij scherp uitkeek of er geen auto's aankwamen, kunnen riskeren om zijn gevangenen uit de kofferbak te laten. Als er een beekje was geweest waar ze zich wat konden schoonmaken, was dat natuurlijk helemaal ideaal geweest. Hij had weer voor eten moeten zorgen. Bij de volgende afslag zag ik een McDonald's. Ik ging naar het afhaalloket en bestelde een Egg McMuffin, koffie en sinaasappelsap. Terwijl ik achter de andere auto's stond te wachten keek ik met gefronst voorhoofd naar mijn stoppelige spiegelbeeld in de achteruitkijkspiegel. Maar die stoppels waren niet wat me dwarszat. Ik had geprobeerd me Peteys gedachten voor te stellen, en ik was het voornaamste over hem vergeten: het litteken op zijn kin. Dat zou de aandacht getrokken hebben. Ik haalde een pen uit mijn borstzak en trok een lijn waar Peteys litteken gezeten zou hebben. Ik wilde weten hoe het voelde als mensen naar mijn kin staarden.

Toen ik voor mijn eten betaalde, wees de vrouw achter het loket naar de inktstreep. 'Meneer, u hebt...'

'Ja, weet ik,' zei ik. 'Ik krijg dat rotding maar niet weg.'

Ik had haar willen vragen of er kampeerterreinen in de buurt waren, maar ik voelde me zo opzichtig dat ik betaalde en wegreed. Met samengeknepen ogen tegen de stekende ochtendzon besloot ik mijn baard te laten staan om de streep op mijn kin te verbergen.

Een logische plek voor een kampeerterrein zou aan de oever van een rivier zijn, dus toen ik de Bighorn was overgestoken nam ik de eerste afslag. Daar overlegde ik even met mezelf of ik de rivier in noordelijke of in zuidelijke richting zou volgen. Op een bord zag ik staan dat het Crow-indianenreservaat in het zuiden lag. Dat leek me geen plek waar ik onzichtbaar zou zijn, dus zette ik koers naar het noorden.

Er was niet veel verkeer. De velden langs de weg waren afgezet met afrasteringen. Even later kwam ik bij een zandpad dat naar links voerde, naar de rivier toe. Al gauw maakte het pad een bocht naar rechts en het liep verder parallel met de rivier, hoewel ik het water niet kon zien door de bomen en struiken op de oever. Een overwoekerd pad liep de bomen in. Ik reed het bos in, parkeerde achter de bomen, liep naar de weg en vergewiste me ervan dat de auto onzichtbaar was. Ik koesterde niet de illusie dat Petey hier ook gestaan had, maar logischerwijs moest hij op een vergelijkbare plek geweest zijn. Petey moest de auto-eigenaar genegeerd hebben, maar hij moest geprobeerd hebben om Kate en Jason gerust te stellen, hij moest gezegd hebben dat hij hen niets zou doen als ze hem daar niet toe dwongen, en dat er niets zou gebeuren als ze gewoon deden wat hun gezegd werd. Hij moest de een in de kofferbak hebben laten liggen terwijl hij de ander liet baden, en hij moest een touw om het middel van de een, en later van de ander, hebben gebonden om te voorkomen dat ze ervandoor zouden gaan. Hij had ze andere kleren laten aantrekken. Hij moest naar ze gekeken hebben terwijl ze hun fastfood-ontbijt verorberden.

'Ik ga voor jullie zorgen.'

Ze moesten niet geweten hebben wat ze daarvan moesten denken.

Ondanks haar angst had Kate de hele nacht de tijd gehad om het gevaar van de situatie te analyseren. Ze moest al besloten hebben dat haar enige kans lag in het gebruik van haar stressbeheersingstechnieken om te proberen hem rustig te houden. 'Bedankt voor het eten.'

'Smaakt het?'

Natuurlijk waren Kate en Jason bang geweest, maar ze moesten zo'n honger hebben gehad dat ze hun hamburgers naar binnen gewerkt hadden.

'Ik zei: smaakt het?'

'Jazeker,' moest Kate haastig geantwoord hebben.

'Veel is het niet, maar beter dan niets.'

Had hij dat op dreigende toon gezegd? Met als ondertoon dat ze niets meer kregen als ze moeilijk gingen doen? Kate moest nog een grote slok van haar drinken hebben genomen in de wetenschap dat dit niet genoeg was om het vochtverlies aan te vullen. Ze zou haar verwarde haren uit haar gezicht hebben gestreken in het besef dat ze moest proberen er zo presentabel mogelijk uit te zien. Zodat Petey aan haar zou denken als menselijk wezen, niet alsof ze een voorwerp was. Ze moest hem bedanken voor zijn attenties. Doen alsof de hele situatie normaal was. Zodat hij zijn best zou doen, vanuit de behoefte om zich gewaardeerd te voelen.

Maar Jason? Die was nog zo klein, en hij had Kates training niet. Hij moest bijna gek van angst geweest zijn. Vanwege

het isolatieband voor haar mond had Kate niet tegen hem kunnen praten in de kofferbak. Ze had hem geen moed kunnen inspreken. Ze moest volstaan met veelbetekenende blikken en dan maar hopen dat hij haar beweegredenen zou begrijpen, dat hij haar voorbeeld zou volgen.
'Wat ben je met ons van plan?' moest ze op een geschikt moment gevraagd hebben.
'Dat zei ik toch, ik ga voor jullie zorgen.'
'Maar waarom heb je dan...'
'Wij zijn een gezin.'
'Een gezin?' Niet op reageren. Doen alsof de krankzinnigste dingen heel normaal zijn.
'Brad heeft een ongeluk gehad.'
'Wat?'
'Hij is van een rots gevallen. Ik neem zijn plaats in.'
Kate moest een misselijkmakend gevoel in haar maag gekregen hebben, alsof ze zelf van een rots viel.
'Ik ben jouw man. Jason, jij bent mijn zoon.'
Vechtend tegen de tranen die in haar ogen wilden opwellen moest Kate Peteys eerdere woorden herhaald hebben, ter versterking van het belang van die woorden. 'Dus nu ga jij voor ons zorgen?'
Waarschijnlijk kende Petey de term 'Stockholm-principe' niet, maar hij zou de gedachtegang gevolgd hebben, daarvoor was hij als manipulator bedreven genoeg. Na verloop van tijd worden gevangenen murw van de heftige emoties. Dan worden ze dankbaar voor kleine, vriendelijke gestes, en beginnen ze hun situatie te accepteren en een band te krijgen met hun bewaarders.
Daar moest Petey op gehoopt hebben. Maar natuurlijk was hij er niet aan gewend om voor een vrouw en een zoon te moeten zorgen. Het ontbijt moest al snel verdwenen zijn, en toen diende zich het probleem van lunch en avondeten aan. Zo ver vooruit zou Petey niet gedacht hebben, maar al had hij dat wel, hoe kon hij voorkomen dat hamburgers en friet

zouden bederven, en hoe moest hij ze opwarmen? Hij moest een koelbox kopen, een kampeerkookstel, potten en pannen en… Wat begonnen was als een impuls om mijn plaats in te nemen leek plotseling niet meer zo aanlokkelijk. Het werd allemaal te gecompliceerd. Misschien moest hij gewoon toegeven dat het een vergissing was geweest en ermee ophouden. Misschien moest hij met Kate en Jason doen wat hij wilde, hen beiden en de chauffeur in de kofferbak vermoorden, de lijken verbergen, naar de dichtstbijzijnde stad rijden, de auto achterlaten, een buskaartje kopen en *adiós*?
De rillingen liepen me over de rug bij die gedachte. Nee, dat zou Lester Dant gedaan hebben, probeerde ik mezelf gerust te stellen. Lester Dant zou Jason meteen al vermoord hebben; daarna zou hij Kate naar een verborgen plek gebracht hebben om haar lijk in een ravijn te smijten zodra hij genoeg van haar had. Lester Dant zou beslist niet de tijd en het risico genomen hebben om een vals spoor helemaal tot in Montana te leggen. Dat leek alleen maar logisch als Petey de ontvoerder was geweest, als hij vastbesloten was om mijn leven over te nemen en Kate en Jason tot zijn gezin te maken.
Maar zijn geduld moest zwaar op de proef gesteld zijn. De enige manier waarop hij zich relaxed genoeg gevoeld kon hebben om even te gaan slapen, was door Kate en Jason terug te leggen in de kofferbak zodat ze niet konden ontsnappen terwijl hij lag te dutten. In de schaduw van de bomen had het niet dodelijk heet kunnen worden in de kofferbak. Toch had Petey geen idee gehad hoe lang hij zou kunnen slapen. Acht uur zou fantastisch geweest zijn. Maar ondanks de vele ventilatiegaten hadden Kate, Jason en de man wiens auto hij had gestolen, nooit zo lang in de kofferbak kunnen overleven als hij niet regelmatig de klep had opengezet om de kooldioxide eruit te laten. Twee mensen hadden daarentegen wel een kans gehad. Er zou een derde meer lucht voor hen zijn als… En toen besefte ik dat Petey de tweede be-

stuurder opzettelijk had gedood, terwijl de eerste dood een ongeluk was geweest.
Slaap. Ik kon mijn ogen amper meer openhouden. Maar toen ik een achterportier opende en stond te staren naar mijn koffer, rugzak, laptop en printer, besefte ik dat ik die op de voorstoel zou moeten leggen zodat ik me achterin kon uitstrekken. Petey zou ervan gebaald hebben dat hij zijn vier koffers moest verplaatsen. Een zoveelste complicatie. Een zoveelste hindernis. Verder moest ik de binnenverlichting van de auto uitschakelen zodat ik een achterportier open kon laten en mijn benen strekken terwijl ik sliep. Anders zou de accu leegraken. Verdomme, ook dat nog.
Nee, dit kon onmogelijk geweest zijn wat Petey had gewild.

8

Ik schrok wakker van het geluid van een passerende auto. Snel ging ik rechtop zitten. Voordat ik op mijn horloge had gekeken, zag ik al aan de stand van de zon dat het laat in de middag was. Uit het zicht van de bomen ratelde de auto verder over het zandpad. Mijn mond voelde kurkdroog aan toen ik opstond en tussen de bomen door tuurde. Ik zag dat het een pick-up was, met aan het stuur een boer die haast had. Mijn rug deed pijn.
En zo was Peteys nerveuze dagindeling dus weer begonnen: kijken hoe het met de gevangenen was, ze uit de auto tillen zodat ze hun behoefte konden doen en hun gezicht konden wassen in de rivier. Maar er was een moment gekomen dat hij ook iets aan zichzelf moest doen. Zijn kleren moesten smerig aangevoeld hebben. Waarschijnlijk had hij ze verruild voor iets wat hij van mij gejat had. Misschien was hij boos geworden toen hij aan het gerommel van zijn maag voelde dat het weer tijd werd om te denken aan eten voor het hele gezelschap. Zo kon hij niet verder. Hij moest een plek vinden waar hij een tijd kon blijven, of hij moest Kate en Ja-

son vermoorden vanwege de problemen die ze hem bezorgden.
Nee! De enige manier om die gekmakende gedachte te verdrijven was om me voor te stellen hoe Kate en Jason gereageerd moesten hebben op Peteys stijgende ongeduld. Kates opleiding moest haar verteld hebben dat ze het Petey zoveel mogelijk naar de zin moest maken, dat ze de zaken minder gecompliceerd voor hem moest maken, dat ze ervoor moest zorgen dat hij minder spanning voelde.
'Ik kan proberen om die vuile kleren in de rivier te wassen. Dan kun je me aan een boom binden en vanaf de oever toekijken. Dan weet je zeker dat ik er niet vandoor kan. En die koffers die je op de voorstoel hebt gelegd? Zal ik die weer terugleggen? Ik kan een hoop huishoudelijke taken van je overnemen.'
Tegen die tijd zou Jason het misschien gesnapt hebben. Misschien had hij begrepen waar Kate mee bezig was en had hij zijn best gedaan om als gezeglijke zoon over te komen. Peteys fantasieën bevestigen. Hem laten geloven dat het risico en de inspanning de moeite loonden. Dat was de enige manier om in leven te blijven. In zekere zin waren het hier de gevangenen die probeerden hun bewaarder in de val van het Stockholm-syndroom te laten lopen.
Petey zou nog niet ver genoeg verwijderd zijn van de plek waar hij de Chevrolet had achtergelaten. De nieuwe auto zou al snel als vermist gemeld zijn. Misschien had hij een kenteken van een paar staten verderop, zodat de indruk gewekt kon worden dat de bestuurder nog een heel eind moest voordat hij thuiskwam en daarom pas aan het eind van de dag als vermist opgegeven zou zijn. Toch had Petey daar niet op durven vertrouwen. Hij moest weer op pad. Maar hij durfde de auto pas weer te gebruiken als hij onzichtbaar door het donker kon rijden. Dat betekende dat hij aan eten voor Kate en Jason moest zien te komen. Maar het betekende ook dat Kate en Jason meer tijd hadden om met hem te praten,

om een band met hem te kweken, om zich als personen te profileren zodat het minder makkelijk werd om hen te vermoorden.
Petey haalde het touw en het isolatieband te voorschijn.
'Ik moet je iets vragen,' zei Kate.
Petey bond haar handen achter haar rug.
'Luister even, alsjeblieft,' zei Kate. 'Ik snap waarom je onze monden moet afplakken. Je bent bang dat we het op een gillen zetten zodat iemand de politie zal bellen.'
Petey bond haar voeten.
'Alsjeblieft,' zei Kate. 'We krijgen bijna geen lucht als het heet wordt in die kofferbak. Ik smeek je, als je het band over onze monden plakt...'
Petey scheurde een stuk band af.
'Alsjeblieft. Het kan geen kwaad als je een klein gaatje maakt voor onze lippen. Dan kunnen we nog steeds niet gillen. Maar dan krijgen we iets meer lucht.'
Petey staarde haar aan.
'Je hebt beloofd dat je voor ons zou zorgen,' zei Kate. 'Wat heb je eraan als wij doodgaan?'
Peteys harde blik vol argwaan. Hij drukte het band over haar mond en tilde haar in de kofferbak. Hij deed hetzelfde met Jason. Kate keek smekend op naar Petey, die zijn hand uitstak om de kofferbak dicht te doen maar halverwege ophield, een mes pakte en een stukje van het band over hun lippen opensneed.
Hoopte ik. Maar toen het uiteindelijk donker werd en ik terugging naar de snelweg, kon ik de bezorgdheid niet wegduwen dat ik het volledig verkeerd had met mijn reconstructie van wat er gebeurd was. In Wyoming kwam ik bij een nieuwe splitsing in de snelweg aan. Het zweet brak me uit toen ik probeerde te beslissen wat ik nu moest doen. Ik kon verder over Highway 25, zodat ik uiteindelijk weer in Denver zou belanden, of ik kon in oostelijke richting verder via Highway 90, naar de Black Hills in South Dakota. Ik

kon me niet voorstellen dat Petey terug wilde naar Denver. Maar de Black Hills waren hem beslist aantrekkelijk voorgekomen. Plekken zat waar hij zich kon schuilhouden.

9

Voor de ingang van de heren-wc's bleven voetstappen staan. Dit was bij een parkeerplaats in South Dakota, even na drie uur 's nachts. In het schelle licht stond ik bij een urinoir. Op dat stille uur klonken geluiden extra hard. Waarschijnlijk was dat de reden waarom ik de stappen had horen aankomen. Ik bleef staan wachten tot ze verder gingen, en ik keek over mijn schouder, langs de wc-hokjes naar de deur rechts van me. De ruimte had de kilte van beton nu de hitte van de dag vervlogen was.

Ik wachtte tot de deur zou openzwaaien. Maar de stilte duurde voort. Zonder mijn blik van de deur af te wenden ritste ik mijn gulp dicht. Ik ging naar de wasbakken en waste mijn handen, mijn blik op de spiegel voor me, die rechtstreeks uitzicht bood op de deur. Er waren geen papieren handdoeken, alleen zo'n luchtdroger. Die maken een herrie als een straalmotor. Omdat ik alles moest horen, drukte ik niet op de knop.

Mijn vingers kriebelden van de waterdruppels. Ik staarde naar de deur. De stilte hield aan. Gewoon een vermoeide bestuurder die zojuist is komen aanrijden, dacht ik. Hij hoeft niet naar de wc, hij wilde alleen even zijn benen strekken. Hij staat daarbuiten naar de sterren te kijken.

En als dat niet zo is?

Ik zei in mezelf dat ik hysterisch reageerde. Tenslotte had ik geen gegronde reden om aan te nemen dat daarbuiten iemand stond te wachten om mij te overvallen zodra ik de deur opendeed. Maar ik verkeerde al zo lang in de smeerlapperij van Peteys geest, ik imiteerde zijn gedachtegang al zo lang, ik volgde zijn logica en ik sloop al zo lang over parkeerplaatsen rond, dat ik mijn argwaan niet kon onderdrukken. Mijn verbeeldingskracht stond zo op scherp dat ik het gevaar daarbuiten voelde, alsof het door de wand heen sijpelde.

Toen ik buiten geparkeerd had, was mijn auto de enige. Zeer aantrekkelijk voor een overvaller. Hij luisterde of hij stemmen hoorde, of hij voetstappen van meerdere mensen hoorde, want hij wilde er zeker van zijn dat ik hier in mijn eentje was. Als hij hoorde dat ik alleen was, zou hij zeer binnenkort de deur opendoen. Ik dacht aan het pistool in de koffer in mijn auto en vervloekte mezelf om mijn stommiteit. Wat had ik aan mijn schietlessen als ik mijn pistool niet zodanig bij me droeg dat ik erbij kon als ik het kreng nodig had?

Mijn benen voelden rubberachtig aan. Ik trilde. Nee, dacht ik. Stel dat ik Petey op het spoor gekomen was? Stel dat hij het was die daarbuiten stond?

Ik drukte op de knop van de handendroger. Het gebrul overstemde mijn voetstappen toen ik naast de deur ging staan. Ik zette me schrap tegen de wand en voelde de angst mijn maag binnenschieten toen de deur openzwaaide.

Een man van rond de vijfentwintig liep met snelle schreden naar binnen. Hij droeg cowboylaarzen, een spijkerbroek en een cowboyhoed. In zijn hand had hij een bandenlichter. De deur sloeg achter hem dicht, en hij bleef staan bij de aanblik van de lege wc-ruimte. Verbaasd keek hij naar de brullende droger. Hij tuurde naar de wc-hokjes.

Plotseling zag hij mij in de spiegel boven de wasbak. Hij wilde zich omdraaien, maar ik holde al naar hem toe, ramde zijn rug met zo'n kracht dat hij naar voren schoot. Met zijn besnorde gezicht raakte hij de spiegel, die aan barrels ging. Bloed stroomde over de scherven terwijl ik hem van achteren bij zijn kraag en zijn brede riem greep en hem naar de droger sleepte. Ik beukte zijn hoofd er zo hard tegenaan dat er een stuk afbrak. De droger brulde verder toen ik hem achteruit rukte en hem nog een keer, nog harder met zijn kop tegen de machine ramde. Het bloed spatte in het rond toen hij de afgebroken, scherpe rand raakte. De bandenlichter viel uit zijn hand en ratelde over de betonnen vloer. Een laatste keer ramde ik zijn hoofd tegen de droger, en toen liet ik hem vallen. Hij bleef liggen als een hoop oude kleren. Met gesloten ogen kreunde hij. Zijn borstkas ging op en neer, maar verder bewoog hij niet.

Mijn maag stond in brand. De woede die me er bijna toe had gebracht om hem te vermoorden, was angstaanjagend. Maar de voornaamste emotie die me in haar greep had en waardoor ik zin kreeg om te brullen, was de vreugde van de overwinning.

10

'Federal Bureau of Investigation,' zei de receptioniste.

'Mag ik Special Agent Gader spreken?' Ik greep mijn mobiele telefoon zo hard vast dat mijn vingers er pijn van deden.

Het was negen uur in de ochtend. Het zonlicht glinsterde op een afgelegen meer, omringd door heuvels vol sparren. De kale richels hadden een donkergrijze kleur, waaruit bleek hoe de Black Hills aan hun naam waren gekomen. Ik was hier al voor zonsopgang aangekomen, maar toen ik zag dat op de kaart alleen kale vlaktes waren aangegeven achter de heuvels, had ik besloten dat Petey eerder gestopt moest zijn dan hij van plan was geweest, en dat hij zich die dag verder schuilgehouden had.

Het meer lag er zo mooi bij dat het me eigenaardig voorkwam. Na wat er op die parkeerplaats was gebeurd, had ik het gevoel dat ik een andere wereld binnengegaan was.

'Meneer Gader is de stad uit, een speciale opdracht.'

Ik raapte een steen op. Uit pure frustratie smeet ik hem het meer in.

'Mag ik vragen wie u bent?' vroeg de vrouw.
'Brad Denning. Ik...'
'Meneer Gader zei al dat u contact met hem zou opnemen. Hij zei dat hij meneer Payne had gesproken over de zaak waarvoor u belangstelling hebt, en als u wilt spreken met...'
Ik verbrak de verbinding.

11

'Ik neem aan dat u al een tijdje niet in Woodford bent geweest,' zei Payne.
Ik drukte de mobiele telefoon tegen mijn oor terwijl ik vlak langs het water liep. De koele lucht dreef over me heen. Mijn baardstoppels schuurden tegen mijn hand. Ik moest mijn best doen om te kalmeren. 'Niet sinds mijn moeder en ik daar weggingen, toen ik nog klein was.'
'Hoe groot was het toen?'
'Niet groot. Tienduizend inwoners, zo'n beetje.'
'Een stad met één fabriek,' zei Payne.
'Inderdaad. Mijn vader was er voorman.' Plotseling miste ik hem verschrikkelijk. 'Hoe wist u dat?'
'Omdat Gader zei dat de fabriek tien jaar geleden is opgedoekt en naar Mexico is verhuisd. Nu is Woodford een slaapstad voor Columbus, en de bevolking is verdubbeld. Er zijn meerdere tandartsen, maar geen daarvan heeft ooit gehoord van de familie Denning.'
De lucht bij het meer werd killer. 'Maar ze kennen toch zeker de tandartsen wel die daar voor hun tijd gewerkt hebben?'
'Nee. Volgens Gader weet u de naam niet meer van de tandarts waar u patiënt was, of zijn adres.'
Mijn hoofd bonkte. 'Het is al zo lang geleden.'
'Dan is dit een doodlopend spoor. Gader zegt dat het hem spijt.'
'Dat zal wel, ja.'

'Volgens hem wordt het één grote teleurstelling als u met uw gebitsfoto's wilt bewijzen dat Lester Dant inderdaad uw broer is onder een schuilnaam. Bovendien, hoe komt u daarmee verder bij het zoeken naar uw gezin?'
'Dat weet ik niet, maar ik kan een paar woorden verzinnen die heel wat krasser zijn dan "teleurstelling".'
De ontvangst van de mobiele telefoon begon ruis te vertonen.
'Waar belt u vandaan?' vroeg Payne.
'South Dakota.'
'Mooie omgeving?'
'Ik ben hier niet gekomen voor de vergezichten.'
'Nou, als u toch op pad wilt blijven, wilt u dan een paar adviezen?'
'Ja, als het niet iets is in de trant van "doe rustig aan".'
'Nee, iets heel anders. Dit kan als een verrassing komen,' zei Payne. 'Een soort aanmoediging.'
'Nou, laat maar horen dan.'
'Voordat ik al die kilo's erbij kreeg en me moest verlaten op het internet,' zei Payne, 'deed ik actief speurwerk. Daardoor zag ik dingen die anderen niet opvielen. Als er tijd is, gaat er niets boven een trip naar de plekken en de mensen waarover je meer wilt weten.'
'"Als er tijd is."'
'En aan tijd lijkt u geen gebrek te hebben.'
'Wou u zeggen dat ik dan maar zelf op zoek moet naar die tandarts, als ik hem zo graag wil vinden?'
'Min of meer.'
'U hebt gelijk – dat klinkt inderdaad als een aanmoediging. Vanwaar die omslag?'
'Omdat ik me zorgen maak om u.'
De ontvangst werd weer heel slecht. Ik kon hem amper verstaan.
'Ik vrees dat u, als u zichzelf niet honderd procent overtuigt dat u alles gedaan hebt wat u kon, als u de hoop verliest...'

Ik concentreerde me uit alle macht, maar de ruis werd nog erger.
'... dan maakt u zichzelf kapot.'
'Ik bel u over een paar dagen,' zei ik.
'Wat? Ik kan u niet verstaan.'
Ik verbrak de verbinding.

12

Toen ik me voorstelde hoe Petey zijn dagen doorbracht met slapen op afgelegen plekken op de achterbank van de auto terwijl hij 's nachts zo ver mogelijk doorreed, wist ik dat hij deze manier van leven niet veel langer had kunnen volhouden. Het enige dat zijn motivatie in stand hield, was de ontdekking – dankzij de uitgebreide radioberichten een paar dagen later (de pers was dol op het verhaal) – dat ik niet omgekomen was in de bergen. Hij had Kate en Jason natuurlijk niet verteld dat ik nog in leven was. Maar zijn geheim zou hem in zijn voornemen gesterkt hebben: hij stelde zich voor hoe ik leed onder mijn angst en mijn verlangen naar mijn gezin. Geen kraaiende telefoontjes rond middernacht, geen triomfantelijke ansichtkaarten, niets dat per ongeluk de politie op zijn spoor had kunnen zetten. Alleen die pesterige stilte vol leedvermaak.
Maar verdomme, waar kon hij ze heen gebracht hebben? Ik dacht na over het achterland van South Dakota, dat zich voor me uitstrekte. Vroeger hadden bandieten zich daar schuilgehouden in de doolhof van gloeiend hete cañons, in een omgeving die zo hels was dat niemand ze daarheen volgde. Maar dat was een te wanhopige keuze, zelfs voor Petey. Achter die vlakten lagen honderden kilometers plat grasland, zogoed als zonder bomen, alles van grote afstand zichtbaar. Maar Petey had er niet tegen gekund om open en bloot ergens te zitten. Zich schuilhouden waar iedereen hem zien kon? Dat betwijfelde ik. Hij kon zich niet veilig gevoeld

hebben buiten de bescherming van heuvels en bossen.
Had hij dus een plek gevonden in de Black Hills? Een verlaten berghut misschien, of...
Ik was zo ver gekomen als mijn intuïtie me brengen kon. Een doodlopend spoor, net zoals Gader had gezegd dat het idee over die tandarts een doodlopend spoor was.
De tandarts. 'Er gaat niets boven een trip naar de plekken en de mensen waarover je meer wilt weten,' had Payne gezegd.
Ik knikte.
Toen ik tot zonsondergang op de achterbank had liggen slapen, ging ik op pad naar de plek waarheen mijn reis me allang had geleid, naar de plek waar alles al die tijd geleden gebeurd was.
Naar Peteys verloren jeugd.

Deel Vier

I

VOLGENDE AFSLAG: BROCKTON.

Het bord kwam als een verrassing. Het was twee avonden later. Ik was door Iowa en Illinois gereisd en reed nu over Highway 70, onophoudelijk in oostelijke richting door Indiana heen. Ik was op weg naar Ohio. Net achter Columbus. Woodford. Waar ik vandaan kwam.

Maar toen ik het bord zag voor Brockton, de geboorteplaats van Lester Dant, fronste ik mijn wenkbrauwen. Hoewel ik allang wist waar Brockton op de kaart lag, besefte ik nu pas dat de plaats net als Woodford dicht genoeg bij de snelweg lag om een eigen afslag te hebben. Ik was zo gefixeerd geweest op die gebitsfoto's die ik in Woodford had gehoopt te vinden, dat ik geen moment aan Brockton had gedacht. Maar op dat moment verschoof mijn aandacht onmiddellijk. Ik nam de afslag.

Een tweebaansweg slingerde zich tussen overschaduwde akkers door. Na dertig kilometer zag ik in het licht van de straatlantaarns een rij vervallen huizen langs een saaie hoofdstraat liggen. Aan weerszijden lage gebouwen, sommige met een bordje TE KOOP voor de ruiten. Een flikkerend uithangbord met de tekst BROCKTON MOTEL, KAMERS VRIJ. Ook het motel zag er vervallen uit, maar ik stopte omdat ik geen andere keuze had.

Toen ik de deur van de receptie openduwde, rinkelde er een bel. Er gonsde een schelle lamp aan het plafond. Een vrouw met opgezwollen oogleden in een kamerjas schuifelde vanuit een kamer achter de receptie naar binnen. 'Hoeveel nachten?'

'Twee,' zei ik, vastbesloten om hier wat tijd door te brengen en zoveel mogelijk uit te zoeken.

De oudere vrouw leek verbaasd dat iemand een reden kon hebben om meer dan één nacht in Brockton door te bren-

gen. ‘Contante betaling.’ Ze noemde een bedrag, en in haar even samengeknepen ogen zag ik dat zij het tarief zelf een vermogen vond, wat het niet was.
Toen ik haar het geld overhandigde, keek ze opgelucht. Ze gaf me een sleutel, geeuwde en schuifelde terug naar haar kamer. ‘Buiten staat een frisdrankautomaat, naast de repen,’ mompelde ze over haar schouder.
‘Sorry dat ik u heb gewekt.’
‘Tijd zat om te slapen als ik dood ben.’
Buiten, in de vochtige nacht, was de parkeerplaats verlicht met één enkele gloeilamp. Bij geen van de andere tien kamers stond een auto. Ik had de sleutel voor nummer 1 gekregen. Ik beeldde me in dat ik Petey was en merkte op dat alle andere kamers achter het vertrek van de beheerster lagen. In de schaduw had ik ongezien een vastgebonden vrouw en kind uit de kofferbak kunnen halen.
De kamer was klein, de lakens dun en de spiegel stoffig. Ik staarde naar mijn groeiende baardstoppels. Ik had een opgejaagde blik in mijn ogen. Ik kwam mezelf niet meer bekend voor.

2

‘Kent u deze man?’
De beheerster leek niet minder moe dan toen ik haar de vorige nacht had gewekt. Haar rimpelige mond liet een spoor van lippenstift achter op haar koffiekop. Achter de balie hield ze de politiefoto schuin naar links, en toen naar rechts. ‘Niet echt flatteus. Hoe komt hij aan dat litteken op zijn kin?’
‘Auto-ongeluk.’
‘Nee, die herken ik niet. Bent u ook van de FBI?’
‘Ook?’
‘Vorig jaar is er iemand van de FBI naar dezelfde kerel komen vragen.’
Mijn optimisme slonk. Als Gader inderdaad opdracht had

gegeven dat Dants achtergrond moest worden nagetrokken, dan was ik mijn tijd aan het verdoen.
'Hij moet wel iets heel ergs gedaan hebben, dat jullie nou nog steeds naar hem op zoek zijn,' zei ze.
'Ja. Iets heel ergs. En de naam Peter Denning, zegt die u iets?'
'Nee.'
'Lester Dant, dan?'
'Dant.' De vrouw dacht even na. 'Daar vroeg die andere FBI-man ook naar. Vroeger waren er hier een paar families met de naam Dant.'
Ik voelde me nog ontmoedigder.
'De ijzerhandel is naar een van die families vernoemd,' zei ze, 'maar de huidige eigenaar heet Ben Porter.'
Ik verdoe mijn tijd, herhaalde ik in mezelf. Ik voelde een sterke neiging om door te rijden naar Woodford, maar ik besloot niets zomaar aan te nemen. 'Waar is die ijzerhandel?'

3

'Ken ik niet.' Ben Porter was ergens in de vijftig, net als zo'n beetje alle anderen die ik was gepasseerd in het dunbevolkte stadje. Zijn overall zat onder het zaagsel van planken die hij aan het verzagen was geweest. 'Maar dat wil niet veel zeggen.'
'Hoezo?'
'Ik heb de oorspronkelijke eigenaar van de winkel nooit gesproken. Ik heb de naam "Dant" aangehouden vanwege de traditie.'
In een halfdode stad klonk het woord 'traditie' me dapper in de oren.
'Kent u geen enkele Dant?'
'Zoals ik ook al tegen die andere FBI-agent zei, die zijn van voor mijn tijd. Ik ben hier pas tien jaar geleden gekomen.'
Zo te zien aan de uitdrukking op zijn gezicht had hij daar intussen spijt van.

'Kunt u iemand bedenken die hen misschien gekend heeft?'
'Jazeker. De dominee.'
'Wie?'
'Dominee Benedict. Als ik het goed begrepen heb, zit die sinds het begin der tijden in Brockton.'

4

De witte kerk en het huisje erachter waren de enige twee gebouwen die er niet uitzagen alsof ze op instorten stonden. Rechts, tussen de kerk en het kerkhof, liep een pad door een rozentuin. Voor me zag ik een oudere man in een blauw overhemd met korte mouwen, met daarboven een klerikale witte boord. Hij zat op zijn knieën met zijn rug naar me toe, zijn hoofd gebogen in gebed. Toen bewogen zijn armen en zijn hoofd, en ik besefte dat hij de rozen aan het snoeien was. Achter zijn rechteroor zat een gehoorapparaat. Het moet een zeer geavanceerd model zijn geweest, want hij hoorde me over het gras lopen en draaide zich om om te kijken wie ik was.
'Dominee Benedict?'
Zijn gerimpelde voorhoofd ontwikkelde nog meer plooien toen hij moeizaam overeind kwam. Zijn oude broek vertoonde grasvlekken op de knieën.
'Mijn naam is Brad Denning. Ben Porter van de ijzerwinkel...'
'Goeie vent.'
'... suggereerde dat ik u eens moest vragen naar een paar families die hier vroeger woonden.'
'Families?'
'De Dants.'
De ogen van de geestelijke hadden gesprankeld alsof hij blij was met de gelegenheid om zijn geheugen te testen. Nu kreeg hij een behoedzame blik.
'Kent u de Dants nog?' vroeg ik.

'Bent u van de FBI?'
'Nee.'
'Vorig jaar is hier iemand van de FBI geweest om naar de Dants te vragen,' zei de dominee.
'Dat weet ik. Maar ik ben niet van de FBI. Heeft die agent u deze foto laten zien?'
'Ja. Dat is Lester. Dat heb ik ook tegen die agent gezegd.'
'Weet u het zeker? Dit is Lester Dant?'
'Hij was jonger. Hij had dat litteken op zijn kin niet. Maar het lijdt geen twijfel, dit is Lester.'
Ik voelde me misselijk worden. De theorie waarin ik zo geloofd had, kwam op losse schroeven te staan. Lester Dant had Kate en Jason meegenomen, niet mijn broer. En Dant had geen enkele reden gehad om ze in leven te laten.
'Waarom komt u naar hem informeren?'
'Het doet er niet meer toe, dominee,' wist ik uit te brengen. Met een hol gevoel draaide ik me om.
'"Routineonderzoek," zei de FBI tegen me.'
Ik keek hem weer aan. 'Niet bepaald.'
'Wat is er, meneer Denning? U lijkt me vreselijk overstuur.'
Ik was niet van plan geweest tekst en uitleg te geven, maar hij had iets waardoor ik dat toch deed. Wanhopig begon ik mijn verhaal te doen. Ik probeerde mijn stem in bedwang te houden, maar hoe meer ik vertelde, des te meer begon die te trillen.
De dominee staarde. Hij leek te hopen dat ik uitgepraat was, maar telkens vertelde ik hem meer, en meer, en zijn geschokte blik veranderde in medelijden met iemand die, vanwege een fout in zijn jeugd, was verdoemd tot de kwellingen van de hel.
'Heeft Léster dat allemaal op zijn geweten?'
'Of mijn broer, die zich als hem voordeed. Dat wilde ik uitzoeken.'
'God sta hem bij. God sta ú bij.'
'Deed God dat maar.'

‘Uiteindelijk worden alle gebeden verhoord.’
‘Maar het duurt te lang, dominee.’
Hij leek op het punt te staan om mij te zeggen dat ik vertrouwen moest hebben. In plaats daarvan slaakte hij een zucht en gebaarde hij naar een tuinbank. ‘Er zijn een paar dingen die u over hem moet begrijpen.’
‘Begrijpen? Ik hoop dat u niet bedoelt dat ik hem moet vergeven of medelijden met hem moet hebben, want wat ik het allerliefste wil, dominee, is hem afstraffen. En zegt u nu alstublieft niet dat ik hem de andere wang moet toekeren en de straf aan God moet overlaten.’
‘U zegt het zelf al.’
We keken elkaar aan.
‘U weet zeker dat die man op de foto Lester Dant is?’ vroeg ik.
‘Ja.’
Ik voelde me nog beroerder worden. Toch moest ik de waarheid weten. ‘Goed dan, dominee.’ Verslagen ging ik op de bank zitten. ‘Helpt u me dan om hem te “begrijpen”.’

5

‘En zijn ouders,’ zei de dominee. ‘Ook zijn ouders moet u begrijpen.’ Hij dacht even na. ‘De Dants.’ Zijn zwakke stem werd vaster. ‘Oorspronkelijk waren er zes gezinnen. Die hadden hier altijd al gewoond, zo lang als de mensen wisten. Althans, dat was wat mijn voorganger me vertelde toen ik hier werd beroepen. Maar ze maakten niet echt deel uit van de gemeenschap. Je kon zelfs wel stellen dat ze geen deel uitmaakten van de Verenigde Staten.’
‘Ik volg u niet, dominee.’
‘Het waren separatisten. Een opzichzelfstaande stam. Einzelgängers. Ergens in hun geschiedenis... mijn voorganger had een theorie dat dat al terugging tot de burgeroorlog... was hun iets vreselijks overkomen. Ze kwamen van een plek

die ze volledig wilden vergeten, en ze vestigden zich hier, vastbesloten om nooit meer met wie dan ook iets te maken te krijgen.'

Er gonsde een bij voor mijn gezicht. Ik zwaaide hem weg, zonder mijn aandacht af te wenden van de dominee.

'Uiteraard konden ze zich niet helemaal afsluiten. Ze moesten hun gezinnen in leven houden. Ze moesten omgaan met andere gemeenschappen in de buurt, ze moesten op zoek naar huwelijkspartners. Oppervlakkig bezien zag het er allemaal goed uit. Ze kenden de bijbel. Ze hadden grond in eigendom. Ze rookten niet, dronken niet, gokten niet en vloekten niet. Een tijdlang wisten ze nieuwe mensen aan te trekken, meestal uit gezinnen die zo arm waren dat een huwelijk met een Dant een hele vooruitgang was. Maar toen werd bekend hoe streng ze waren, en de Dants moesten verder kijken, voornamelijk onder andere strenge groeperingen, om te proberen hun kinderen uitgehuwelijkt te krijgen. Hun keuze werd steeds beperkter. Tegen de tijd dat mijn voorganger arriveerde waren er nog maar drie gezinnen.'

Niet-begrijpend schudde ik mijn hoofd. 'Als ze verder met niemand iets te maken wilden hebben, hoe kon een Dant dan eigenaar van de ijzerhandel worden?'

'Een wanhoopspoging. Wat ze ook probeerden, ze redden het niet in hun eentje. Zelfs in een goed jaar, met overvloedige oogsten, hadden ze dingen nodig die ze niet zelf konden maken. Brockton was een soort buitenland voor ze. De ijzerhandel was hun ambassade. Ze exporteerden het overschot van de oogst via de winkel en importeerden hout, gereedschappen, kleding...'

'Medicijnen,' zei ik.

'Nee,' zei dominee Benedict, 'nooit medicijnen. De Dants waren in religieus opzicht al even fundamentalistisch als in politiek opzicht. Voor hen was ziekte een teken van Gods misnoegen. Ze vonden het een zonde om menselijke middelen te gebruiken om Gods wil te dwarsbomen.'

'Vanwege de zondeval?'
'De reden waarom God ons strafte, volgens de Dants,' antwoordde de dominee.
'Maar met zo'n zelfvernietigende houding is het een wonder dat de families overleefden.'
'Dat is het hem nu juist – er is niemand over.' Dominee Benedict wees met een rimpelige vinger naar de foto. 'Op Lester na.'
'Wanneer hebt u hem leren kennen?'
'Na de brand.'
'De brand?'
'Daar kom ik zo. Eerst moet u weten dat niemand hier enig idee had van geboortes of sterfgevallen bij de Dants, omdat ze nergens ooit een dokter bij haalden. Af en toe kwam er een delegatie naar de stad om inkopen te doen. Meestal mannen, maar soms vrouwen en kinderen. Ik neem aan dat ze alle familieleden wilden laten zien hoe corrupt de buitenwereld was. Misschien vonden zij ons even eigenaardig om te zien als wij hen vonden.'
'Eigenaardig?'
'De gevolgen van de inteelt begonnen zichtbaar te worden.'
'Maar mocht dat dan, van de wet?'
'Heel af en toe ging een politieman eens kijken hoe het er ging, maar waarvan moest hij hen beschuldigen, behalve dan dat ze op zichzelf wilden zijn?'
'Ze brachten kinderen in gevaar.'
'Moeilijk te bewijzen als die kinderen goed gekleed gaan en bijbelvast zijn.'
'En de leerplicht dan?'
'De Dants hadden een advocaat die redeneerde dat de kinderen thuis ook een goede opleiding kregen. Het kwam neer op vrijheid van godsdienst. Het was in feite een sekte. Maar ze waren geen wapens aan het verzamelen en ze beraamden geen plannen voor een staatsgreep, dus volgens de politie was het erger om de Dants voor het gerecht te slepen dan

om ze met rust te laten. Leven en laten leven werd het motto. Tot het weekend dat Lesters moeder een van de gedelegeerden was die de stad in kwamen.'

Ik luisterde geconcentreerd naar het verhaal.

'Haar naam was Eunice. Ze was zichtbaar zwanger, maar kennelijk vond haar man dat ze nog niet zo ver heen was dat ze niet meer kon reizen. Ze kwam de ijzerhandel uit. En even later zakte ze op de stoep ineen, kronkelend van de pijn. Haar man, Orval, probeerde te doen alsof er niets aan de hand was. Hij probeerde haar op te tillen en naar de auto te brengen. Maar toen hij het bloed op haar jurk en de plas om haar heen zag, bleef hij als versteend staan. Op dat moment zagen een arts en een politieagent (we hadden hier in die tijd meerdere artsen en agenten) wat er aan de hand was. Met grote spoed brachten ze haar naar de kliniek die hier dienst deed als ziekenhuis. Orval wilde ze tegenhouden, maar plotseling bleek dat het geen miskraam was, maar dat ze op het punt stond om een premature baby te krijgen.'

'Die griezel was bereid haar leven te riskeren?'

'Niet zomaar. Orval vertelde de arts en de politieagent dat hij die baby belangrijker vond dan alles wat hij verder bezat; dat hij en Eunice al driemaal een doodgeboren kind hadden gekregen; dat ze onophoudelijk hadden geprobeerd om weer een kind te krijgen en dat God hen eindelijk had gezegend met deze zwangerschap. Maar vertrouwen op een dokter was zoveel als tegen God zeggen dat je Hem niet vertrouwde, vond Orval. Als ze Gods plan ondermijnden, zou de baby verdoemd zijn. Daar was Orval zo van overtuigd dat hij nota bene probeerde om Eunice op te tillen en de kliniek uit te dragen. Maar de arts waarschuwde hem: als ze geen medische hulp aanvaardden, zouden vrouw en kind doodgaan. De agent was een stuk botter. Hij dreigde Orval te zullen arresteren wegens poging tot moord als Orval probeerde zijn vrouw weg te halen. Tegen die tijd was de baby onderweg en zelfs Orval besefte dat hij medische hulp moest toestaan, of hij dat nou wilde of niet. Eunice bezweek bijna door bloedverlies. De baby ging bijna dood omdat hij zo klein was.'

'En die baby was Lester?'

'Inderdaad. Orval en Eunice geloofden niet in namen met religieuze connotaties. Dat vonden ze afgoderij. Voor hen geen Mattheüs, Marcus, Lucas of Johannes. Zodra je de bijbel niet meer hebt als bron voor namen, blijft er nog maar weinig over. "Lester" was neutraal, dus dat werd het.'

'En toen?'

'Mijn voorganger ging met emeritaat. Ik kwam hier als opvolger. Voordat hij wegging vertelde hij van alles over de gemeente, onder andere wat ik ú nu net heb verteld. Hij zei dat de baby in leven was gebleven, hoewel de arts dat niet had verwacht. Een week voordat ik arriveerde had Orval de baby meegenomen naar de stad, om te laten zien hoe gezond het kind was en om tegenover de arts te bewijzen dat Gods wil het enige was dat ertoe deed.'

'Maar...' Ik voelde me nog verwarder. 'Wat heeft dat te maken met... U zei dat u Lester had leren kennen na een brand.'

'Jaren later.'

Ik leunde voorover.

'Zowat de hele stad werd wakker van de rook. Ik weet nog dat het het weekend van Labor Day was. Er was net een hittegolf begonnen, dus de meeste mensen hadden de airconditioning uit en de ramen open om wat frisse lucht binnen te krijgen. Mijn vrouw en ik stapten al hoestend naar buiten. We vroegen ons af wiens huis in brand stond. Toen besefte ik dat de brand niet in Brockton was. Ondanks de rook in de straten zag ik een gloed aan de horizon, in het zuiden, de kant uit waar Orval en Eunice hun farm hadden. Ik wist dat het geen andere Dant-woning kon zijn, want tegen die tijd waren Orval, Eunice en Lester de enige Dants die nog over waren.

Iemand sloeg alarm bij de brandweer, het signaal voor de

vrijwilligers. Maar toen ik daar aankwam, hadden de mensen al door dat de brand niet in de stad was. Er was een heleboel verwarring over of we nou moesten gaan helpen of dat we Orval en Eunice moesten laten boeten omdat ze zo koppig volhielden dat ze ons niet nodig hadden. Maar uiteindelijk was ik trots op onze inwoners. De brandweer had een vrachtwagen vol water getankt. Ze reden erheen en een heleboel mensen gingen er in auto's achteraan. Maar nog voordat we in de buurt kwamen, werd duidelijk dat de horizon zo rood gekleurd was dat ook een tiental vrachtwagens vol water geen verschil had uitgemaakt.
Het had al een maand niet geregend. De wind was opgestoken. Links stroomde de vlammenzee over de akkers. Hele stukken bos stonden in brand. In de verte stonden een huis en een schuur in brand. We deden wat we konden om te voorkomen dat de vlammen de weg zouden oversteken. Maar verder konden we niets uitrichten. Het was intussen dag geworden, en iemand riep iets in de richting van een brandend veld. Ik keek die kant uit en zag een jongeman de vlammen uit strompelen. Hij sloeg naar zijn rokende kleren, kwam bij een schutting en tuimelde daaroverheen. Hij huilde. Ik had nog nooit ogen gezien die zo wijd opengesperd waren van de angst, maar het was duidelijk dat hij niets zag. Hij was blind van hysterie. Ik probeerde hem tegen te houden, maar hij krabbelde overeind en liep wankelend de weg op. Er waren drie man nodig om hem tegen de grond te werken en de rook die van hem af kwam, te doven.'
'Dat was Lester?'
De dominee knikte. 'Pas drie dagen later kon hij vertellen wat er gebeurd was. Toen we hem eenmaal op de grond hadden, leek er iets in hem geknapt te zijn. Hij werd catatonisch. We brachten hem naar de kliniek. Hij had geen ernstige brandwonden of andere zichtbare verwondingen, dus behandelde de dokter hem wegens shock. Toen hij veilig vervoerd kon worden, hebben mijn vrouw en ik hem hierheen

gehaald.' Dominee Benedict gebaarde naar het huisje achter de kerk.
Zijn blik werd droevig. 'Toen Lester weer bij zijn positieven was, vertelde hij over de brand. Dat hij wakker was geworden van de rook, en omdat de honden zo blaften. Hij had geroepen om zijn ouders te waarschuwen. Hij had geprobeerd door de gang naar hun kamer te komen, maar voor zijn deur laaiden de vlammen hoog op en hij moest uit het raam klimmen. In de tuin bleef hij staan roepen om zijn ouders te waarschuwen. Door de vlammen in hun kamer heen hoorde hij ze schreeuwen, maar toen hij probeerde om via het raam naar binnen te klimmen om ze naar buiten te trekken, liep hij tegen een muur van hitte aan, waar hij niet doorheen kon. De wind had het vuur verspreid tot achter het huis. De schuur en de bijgebouwen, de velden en het bos: alles stond in brand. De enige manier waarop hij zelf kon ontkomen was door in een veedrinkbak te springen zodat hij doorweekt raakte, en daarna was hij met het vuur op zijn hielen een weiland overgestoken. In de week die hij bij ons doorbracht, werd hij 's nachts soms gillend wakker van nachtmerries. Dan hoorde hij de kreten van zijn ouders.'
Ik stelde me hun doodsnood voor en schudde mijn hoofd. 'Is iemand er ooit achter gekomen hoe de brand was ontstaan?'
'Volgens Lester was er een lichtknop in de keuken die het niet meer deed. Die had zijn vader de volgende dag willen repareren.'
'Vertel mij wat over gebouwen. Zo te horen moet het kortsluiting geweest zijn,' zei ik. 'Vuur kan zich verspreiden via ondeugdelijke bedrading en kan zich ophopen achter de wanden. Wanneer het dan uitbreekt, is het overal tegelijk.'
'Volgens Lester was het afgrijselijk snel.'
'En wat gebeurde er toen? U zei dat hij hier een week geweest was.'
'We wilden wel dat hij langer was gebleven, maar op een

ochtend ging mijn vrouw in zijn kamer kijken en bleek hij weg te zijn.'
'Weg?'
'We hadden wat kleren voor hem gekocht. Die waren er niet meer. En er was een kussensloop weg. Die moet hij gebruikt hebben als draagtas. Uit de keuken had hij brood, koekjes en vleeswaren meegenomen.'
'Zomaar midden in de nacht opgestapt? Waarom?'
'Volgens mij had het iets te maken met het feit dat ik dominee ben en dat het huis naast een kerk staat.'
'Dat begrijp ik niet. Lester was opgegroeid in een religieus gezin. Een kerk kan hem niet dwarsgezeten hebben.'
'Maar hun geloof was iets heel anders dan het mijne.'
'Maar toch snap ik niet...'
'De Dants geloofden dat God ons de rug had toegekeerd vanwege onze zondige aard. Wat ík predik, is dat God van ons houdt omdat we Zijn kinderen zijn. Ik heb altijd gedacht dat Lester me de nacht voordat hij wegliep had horen oefenen voor mijn preek van de komende zondag. Waarschijnlijk dacht hij dat hij de woorden van de duivel hoorde.'
'En u hebt hem nooit meer gezien?'
'Nee, tot vorig jaar, toen de FBI-agent me die foto liet zien.'
Wanhopig tuurde ik omlaag, naar Lester Dant, niet mijn broer. De hoop waarop ik mijn zoekactie had gebaseerd, bestond niet meer.
Dominee Benedict keek nog droeviger. 'Mijn vrouw en ik hadden graag kinderen gewild, maar dat lukte niet. Toen Lester aan het herstellen was, hadden we het erover dat we een voogdijschap konden aanvragen. Toen hij wegliep, hadden we het gevoel alsof we een kind van onszelf kwijt waren.' Hij wendde zijn blik naar het kerkhof achter de rozentuin. 'Vorig jaar is ze overleden.'
'O, wat erg.'
'God, ik mis haar zo.' Hij keek naar zijn rimpelige handen. 'Het laatste dat ik over Lester heb gehoord...' Overmand

door emotie moest hij even wachten voor hij verder sprak. 'Een maand nadat hij was weggelopen, was hij in Loganville. Dat is een plaatsje zo'n honderdvijftig kilometer naar het oosten. Een bevriende collega had het toevallig over een hulpeloze jongeman die plotseling was opgedoken en die werd verzorgd door leden van de gemeente. Ik ging erheen om te zien of het Lester was en om te proberen hem te overreden om thuis te komen, maar tegen de tijd dat ik aankwam, was hij al weg. Als ik hem op een of andere manier had kunnen overhalen om bij ons te blijven...' De dominee haalde diep adem, '... dan waren al die tragedies misschien niet gebeurd.'
'U hebt alles gedaan wat u kon. Het is Lesters schuld, niet de uwe.'
'Dat kan alleen God bepalen.'
Hij was zichtbaar vermoeid geraakt van de inspanning van het verhaal. Ik stond op en schudde zijn hand. 'Dank u, dominee. Dit moet u heel zwaar gevallen zijn. Ik dank u hartelijk.'
'Ik zal u in mijn gebeden gedenken.'
'Dat kan ik goed gebruiken. Orval en Eunice woonden ten zuiden van hier, zei u?'
'Een kilometer of twaalf.'
'Het is nu allemaal anders, neem ik aan.'
'Het land wordt tegenwoordig bewerkt door een enorm agricultuurconcern. Maar er is niet veel veranderd. Als u die kant uit gaat, kunt u het afgebrande huis net zien vanaf de weg.'

6

Ik herinner me niet meer dat ik naar het zuiden reed. Ik was zo verbijsterd over wat ik gehoord had dat het een wonder mag heten dat ik niet van de smalle weg af raakte en ergens tegenaan reed. Ik had geen flauw idee waarom ik naar de plek reed waar de brand was geweest. Maar het alternatief was om doelloos terug te rijden naar Denver, en dat weigerde ik. Paynes woorden bleven door mijn hoofd spoken: er gaat niets boven een trip naar de plekken en mensen waarover je meer wilt weten. De ruïne van het huis van de Dants was een van die plekken geworden.

Aan de kant van de weg stond een verweerd bord, gedeeltelijk overgroeid. Maar iets in mijn onderbewustzijn merkte het op en bracht het onder mijn aandacht. Een groot stuk multiplex. Letters die naar ik aannam ooit zwart waren geweest, maar nu grijs verschoten.

TOON BEROUW.

Verder niets, maar het was genoeg om me duidelijk te maken dat ik Dant-land was binnengereden. Rechts, voorbij een weiland, zag ik een boerenwoning. Heel in de verte, maar zelfs vanaf de weg, zag ik al dat het gebouw scheef hing en bijna instortte, en dat de ruiten gebroken waren. Het dak van de schuur ernaast was al ingezakt.

Maar de dominee had gezegd dat Orval Dants boerderij links had gelegen, dus keek ik die kant uit. Al gauw zag ik geblakerde paaltjes als afbakening van velden waarop de oogst al kniehoog stond. Ik kwam bij een stuk bomenaanplant met hoge, verkoolde stammen tussen kortere, groene bomen. Daarachter strekte het land zich weer uit, en ik zag de met onkruid overwoekerde sporen in een zandpad ongeveer een halve kilometer verder lopen tot aan een brede hoop van iets, niet ver van een tweede aanplant van nieuwe bomen.

Mijn weg werd versperd door een metalen hek. Er zat een ketting met een hangslot op. Ik stapte uit en voelde aan het slot, maar dat zat stevig dicht. Er stak een briesje op, met een hint van vochtigheid. Eerder was de lucht strakblauw geweest, maar nu werd het heiig en kleurde de horizon donkerder. Over een paar uur zou het gaan regenen. Toch pakte ik mijn rugzak uit de auto. Daarin zaten onder andere geconcentreerd voedsel, een regenjack en water. Het ging mij voornamelijk om het jack, maar ik moet zeggen dat ik een dure les had geleerd en dat ik nu wist dat ook een schijnbaar onschuldige wandeling in het bos heel anders kon uitpakken dan ik had gepland. Ook had ik het nodige opgestoken van de gebeurtenis op de parkeerplaats, een paar avonden geleden. Mijn pistool zat in mijn rugzak.

Ik voelde het geruststellende gewicht van de rugzak tegen mijn rug toen ik over het hek klom. Rond mijn sportschoenen wolkte het stof op toen ik me aan de andere kant liet vallen. Ik begon normaal te lopen, maar toen ik naar de struiken langs de weg keek, herinnerde ik me iets dat Kate, Jason en ik hadden gedaan de zomer voordat ze waren ontvoerd. Een vriend van ons, ook een architect, had in de bergen een oud huisje gekocht. Bomen en struikgewas hadden het gebouwtje bijna overwoekerd, dus had hij op een zondag al zijn vrienden uitgenodigd om te komen helpen het huis van groen te ontdoen in ruil voor een barbecue en zoveel bier als we maar op konden. Ook onze gezinnen waren welkom. Jason had gedacht dat het leuk zou zijn om samen met mij te werken. Hij had geholpen met het wegsjouwen van de afgezaagde struiken, en ik had mijn hart voelen zwellen van trots dat zo'n klein jochie zo z'n best deed. Kate moest lachen toen hij bezwaar maakte tegen haar poging om vuil en zweet van zijn gezicht te vegen; dan zou hij eruitzien als een watje.

Nu, uit pure frustratie dat ik nog geen stap verder was met mijn zoekactie, versnelde ik mijn pas, gedreven door woede. Ik maakte mijn passen zo lang en zo snel als ik kon. De zon scheen heet op mijn gezicht, mijn huid parelde van het zweet, mijn spijkerbroek en mijn overhemd plakten aan mijn lijf. Een halve kilometer was te kort. Ik voelde me zo woedend dat ik kilometers had kunnen rennen, zoals ik had gedaan voordat ik Denver verliet. Maar in Denver had ik nog hoop gehad, en de krankzinnige snelheid waarmee ik nu over dat pad beende, gaf wel aan hoe verslagen ik me voelde.

Ik kwam bij het eind van het pad en vertraagde mijn pas.

De afgeplatte molshoop die ik vanaf de weg had zien liggen, bleken de geblakerde muren te zijn van een ingestort houten bouwsel. Van de planken waren alleen nog lange stroken houtskool over, die op een wanordelijke berg lagen. De openingen zaten vol dor blad. Stekelige struiken en lianen met een driebladig patroon waarschuwden me dat er gifsumak op de puinhoop groeide. Daarachter was een groter gebouw (waarschijnlijk de schuur) op eenzelfde manier afgebrand en ingestort.
Ondanks het zweet voelde ik me verkillen. Ik hield me voor dat ik mijn eigen stemming projecteerde op wat ik zag. Maar toch kon ik niet negeren wat hier gebeurd was. Op tien meter van waar ik stond waren Lester Dants ouders levend verbrand. Ik voelde me overspoeld worden door duisternis.
Wat doe ik hier in godsnaam, vroeg ik me af. Ik wilde teruggaan naar de auto toen iets achter het skelet van de woning mijn aandacht trok: een gebied van circa tien bij tien meter, omringd door een laag stenen muurtje. De stenen waren donker gekleurd van het vuur. Er waren er enkele gevallen. Ik liep de ruïne voorbij en probeerde de giftige klimplant te vermijden toen ik naar het ommuurde gedeelte liep. Er zat een opening in, waar ooit de deur had gezeten, en toen ik dichterbij kwam zag ik dat ook het omheinde gebied vol zat met gifsumak, dor blad en doornige struiken. Maar temidden van de chaos zag ik regelmatig gevormde bergjes. Toen ik erheen gelopen was, zag ik dat het kleine hoopjes stenen waren, keurig op rijtjes gelegd. Het patroon zag er vertrouwd uit; een begraafplaats. In plaats van kleine terpjes waren het uithollinkjes in de bodem, op die plaatsen waar de aarde was ingezakt doordat de houten lijkkisten met de verterende lijken langzaam wegrotten. Dergelijke uithollinkjes komen vaak voor op oude begraafplaatsen. Op moderne kerkhoven zijn ze niet te vinden, omdat de kisten tegenwoordig van metaal worden gemaakt en graven een betonnen omhulsel krijgen. Daarop wordt een betonnen dek-

sel gelegd als de kist in de aarde is geplaatst en de nabestaanden vertrokken zijn.
Binnen die droevige omheining waren generaties Dants begraven. Ik stelde me het verdriet en de eenzaamheid voor waarmee hun liefhebbende nabestaanden hen ten grave hadden gedragen. Wat me het meest opviel, was hoe kort sommige graven waren. Daar lagen dus dode kinderen.
Ik weet niet hoe lang ik daar uiteindelijk naar die graven heb staan staren, terwijl ik mediteerde over de onafhankelijke gemeenschap die de Dants hadden willen stichten en hoe vreselijk hun dromen waren mislukt. Na een tijd liep ik terug langs de achterkant van de ruïne.
Een klein diertje schoot tussen de bomen achter me door. Misschien een eekhoorn. Maar omdat ik nergens in de buurt ook maar enig teken van leven had gezien, schrok ik van het geluid. Zelfs vogels zaten er niet.
Ik transpireerde in de felle zon, en ik merkte dat de stormwolken iets dichterbij gekomen waren. Op mijn hoede voor nog meer gifsumak vervolgde ik mijn weg rond het afgebrande huis. Plotseling voelde ik me onvast op mijn benen. Even vreesde ik dat er iets mis was met mijn hersenen; dat ik een hersenbloeding had en dat mijn gevoel voor evenwicht weg was. De grond werd nog onvaster onder mijn voeten. Mijn longen snakten naar adem terwijl ik me in paniek realiseerde dat het niet aan mijn benen of mijn hersenen lag. De grond onder mijn voeten week uiteen. Ik viel.
Hijgend van de schrik bleef ik steken, tot aan mijn heupen onder de grond gezakt. Mijn benen bungelden in een onzichtbaar gat. Met bonzend hart zette ik mijn handen op de grond en deed m'n best om me op te drukken vanuit het gat waarin ik vastzat.
Maar mijn handen kregen al even weinig houvast als daarnet het geval was geweest met mijn benen. Hoe harder ik me afzette, des te dieper zonken mij handen weg. Ik viel opnieuw, maar gelukkig had ik mijn armen gespreid, zodat ik

mijn val even blokkeerde voordat het steeds wijdere gat me helemaal naar beneden had geslokt.
Mijn benen bungelden hulpeloos rond, mijn lichaam zwenkte in de leegte onder me. Alleen mijn hoofd en schouders staken nog boven de grond uit, en ik hing met mijn volle gewicht aan mijn gespreide armen. Toen ik onder me een gedempt geratel hoorde, konden mijn longen bijna niet snel genoeg pompen om voldoende lucht binnen te happen. De grond zakte nog verder in. En terwijl het geratel steeds luider klonk, viel ik met een kreet van angst helemaal het gat in.

7

Met een klap raakten mijn voeten de grond. Door de smak sloegen mijn knieën dubbel zodat ik achterwaarts het donker in viel en ergens tegenaan tuimelde. Mijn rugzak werd in mijn rug geduwd en ik voelde de lantaarn, de waterfles en het pistool tegen mijn schouderbladen slaan. Mijn hoofd stootte ergens tegenaan en bijna verloor ik het bewustzijn. Ik rook een bedompte grondlucht. Bij het razende geratel perste ik me nog harder tegen datgene aan dat ik geraakt had.
Het voelde aan als een muur. Gemaakt van hout dat tot iets sponzigs was vergaan. Al gauw besefte ik dat ik terecht was gekomen op de vermolmde resten van een houten vloer. Tussen het hout door was beton zichtbaar. Er stonden grote plassen water en mijn broek was doorweekt. Maar dat vond ik niet belangrijk. Het enige waar ik me druk om maakte was het geratel in het donker tegenover me en de rimpelende beweging in het zonlicht dat door het gat in de grond naar beneden scheen.
Slangen. Ik krabbelde overeind en drukte me in een hoek tegen de muur. De lantaarn, pak die lantaarn, verdomme, dacht ik. Koortsachtig rukte ik de rugzak van mijn rug, sleur-

de aan de rits en tastte naar de lantaarn. Zo snel mogelijk knipte ik hem aan en richtte de krachtige straal op de duisternis tegenover me.

De hele grond krioelde van de opgerolde slangen. Hun boze geratel echode door de ruimte. Een kreun bleef steken in mijn keel. Ik richtte de stralenbundel van de lantaarn op het smerige water aan mijn voeten, bang dat ook daar slangen in zaten. Maar in het groenige water zaten ze niet. Het was ongeveer vijf centimeter diep en ik bad dat het schuim iets bevatte dat giftig was voor slangen. De vloer liep schuin af naar de hoek waarin ik stond, wat verklaarde waarom het water daar was samengestroomd. Rechts en links van me en in de hoek tegenover me was de hoger gelegen vloer droog, en daarom zaten daar de slangen.

Hoe ver kan een ratelslang springen, dacht ik. Tweemaal zijn eigen lengte, driemaal? In dat geval konden de slangen zich over het water heen op me storten. Maar ze waren geschrokken van mijn val en hadden zich teruggetrokken voordat ze zich oprolden. Als een kronkelend kluwen lagen ze aan de andere kant van de omheining, en die afstand was zo groot dat ik voorlopig veilig was.

De omheining. Waar was ik in vredesnaam in gevallen? Iets ter grootte van een dubbele garage. Links van de hoek tegenover me was een stuk muur ingestort. Achter de houten buitenkant waren isolatiemateriaal en beton naar binnen komen zakken, zodat de naakte aarde zichtbaar werd. Een omlaag lopend kanaal in de aarde liet zien dat degene die het beton voor deze ondergrondse kamer had gestort, geen goede drainage had aangelegd. Er was regen naar binnen gefilterd, die zich achter het beton had opgehoopt totdat dat stuk van de muur was bezweken onder het gewicht van het water.

De opening verklaarde hoe er water in het vertrek was gekomen. Ook aan het dak was dat te zien – het was niet van beton, maar van hout met multiplex platen eroverheen (de

lagen waren te zien door het gat in het dak), met daar weer boven een stuk waterdicht rubber. Het geheel was overdekt met een centimeter of vijftien aarde. Muizen en ander klein gedierte dat zich een weg door de aarde vrat had dus vrije toegang tot het rubber om daar een gat in te knagen. Toen de regen eenmaal was doorgedrongen tot in de steunbalken, moest het rottingsproces begonnen zijn waardoor het dak uiteindelijk geen gewicht meer kon dragen.
Maar de ondergrondse kamer was ongetwijfeld jaren tevoren gebouwd. In zoveel tijd moest er meer water verzameld zijn dan die paar centimeter waar ik in stond. Er moest een scheur in de bodem zitten waardoor het water weg kon sijpelen. Dat zou gezorgd hebben voor verdere erosie, en die vormde dan weer de verklaring waarom de vloer schuin afliep naar de hoek waarin ik me bevond.
Ik staarde naar het gevallen stuk muur. In de blootgelegde aarde was een kanaal te zien dat naar boven leidde: zo gingen de slangen naar binnen en naar buiten. Wanhopig vroeg ik me af of ik daardoorheen kon graven, terwijl ik gaandeweg de aarde ophoopte in de kamer achter me.
Maar hoe kwam ik langs die slangen? Het geratel werd heviger en ik stak de lantaarn onder mijn rechterarm en tastte in mijn rugzak, waar ik het pistool beetpakte. Maar even later zag ik in dat mijn plan een makke vertoonde. Hoewel ik vijftien patronen in het magazijn en één in de kamer had, plus een tweede magazijn met vijftien patronen in de rugzak, maakte ik geen schijn van kans dat ik alle slangen zou doden. O, de meeste zou ik wel raken. Er waren er zoveel dat ik amper kon missen. Maar allemaal? Niet alleen verwonden, maar echt doodschieten? Onmogelijk. Bovendien moest ik rekening houden met het effect van de schoten. De overlevende slangen zouden door het dolle heen raken van de echo's, zodat ze onmiddellijk alles zouden aanvallen wat bewoog, al betekende dat dat ze over het water heen moesten springen om bij mij te komen. En kon ik zelf niet geraakt

worden door kogels die van de wand afketsten?
Ik perste me nog krampachtiger in de hoek. Rustig blijven, waarschuwde ik mezelf, terwijl ik probeerde mijn hijgende ademhaling te beheersen. Zodra die slangen doorkrijgen dat jij geen gevaar vormt, komen ze wel tot rust.
Althans, dat hoopte ik. Maar ik had geen reservebatterijen bij me voor de lantaarn. Over een paar uur zou ik geen licht meer hebben. En over nog een paar uur zou de zon ondergaan. Het gat in het dak zou donker worden. Dan zat ik vast in het donker, zonder te weten wat de slangen deden. Negeerden ze het water (dat misschien wel helemaal niet giftig voor ze was) of kwamen ze steeds dichterbij, aangetrokken door mijn lichaamswarmte?
Het weinige licht dat door het gat in het dak kwam, moest dan maar genoeg zijn. In de hoop dat mijn ogen zouden wennen aan de schaduw deed ik de lantaarn uit om de batterijen te sparen. Ondanks het koude water waarin ik stond, drupte het zweet over mijn gezicht. Ik trilde van de angst. Stilstaan, maande ik mezelf. Geen aandacht trekken! Ik perste mijn spieren samen en deed mijn best om de reflexieve trillingen te beheersen.
Eerst vroeg ik me af of het inbeelding was. Lange seconden nadat ik het licht had uitgedaan en mezelf had opgedragen stil te blijven staan, nam het geratel van de slangen af. Langzaam bedaarde de gekte. Toen mijn ogen aan de schaduw gewend waren, zag ik dat de slangen zich aan het ontrollen waren, dat hun starende blik niet langer op mij was gevestigd. Hun bewegingen werden minder dreigend. Een paar kropen er door het kanaal naar boven.
Maar slangen houden van warmte. Waarom waren ze naar die koele kamer gegaan in plaats van buiten in de zon te blijven liggen bakken? Waardoor waren ze omlaag gegaan? Ik kreeg kippenvel toen ik nadacht over die vraag, vooral toen de paar slangen die naar boven waren gegaan, weer terugkwamen. God sta me bij, wat was daar?

Het geratel was nu bijna opgehouden, er lagen nog maar een paar slangen opgerold. En toen werd het stil in de kamer, afgezien van het bonzen van mijn hart. Boven hoorde ik geluiden bij het gat waar ik doorheen gevallen was. De bries werd wind die door de struiken floot. Ik hoorde een gerammel dat naar ik hoopte een naderende auto was, maar waarvan ik even later besefte dat het de donder was. Het licht dat door het gat scheen, veranderde in schemering.
De bliksem flitste. De wind gilde nog harder. Maar dat was niet de reden waarom mijn borst samengeknepen werd van de angst. Nee, wat me doodsangst aanjoeg, was het drup-drup-drup dat ik op de vloer hoorde toen de regen door het gat begon te vallen.

8

De druppels kwamen nu sneller. De slangen onder het gat maakten krampachtige bewegingen als ze door de druppels werden geraakt. Sommige kronkelden naar hun compagnons toe, die aan de andere kant van de ruimte lagen. Ze dromden samen op iets wat een stukje hoger lag dan de vloer, een lang, plat voorwerp dat ik in de schaduwen niet kon herkennen, met zachte omtrekken die waren uiteengevallen na jaren van periodieke overstromingen. Maar andere kwamen mijn kant uit, en de vloer leek te schimmeren toen ze het smerige, schuimende water naderden.
Een paar slangen lieten zich erin glijden. Walgelijke dampen van het water voerden een aanval op mijn neusgaten uit. Trillend richtte ik mijn pistool, maar wachtte met vuren toen ik zag dat de slangen in het water van richting veranderden en terugzwommen naar de droge grond. Andere waren bij het water blijven liggen en schoten nu weer weg. Ik had gelijk gehad. Er zat iets in het water dat hen verdreef.
Maar de regen viel met grote snelheid door het gat, pletste op de vloer en maakte de vochtcirkel steeds breder. Er ont-

stond een plas die naar mijn hoek toe begon te druppelen. Al gauw zou het hele oppervlak blank staan. Zodra er geen plek meer droog was, hadden de slangen geen reden meer om mijn hoek te mijden.

Met een verstikt gevoel deed ik de lantaarn aan en zocht ik naar iets waarmee ik de slangen kon wegmeppen als ze op me af kwamen. Stukken hout en beton die uit de wand tegenover me waren gekomen, lagen te ver weg; daar kon ik niet bij zonder mezelf binnen aanvalsafstand van de slangen te begeven. Toen het water zich over de vloer verspreidde, dromden de slangen samen op een kleiner gebied tegenover me. Het zou niet lang meer duren voordat ze alle kanten op gingen zwermen, op zoek naar een droge plek. Ik overwoog of ik een plank uit de muur zou trekken. Die kon ik dan als knuppel gebruiken. Ik moest het erop wagen.

Achter het gat in het dak flitste de bliksem. Het water reikte tot aan de slangen tegenover me, zodat ze gedwongen waren boven op elkaar te klimmen. Een paar maakten zich los uit het kluwen. Binnenkort zouden ze overal zitten. Ik schoof het pistool onder mijn riem en richtte de lantaarn naar rechts, op zoek naar een barst in de muur waarin ik voldoende houvast kon vinden om een plank los te wrikken.

Wat ik vanuit mijn ooghoek had aangezien voor schaduwen bleken steunbalken te zijn die uit het dak waren gevallen en nu tegen de wand leunden. Misschien kon ik daarmee een loopplank maken. Misschien kon ik omhoogklimmen en nog meer balken omlaag trekken, zodat ik me door de aarde heen kon klauwen en de oppervlakte bereiken. Ik durfde me er geen zorgen over te maken dat het hele dak kon instorten, zodat ik bedolven zou raken. Hoe dan ook, ik moest weg van die slangen.

Er was zoveel regen door het gat in het plafond gevallen dat nu de hele vloer nat was. Tegenover me gingen meer slangen op pad. Rimpelend zwommen ze het water over. Ik schoof een eind op naar rechts en drukte met mijn schoen tegen een van de balken die tegen de muur stonden om hem te testen. Kreunend kwam ik tot de ontdekking dat het hout zo verrot was dat het onder mijn gewicht verpulverde. Doordat de weerstand zo plotseling wegviel, verloor ik mijn evenwicht. In mijn inspanning om niet in het water te belanden, duikelde ik naar voren en sloeg ik tegen de wand achter de balken.

Ik viel op mijn schouder. Bijna liet ik de lantaarn vallen. Maar erger nog, de herrie stoorde de slangen, zodat een deel van hen weer razend begon te ratelen. Ik wist zeker dat ik helemaal zou doordraaien, dat ik om me heen zou gaan schieten en dat ik zou doodgaan aan een tiental slangenbeten. Ik werd zo in beslag genomen door mijn doodsangst dat het even duurde voordat ik besefte dat de muur waar ik tegenaan gevallen was, hol klonk.

Er staken meer slangen het water over, mijn kant uit. Ik schoof de andere balk opzij en ontdekte een deur. De dichtstbijzijnde slang was geen meter meer van me af toen ik de roestige deurknop greep. Ik draaide hem om maar het mechanisme was vastgeroest. Ik draaide harder, voelde iets bewegen en smeet me met mijn volle gewicht tegen de deur. Die kraakte. Nog een wanhopige duw en plotseling zwenkte hij met een klap naar binnen, zodat ik naar binnen viel. Ik kwam op nat beton terecht en stootte mijn kin, maar negeerde de pijn omdat ik me moest concentreren op het behoud van de lantaarn. Versuft draaide ik me om naar de deuropening. Daar lag een opgerolde slang, klaar om toe te slaan. Ik schopte naar de deur, maar de bejaarde scharnieren reageerden te laat. De slang sprong. De deur sloeg dicht toen het lijf half door de opening was, en de slang werd vastgepind zodat zijn voorste helft razend bleef ronckronkelen. Het licht van het gat in het dak was nu niet meer zichtbaar. Alleen de lantaarn in mijn trillende hand liet zien dat de slang vlak onder het deurslot klem zat. Door het wanhopige gekronkel scheurde de voorkant los van het deurkozijn. Er

spoot bloed op toen het dier het water in plonsde en met agressieve bewegingen mijn kant op kwam.
Ik sprong achteruit. Ik stootte mijn hoofd en toen de slang de onderkant van een van mijn sportschoenen aanviel, ging ik razendsnel staan en stampte met de andere schoen op de kop van de slang, zodat de schedel kraakte onder mijn zool. Het gehavende lijf van de slang kronkelde nog na onder mijn hiel, maar de krampachtige bewegingen werden trager en minder heftig. Toen hij eindelijk stillag, hief ik mijn schoen op en richtte de lantaarn op de geplette en bebloede kop. Ik wist dat de beet van die hoektanden nog steeds giftig was, ook al was de slang dood, dus ik schopte het kadaver naar de deur.
Toen het lijf neerkwam, scheen ik met de lantaarn op de deur om te kijken of die echt dichtzat en of er geen andere slangen konden binnenkomen. Ik draaide me om om te zien waar ik was en of het hier ook vol slangen zat. Er gleed niets. Er klonk geen zenuwslopend geratel. Maar hoewel ik uit de eerste ruimte ontsnapt was, zat ik nog steeds vast.
Ik stond in een tunnel, ruwweg anderhalve meter breed en zeven meter lang, met een zoldering die ik kon aanraken als ik mijn hand omhoogstak. Het uiteinde tegenover de deur was verstopt door de dingen waar ik mijn hoofd tegen had gestoten: zwartgeblakerde balken en andere resten van de brand. In de eerste ruimte waren de betonnen wanden en de vloer bedekt geweest met hout, maar hier was dat niet het geval. Het plafond was echter van dezelfde belabberde constructie: hout, waarschijnlijk met multiplex platen, een rubber laken en daar dan aarde bovenop. Het hout was nog niet omlaag komen zetten, maar er sijpelde water doorheen en uiteindelijk zouden de balken zo verrot raken dat ze zouden instorten.
Terwijl ik twee roestige metalen leidingen zag lopen die langs het plafond de ruimte in liepen, stroomde de regen in nog grotere hoeveelheden door het plafond. Er liepen stroompjes

door het wrakhout aan het einde van de tunnel. Het water op de grond steeg tot aan mijn enkels. De spleet onder de deur was te smal om het water te kunnen afvoeren. Ik zat vast in een soort onderaards bassin, daar kwam het op neer. Hoeveel regen kon er vallen bij zo'n zomerse onweersbui? Drie centimeter? Vier, vijf? Dat leek amper gevaarlijk, tenzij je dacht aan de hoeveelheid grond boven de tunnel en het oppervlak van het afgebrande huis, die allebei water verzamelden en als door een trechter afvoerden naar de ruimte van anderhalf bij drie bij zeven meter waarin ik me bevond. Het water zou waarschijnlijk niet helemaal tot aan het plafond komen, maar het zat er dik in dat het zo hoog zou komen dat ik zou moeten watertrappen om het hoofd boven water te houden. Maar hoe lang zou ik dat volhouden wanneer ik verkilde door de watertemperatuur en onderkoeling intrad? Zodra ik eenmaal begon te huiveren zou ik binnen drie uur dood zijn.
Ik was zelfs al aan het huiveren. In het licht van de lantaarn waren sporen van mijn adem te zien terwijl ik plonzend op weg ging naar de rotzooi die de tunnel blokkeerde. Ik zette het licht vast tussen twee verkoolde planken. Door de schuine lichtinval was moeilijk te zien wat ik deed terwijl ik een verbrande plank greep en probeerde die los te trekken. Mijn ademhaling werd sneller door de inspanning. Toen ik diep inademde, moest ik hoesten van de rooklucht die uit het natte hout kwam.
Ik trok nog harder, en eindelijk schoot de plank los. Met een beginnend gevoel van triomf wilde ik de plank achter me neerleggen, toen de berg rotzooi in beweging kwam zodat de lantaarn viel. Ik greep ernaar, maar net te laat. Hij schoot uit mijn handen, ik sprong en vouwde mijn handen als een vangnet om hem te grijpen voordat hij in het water gevallen zou zijn. Ik drukte hem aan mijn borst, dolblij dat ik die schat niet kwijt was. Als hij nat geworden was, had hij bijna zeker niet meer gewerkt. Uit paniek bij de gedachte dat

ik bijna mijn licht kwijt geweest was, begon ik nog erger te huiveren.
Het koude water stond intussen tot aan mijn schenen. Ik probeerde met één hand de lantaarn vast te houden terwijl ik met de andere aan de planken trok die mijn uitweg versperden, maar ik kon niet voldoende houvast krijgen. Met weerzin probeerde ik opnieuw om de lantaarn vast te zetten tussen het wrakhout, maar zodra ik nog een plank lostrok viel hij weer bijna.
Het pistool onder mijn riem stak hinderlijk in mijn vel. Zo kwam ik op de gedachte om de lantaarn aan de andere kant in mijn riem te steken, maar daar was geen ruimte. Denk na, hield ik mezelf voor. Er moet een manier zijn! Ik deed mijn rugzak af, opende een zijvak en schoof daar de lantaarn in. Toen ik de rugzak weer omdeed, scheen het licht naar het plafond, maar toen ik me bukte om een stuk wrakhout te grijpen, deed de lantaarn wat ik wilde en scheen die kant op. Ik maakte zo'n herrie met mijn koortsachtige bewegingen, dat mijn oren ervan daverden. Met fluitende ademhaling trok ik nog meer planken los en smeet ze achter me. Er stroomde water langs de rommel, en het rees tot aan mijn knieën. Ik trok nog een plank los en staarde naar een met roet besmeurde betonnen trede die naar boven leidde. Met grotere vastberadenheid sleurde ik nog twee planken weg, vond een tweede trede en voelde hoop in me opwellen. Als ik zoveel treden kon blootleggen dat ik uit het water kon klimmen, was er minder gevaar van onderkoeling. Ik had eten in mijn rugzak. Dan kon ik iets eten en uitrusten, en dan kon ik de batterijen van de lantaarn sparen en het licht alleen gebruiken om de trap vrij te maken.
Wanhopig greep ik nog een plank en trok die los. Net toen ik hem naar achteren wilde schuiven, hoorde ik iets kraken. Toen ik omhoogkeek, zag ik dat er een enorme berg rommel losgeschoten was. Ik probeerde achteruit te krabbelen, maar er stortte een enorme berg verkoolde planken en bal-

ken over me heen. Mijn adem werd uit mijn longen geperst en ik viel in het water. De lantaarn mocht niet nat worden! Verdoofd van het vreselijke gerommel probeerde ik overeind te komen, om te voorkomen dat de rugzak vol water zou lopen. Ik duwde tegen de planken die over me heen lagen. Ik greep iets wat niet aanvoelde als hout. Het was rond en zacht. Met een gil besefte ik dat ik de slang in mijn handen had, het doormidden gehakte lijf slap in mijn handen, de hoektanden van de verbrijzelde kop vlak bij mijn arm. Toen ik hem wegsmeet, kreeg ik een klap van een ronddobberende balk. Ik viel. Het gore water spoelde over mijn hoofd. Het stroomde mijn oren binnen, vulde mijn neusgaten en mijn mond. Naar adem happend kwam ik overeind. Kuchend spuwde ik het naar roet smakende water uit en probeerde ik lucht te krijgen. Ik wreef in mijn ogen maar besefte tot mijn ontzetting dat het niet door het water kwam dat ik niets meer zag.

De lantaarn was uitgegaan.

9

In het stikdonker spanden mijn overige zintuigen zich in om de leegte op te vullen: de echo van spattende golven, het gebeuk van hout tegen de wanden. Het gevoel van natte, aan mijn lijf vastklevende kleren. De smaak van roet en smerigheid. De stank van het water, waarvan ik moest kokhalzen. Maar de allersterkste indruk was doodsangst. Ik durfde me niet te verroeren uit angst dat ik de giftanden van de ronddrijvende slang zou raken. Als een zoutpilaar bleef ik staan. Ik probeerde mijn evenwicht te bewaren in het donker, terwijl ik luisterde hoe het geklots van de golven langzaam afnam. Al gauw was er niets meer te horen, behalve het water dat van het dak en door het puin in het trapgat stroomde. Mijn natte rugzak hing zwaar op mijn rug. Op de tast nam ik hem van mijn rug, legde de draagbanden over een schouder en haalde voorzichtig de lantaarn eruit. Ik schudde hem heen en weer. Ik drukte op de aan-uitknop. Ik schroefde de dop los, haalde de batterijen eruit, goot het water uit de cilinder en blies op de polen van de batterijen in een poging om ze droog te krijgen. Toen ik de batterijen weer in de lantaarn gedaan had, drukte ik op de knop. Totale duisternis. Nee, toch niet. Mijn ogen, die zich tot het uiterste inspanden om aan de duisternis te wennen, merkten een zwakke gloed aan mijn linkerpols op: de lichtgevende coating op de uuraanduiding van mijn horloge. De gespikkelde cirkel dreef als een spook in het rond.

Ik goot het water uit de rugzak, stopte er de lantaarn in (en het pistool, dat nog dieper in mijn huid onder de riem priemde). Toen controleerde ik of de ritsen van de rugzak goed dichtzaten en bond hem weer op mijn rug. Intussen stond het koude water tot aan mijn knieën.

Vooruit! Ik waadde met vooruitgestoken handen naar de traptreden. Toen ik een koud, klam, pokdalig oppervlak voelde, deinsde ik achteruit, totdat ik besefte dat het een betonnen muur was. Ik moest me omgedraaid hebben toen ik mijn evenwicht was kwijtgeraakt en gevallen was. Nu moest ik kiezen: links of rechts. De ene richting leidde naar de deur, de andere naar het verstopte trapgat.

Langzaam liep ik naar links, tastend door het duister. Er prikte iets in mijn hand. O, jezus, nou had ik de giftanden van de slang aangeraakt. Ik rukte mijn hand naar me toe en greep de plek waar ik me geprikt had. Er stak iets in mijn handpalm. Nee. Een splinter. Het was maar een splinter. Ik had met mijn hand langs een plank geschaafd.

Ik had de trap gevonden. De lichtgevende wijzerplaat van mijn horloge zigzagde spookachtig door het duister terwijl ik aan de planken begon te sleuren. Ik rukte aan balken. Ik trok en zeulde, ik schoof puin opzij. Mijn handen deden vreselijk pijn, ze zaten vol sneden en schaafwonden, maar dat vond ik niet erg. Ik moest meer ruimte vrijmaken voordat

het water dodelijk hoog kwam te staan. Mijn schouders deden pijn, mijn rug bonkte. Mijn mond werd droog. Ik kreeg bijna geen lucht door mijn keel geperst en uiteindelijk moest ik ophouden om mijn veldfles uit de rugzak te halen en een slok water te nemen, zodat mijn mond en keel minder gezwollen aanvoelden en ik meer lucht kreeg.
Maar die korte rustpauze gaf me geen energie. Ik voelde me licht in het hoofd en besefte dat zich kooldioxide aan het ophopen was in de tunnel, die dichter werd naarmate het water steeg. Ik hoefde me geen zorgen te maken over onderkoeling. Voor het zover was, zou ik vanzelf stikken.
Nog koortsachtiger greep ik in het donker naar de puinhopen en smeet die naar achteren. Ik maakte de ene tree na de andere vrij, ik kwam steeds hoger, maar het water volgde me en trok aan mijn heupen. Ik voelde me onvast op mijn benen. Mijn brein wervelde in het rond. Ik kon niets zien, maar er dreven vlekken voor mijn ogen.
De lucht werd dikker, mijn bewegingen trager. Er dobberde wrakhout tegen me aan. Toen er een balk afbrak in mijn handen, sprong ik achteruit en viel ik bijna in het water. Toen trok ik een groot brok puin los, waarmee ik niet alleen de troep losmaakte maar ook een grote plas water bevrijdde die zich in de ruïne boven mijn hoofd had verzameld. Met de kracht van een dijkdoorbraak raasde het water op me af. De stroming was zo krachtig dat ik van de trap gesmeten werd en tegen de drijvende planken viel. In mijn versufte staat was ik amper in staat mijn hoofd boven water te houden. Ik sloeg eerst de ene, toen de andere arm boven water en probeerde te zwemmen. Ik kwam niet vooruit.
Ik was zo zwak en moest zo mijn best doen om niet kopjeonder te gaan, dat het even duurde voordat ik merkte dat er iets fris in de lucht was gekomen. Ik staarde naar het trapgat en vreesde dat het een zinsbegoocheling was, want het leek wel of de duisternis minder volledig was. Ik zag vage omtrekken van puin. Er filterde iets grijs naar beneden. Met

nieuwe moed door de frisse lucht die binnenkwam, vond ik de kracht om naar het trapgat te zwemmen. Ik wankelde de treden op en trok aan het hout. Het grijs lokte, noodde me naar boven.

Toen ik me eindelijk door een wolk roet naar buiten wurmde en me langs het ingestorte skelet van het afgebrande huis perste, zag de hemel zwart van de wolken. De lucht werd nog grijzer en wekte de indruk dat de zon aan het ondergaan was. Zou ik in mijn delirium de hele dag bezig geweest zijn, me via de trap een weg naar buiten te banen?

De kille regen hield aan. De druppels leken wel kogels, maar het vuil dat me overdekte leek wel vet en spoelde niet van me af. Ik klom tussen het wrakhout door naar buiten. Met opperste inspanning sleepte ik me omhoog. Een paar keer braken er planken af in mijn handen en dreigde ik weer de put in te vallen. Mijn bebloede vingers haakten zich rond de bovenrand van een funderingsmuur. Ik hees me eroverheen en liet me op de weke grond vallen. Het duurde even eer ik overeind kon komen. Toen ik door de modder zwoegde, vroeg ik me af of ik de kracht nog had om bij de auto te komen.

10

Rondom me steeg stoom op, maar ik kon het badwater niet zo warm krijgen dat ik weer op temperatuur kwam. Ik was tot op het bot verkleumd. Tot op mijn ziel.

Waar was die ondergrondse kamer voor gebruikt, bleef ik me maar afvragen. Waarom had Orval, die toch behoorlijk goed kon bouwen, het dak niet met beton versterkt? Welk doel hadden die twee leidingen gediend, die langs het dak van de tunnel het vertrek in liepen? Als het een opslagruimte was geweest, was het niet nodig geweest om hout tegen de muren te spijkeren, iets op de vloer te leggen en isolatie aan te brengen. Ik kwam er niet uit. Tenzij...

'Ze hielden me gevangen in een ondergrondse kamer,' had

hij gezegd, de man die beweerde mijn broer te zijn. Niet Petey, God sta me bij, maar Lester Dant. Waarom hadden Orval en Eunice Dant hun enige kind opgesloten in een ondergronds vertrek? Het duizelde me bij de gedachte aan zoiets afgrijselijks.

Nu vielen de stukken van de puzzel van de belabberde dakconstructie op hun plaats. Orval had natuurlijk na zonsondergang gewerkt, met niet meer dan het licht dat vanuit het huis scheen. Zo had hij de ruimte voor de tunnel en de ondergrondse kamer uitgegraven zonder dat een toevallige passant hem zag en zich afvroeg wat hij aan het doen was. In het holst van de nacht had hij kleine hoeveelheden beton kunnen draaien en met een kruiwagen kunnen vervoeren voor de vloer en de wanden van de tunnel en de kamer.

Maar het plafond bleef een probleem. Om dat goed te maken had hij betonnen platen moeten gieten. Zodra die platen echter klaar waren, had hij een kraan nodig gehad om ze op hun plek te slepen: precisiewerk waarvoor meer dan de standaardverlichting vanuit het huis nodig geweest zou zijn. Dat zouden buitenstaanders gezien hebben, en dan hadden ze zich afgevraagd waarom de achterkant van zijn huis zo fel verlicht was in het donker. Hij kon maar beter voorzichtig doen en houten balken gebruiken voor het dak: die waren snel en gemakkelijk te installeren. Of misschien had hij voor een bepaalde tijd klaar willen zijn. Misschien was Orval gedwongen geweest om een compromis te treffen met de dakconstructie omdat hij zich moest haasten vanwege zijn planning.

Met een misselijk gevoel liet ik nog meer heet water in de badkuip lopen, maar de kou liet zich niet uit mijn ziel verdrijven. En waar ik het nog kouder van kreeg, was mijn onaangename overtuiging dat ik nog niet alles wist wat ik daar te weten had kunnen komen. Ik wist zeker dat er nog iets duisterders was. O god, ik wilde niet. Maar ik moest. Ik wist dat ik terug moest.

Ik liep langs het pad naar de ruïne. Het was iets na tienen de volgende ochtend. Ik had een onrustige nacht gehad en was pas tegen het ochtendgloren in slaap gevallen. Naarmate ik dichterbij kwam, werd ik steeds nerveuzer. Ik haalde het pistool uit een tas rond mijn middel, die ik net gekocht had. Mijn geschramde handen trilden minder toen ik het wapen omklemde. De gal rees in mijn mond op bij de gedachte aan de slangen.

Ik bleef staan waar ik de vorige dag had gestaan. Vanaf het pad kon ik de plek waar ik in de ondergrondse ruimte was gevallen, niet zien. Het leek alsof de aarde zich weer gesloten had. Maar ik had een globaal idee waar de tunnel en de kamer lagen, en ik koos een koers waarbij ik dat stuk grond vermeed.

Ik bleef lange tijd naar het hoge gras staan staren om te kijken of daar iets rimpelde. Uiteindelijk richtte ik het pistool en sloop stap voor stap dichterbij. Allerhande onkruid schramde langs mijn broek. Het leek moeilijker om de gifsumak te vermijden.

Met een wijde boog liep ik om de achterkant van het huis heen op een stel bomen toe. De vorige avond had ik me voorgesteld welke ontwerpproblemen Orval had moeten oplossen. De gevangenencel moest geïsoleerd worden. Er moesten verwarmingsbuizen naartoe. Maar hoe zat het met ventilatie? Een van de leidingen moest lucht vanuit de centrale kachel in het huis hebben gehaald. De andere leiding moest lucht teruggevoerd hebben naar de kachel. Een gesloten systeem.

Dat was in orde als het gewoon een opslagruimte was geweest. Maar als ik gelijk had en de ondergrondse ruimte een cel was geweest, dan had het systeem aangepast moeten worden om te voorkomen dat er kooldioxide en andere gifgassen achterbleven, waaraan de gevangene zou zijn doodgegaan. Om dat te voorkomen moest er een andere leiding de kamer in gelopen zijn, met een ventilator, om frisse lucht binnen te brengen. De logische plek voor die leiding moest vlak onder het plafond geweest zijn, maar als daar al een leiding had gelopen, had ik die vanwege de slangen niet kunnen zien.

De afvoerbuis had boven de grond uit moeten steken. Anders was hij verstopt geraakt met zand. Maar hoe had Orval die vermomd? Het land achter het huis was vlak. Na de brand moesten de mensen uit de stad over het hele gebied hebben gezwermd, in de hoop overlevenden te vinden. Ze waren niet over de afvoerbuis gestruikeld. Was dat wel gebeurd, dan hadden ze zich afgevraagd wat het was en zouden ze uiteindelijk de ondergrondse kamer ontdekt hebben. Dus waar had Orval in vredesnaam die afvoer verborgen zodat niemand hem indertijd gevonden had?

Het voor de hand liggende antwoord waren de bomen. Tussen omgevallen stammen, of in een stam zelf. Met het pistool in de aanslag liep ik verder tussen de planten en het hoge gras door. De zon scheen heet op mijn hoofd, maar dat was niet de reden waarom het zweet me uitbrak. Telkens wanneer een briesje de grashalmen deed bewegen, verstrakte mijn vinger op de trekker.

Ik bereikte de bomen en liep over het beboste gebied, waar het gras gelukkig korter was. Telkens wanneer ik een stuk omgevallen stam een zet gaf, verkrampten al mijn spieren uit angst dat ik een opgerolde slang zou aantreffen. Ik raapte een stok op (nadat ik goed had gekeken of het inderdaad een stok was) en prikte daarmee in het dorre blad dat zich in holle stammen had verzameld. Ik vond niets abnormaals.

Maar de afvoer moest hier ergens in de buurt zijn. Ik liep in een trage cirkel, mijn blik op de bomen gevestigd. Verdomme, waar had Orval die afvoer verstopt? Ventilatiebuizen moeten zo kort mogelijk zijn, anders werken ze niet goed. De afvoer moest ergens tussen de verkoolde stammen en

stompen liggen. Verder was het hele gebied zo plat als een pannenkoek.
Nee, besefte ik met een kille rilling. Niet alles. Het kerkhof. Links van me, een meter of vijftien vanaf de ondergrondse kamer. Het zag er zo doods uit dat ik me er amper heen durfde te begeven. Een ideale plek voor...
Ik stapte tussen de bomen vandaan, liep het hoge gras weer in en toen stokte mijn adem bij het eerste geratel. Ik deinsde achteruit, zag de slang onder een struik en knalde zijn kop eraf. Ik stond zelf verbaasd over mijn snelle reflex en de accuratesse van mijn schot. Mijn reactie viel ongetwijfeld te verklaren uit de uren en uren schietoefeningen. Maar meer dan een jaar lang waren haat en woede in me aangewakkerd. Bovenal wilde ik iets doodmaken. Zodra ik de eerste slang had doodgeschoten, begon een tweede te gonzen. Ook daar schoot ik de kop af. Een derde rolde zich op. Een vierde. Een vijfde. Stuk voor stuk maakte ik ze af, woedend omdat het wel leek alsof de slangen me wilden tegenhouden. De schoten daverden in mijn oren. De scherpe stank van cordiet dreef om me heen. Genadeloos sloop ik verder door het gras. Nummer zes. Nummer zeven. Nummer acht. Stukken slang vlogen in het rond. Er spatte bloed door het gras. Nog meer geratel, en het leek wel of ze niet werden uiteengereten door mijn pistool maar door mijn razende gedachten, zo onfeilbaar en onmiddellijk spatten hun koppen aan flarden zodra ik mijn blik op ze richtte.
De laatste lege patroon ketste op de grond. De schuif van het pistool bleef naar achteren staan. Zoals ik op de les honderden malen had gedaan, drukte ik op de knop die het lege magazijn uitwierp. Ik haalde een nieuwe patroon uit mijn gordelpak, ramde die in de handgreep van het pistool, haalde de hendel over die de schuif vrijmaakte en richtte links en rechts op zoek naar nieuwe doelwitten.
Maar die waren niet te zien. Ofwel ik had de rest bang gemaakt, ofwel ze lagen ergens in het verborgene te wachten.

Nou, kom maar op, dacht ik razend terwijl ik het lege magazijn opraapte en met nog bozere passen door het hoge gras beende. Bij de lage muur rond het kerkhof aangekomen klom ik eroverheen. Bramen en gifsumak wachtten me op. Hier was het zelfs voor slangen te onherbergzaam.
De stapels stenen voor de afzonderlijke graven bezorgden me een gespannen gevoel toen ik verder liep. Toen ik over mijn schouder keek, meende ik een lichte uitholling over de grond te zien lopen, waar de aarde iets ingezakt leek. Het was een zo oppervlakkig verschil dat ik er niet op gelet had als ik er niet naar op zoek was geweest. Amper zichtbaar liep hij vanaf de plek waar ik in de ondergrondse kamer was gevallen. Onder de muur van het kerkhof door. Nog onopvallender naar het graf dat het dichtst bij de ondergrondse kamer lag. Een kort graf. Een kindergraf. Boos knielde ik. Ik trok de stapel stenen aan het hoofd van het graf weg. Even was ik als verstijfd. De stenen hadden een omhoogstekende afvoerbuis met een doorsnede van twintig centimeter verborgen. Er zat een klep op, zodat de regen kon weglopen zonder in het ventilatiesysteem te komen.
Ik had gelijk: de kamer was een cel geweest. Ik herinnerde me het lange, platte voorwerp waarop de slangen zich hadden verzameld op de vlucht voor het wassende water. In de loop der jaren was het ding half vergaan, zodat ik het in de schaduwen niet had kunnen herkennen. Maar nu wist ik wat het was. De resten van een matras. Dat was het enige voorwerp in de kamer geweest. Er was niet eens een wc geweest. Had Lester zijn behoefte moeten doen in een emmer, had hij in de stank moeten leven totdat zijn cipiers die kwamen legen? Hun eigen zoon? Met stijgend afgrijzen staarde ik naar het kindergraf dat ze hadden geschonden om hun zonde te verbergen.

12

Dominee Benedict zat waar ik hem de vorige dag had gesproken: op zijn knieën, bezig de rozen in de kerktuin te snoeien. Zijn witte haar glinsterde in de zon.
'Meneer Denning.' Met enige moeite stond hij op. Hij schudde mijn hand en keek met opgetrokken wenkbrauwen naar de schrammen. 'U bent gewond.'
'Gevallen.'
Hij wees naar mijn kin, waar ondanks de baardstoppels een blauwe plek zichtbaar was. 'Een hele smak, zo te zien.'
'Het had erger kunnen zijn.'
'Bij het huis van de Dants?'
Ik knikte.
'Hebt u iets gevonden dat van nut kan zijn bij het zoeken naar uw gezin?'
'Ik probeer nog steeds de logica te zien in wat ik gevonden heb.' Ik vertelde hem wat ik ontdekt had.
De rimpels in zijn voorhoofd werden dieper. 'Orval en Eunice hielden hun enige zoon gevangen? Maar waarom?'
'Misschien dachten ze dat de duivel in hem school. Ik heb het gevoel dat daar een heleboel dingen zijn gebeurd die wij nooit zullen begrijpen, dominee.' Mijn hoofd bonkte. 'Hoe is Lester ontsnapt uit die ondergrondse kamer? Hebben Orval en Eunice hun leven geriskeerd toen de brand uitbrak om naar de kelder te gaan en hem te bevrijden? Zijn de ouders op een of andere manier beklemd geraakt? Heeft Lester, ondanks de manier waarop ze met hem omgingen, tevergeefs geprobeerd hen te redden, zoals hij zelf beweerde?'
'Het past wel bij wat we weten.'
'Maar het verklaart niet waarom hij niet iedereen vertelde wat hij doorstaan had. Als je zoiets vreselijks meemaakt, dan wil je dat toch aan anderen vertellen? Dan wil je toch medeleven krijgen?'
'Tenzij de herinnering zo erg is dat we hem niet aankunnen.'

'Vooral als er daar iets anders, iets nog vreselijkers is gebeurd.'
Dominee Benedict keek me nog steeds met gefronst voorhoofd aan. 'Waar wilt u heen?'
'Stel dat Lester op een of andere manier zelf uit die kamer heeft kunnen komen. Of stel dat de ouders hem zo nu en dan vrijlieten, als beloning voor goed gedrag. Heeft Lester die brand soms aangestoken?'
'De brand... O, grote genade.'
'Heeft hij, of zij nu probeerden hem te redden of dat hij zelf weggekomen is, zijn ouders vastgezet? Stond hij daar buiten dat brandende huis vol leedvermaak te luisteren naar hun gegil? Is dat iets wat hij tegenover wie dan ook had willen vertellen? Maar er is nog iets dat me dwarszit.'
'Grote god, u bedoelt dat er meer is.'
'Ik kom uit Colorado,' zei ik.
Bij deze schijnbaar nergens op slaande opmerking schudde dominee Benedict verward zijn rimpelige hoofd.
'Nu en dan horen wij verhalen over iemand die de bergen in gegaan is en daar een ratelslang tegenkwam,' zei ik. 'Niet vaak. Misschien omdat de slangen meer dan genoeg schuilplaatsen hebben in de bergen, en omdat ze van nature niet agressief zijn. Ze blijven liever uit de buurt van mensen. Maar Indiana is iets heel anders. Massa's mensen. Steeds minder akkers. Hebt u hier weleens een ratelslang gezien?'
'Nee.'
'Hebt u weleens gehoord van iemand die er een tegen het lijf was gelopen?' vroeg ik.
'Niet dat ik me herinner,' zei de dominee. 'Een boer, misschien. Heel zelden.'
'Omdat ze verdreven zijn door de groeiende bevolking.'
'Waarschijnlijk.'
'Hoe komt het dan dat er tientallen ratelslangen op het erf van de Dants wonen? In zuidelijke staten, in Mississippi of Louisiana bijvoorbeeld, zou het niet ongebruikelijk lijken dat

er zoveel slangen zitten, maar hier in de buurt is dat niet gewoon. Wat doen ze daar bij Orval? Hoe zijn ze daar gekomen?'
'Ik heb geen idee.'
'Nou, ik wel. Denkt u dat de Dants daar zaten te oefenen met slangenbezwering?'
De dominee verbleekte. 'Als religieuze oefening? Slangen vasthouden? Ze rond hun nek laten kronkelen om hun vertrouwen in God te bewijzen?'
'Precies. Als de slangen niet beten, was dat een teken van Gods genade. Het betekende dat God de Dants liever had dan de mensen in de stad. Als je een bunkermentaliteit hebt, als je een wanhopige houding hebt van wij-tegen-de-rest, misschien wil je dan een onloochenbaar teken zien dat je gelijk hebt.'
'Maar dat is de ergste vorm van arrogantie.'
'En volgens mij is dat hun einde geworden.'
'Dat begrijp ik niet.'
'U zei dat er drie gezinnen Dant waren toen Lester geboren werd. Tegen de tijd van de brand was er nog maar één gezin over, dat van Orval, Eunice en Lester. U vroeg zich af of de andere gezinnen misschien weggetrokken waren, of aan ziekten overleden. Maar *ík* vraag me af of de slangen de Dants misschien een andere boodschap overbrachten dan ze verwacht hadden.'
'Dat ze doodgegaan zijn aan slangenbeten, bedoelt u?' prevelde de geestelijke.
'De Dants zouden er nooit een dokter bij gehaald hebben.'
'O jezus.'
'Slangenbezwering zou verklaren waarom er daar zoveel zitten. De Dants hebben ze hierheen gehaald,' zei ik. 'Maar dat verklaart niet waarom ze er nog steeds zitten. Waarom zijn ze niet weggegaan?'
'Misschien zijn ze gewoon gebleven waar ze thuishoorden.'
Eerst begreep ik het niet. Toen knikte ik. 'Misschien. Het is

daar een ongezonde plek, dominee. Volgens mij hebt u gelijk. Als ik een collega van u was, zou ik zeggen dat die slangen precies daar zitten waar ze zich thuis voelen.'
Er gonsden een paar bijen rond mijn gezicht. Ik sloeg ze weg.
'Nog één vraag, en dan laat ik u met rust,' zei ik.
'Ik wil u graag helpen.'
'U zei dat Lester, nadat hij bij u was weggelopen, naar een stad was gegaan die zo'n honderdvijftig kilometer ten oosten van hier ligt, over de grens met Ohio.'
'Dat klopt.'
'Hoe zei u ook weer dat die stad heette?'

Deel Vijf

I

Loganville was minder erg dan ik verwacht had: een pittoresk plaatsje met een welvarende hoofdstraat en een verwelkomend park voor het gerechtsgebouw. Ik vroeg waar ik de Unitarian-kerk kon vinden – ik had de dominee van die kerk gebeld om een afspraak te maken. Hij was aanzienlijk jonger dan dominee Benedict, ergens in de vijftig. Hij was liedboeken aan het opstapelen in de vestibule toen ik hem aansprak.

'Dominee Hanley?' Via de telefoon had ik al uitgelegd waarom ik hem moest spreken. Ik liet hem Lester Dants foto zien en vroeg hem hoe de jongeman negentien jaar geleden bij de kerk gekomen was. 'Ik besef dat dat een hele tijd is, maar dominee Benedict scheen te denken dat u zich zou herinneren wat er toen gebeurd is.'

'Jazeker. Het zal niet makkelijk zijn om te vergeten wat er die zomer gebeurde. Die jongen was heel belangrijk voor Harold en Gladys. Ze wilden zo graag voogd over hem worden.'

'Harold?'

'Zo heet dominee Benedict. Het was een groot verdriet voor ze dat ze geen kinderen hadden. Hoe gaat het trouwens met Harold? Ik heb hem al minstens een jaar niet gezien.'

'Goed genoeg om op zijn knieën de rozen te zitten snoeien.'

Dominee Hanley grinnikte. 'Ongetwijfeld onder begeleiding van een paar gebeden.' Hij keek naar Lester Dants foto, en zijn gezicht werd ernstig. 'Het valt niet mee om... Tel daar de jaren bij op, en een litteken... het zou dezelfde persoon kunnen zijn. De intensiteit van de blik is beslist hetzelfde. En hij zou u misschien kunnen helpen om uw vrouw en zoon te vinden, zei u?'

'Hij is zelf de ontvoerder.'

Het duurde even voor de geestelijke had verwerkt wat ik zei.

'Ik wou dat ik u kon helpen. Maar ik heb hem niet goed leren kennen. Agnes Garner, dat is degene die u moet hebben. Van de hele gemeente is zij degene die de meeste belangstelling voor hem toonde. En degene die hij het ergst verraden heeft.'

2

Toen ik de treden opklom naar de voordeur van het adres dat ik had gekregen, trof ik een vrouw in een rolstoel aan. Aan haar van pijn vertrokken gezicht te zien zou ik haar op bijna zeventig hebben geschat als dominee Hanley me niet had verteld dat ze achtendertig was geweest toen Lester Dant negentien jaar geleden haar leven was binnengekomen. 'Mevrouw Garner?'

'Inderdaad.'

Haar stem klonk kortaf, alsof ik niet echt welkom was. 'Dank u wel dat u me even te woord wilt staan.'

Haar haar was grijs. Ze droeg een jurk met een blauw bloempatroon. In haar schoot lag een draadloze telefoon. 'U wilt iets weten over Lester Dant?'

'Ik stel prijs op alles wat u me vertellen kunt.'

'Dominee Hanley heeft me gebeld. Hij vertelde over uw vrouw en zoon. Hebt u een foto bij u?'

'Altijd.' Weemoedig haalde ik mijn portefeuille te voorschijn. Ze staarde naar de foto. Kates vader had hem genomen toen we bij haar ouders in Durango logeerde. De schitterende rotsruïnes van Mesa Verde lagen daar niet ver vandaan. We hadden er een dagtocht heen gemaakt. Op de foto stonden Kate, Jason en ik voor een van de half ingestorte nederzettingen. In spijkerbroek en T-shirt lachten we naar de camera. Op de achtergrond, naast een oude stenen muur, lag een gebogen schaduw die eruitzag als een menselijk wezen, maar er was niets dat die schaduw veroorzaakte. Volgens Jason was het de geest geweest van een inheemse indiaan

die daar honderden jaren tevoren had geleefd.
Geesten. Ik wilde niet denken aan de mogelijkheid dat ik naar geesten keek.
'Een prachtig gezinnetje.'
'Dank u,' was het enige dat ik kon uitbrengen.
'Er is zoveel verdriet op de wereld.'
'Ja.' Mijn keel zwol op van emotie. 'Mevrouw Garner, herkent u deze man?' Ik liet haar de foto zien.
Het deed haar verdriet om naar hem te kijken. Ze knikte en wendde haar gezicht af. 'Dat is Lester. Ik heb in geen jaren aan hem gedacht. Ik probeer uit alle macht om niet aan hem te denken.'
Ze gaat me wegsturen, dacht ik.
'Denkt u echt dat mijn verhaal u kan helpen?'
'Iets anders kan ik niet verzinnen.'
'Doe hem iets aan.'
'Pardon?'
'We worden geacht de mensen die tegen ons zondigen te vergeven, maar ik wil dat u hem iets aandoet.'
'Gelooft u me, mevrouw Garner, als ik de kans krijg zal ik dat zeker doen.'
Ze greep de zijkanten van haar rolstoel. 'Ooit kon ik lopen. Ik kwam altijd als eerste aan voor de kerkdienst.'
Verward hoorde ik het nieuwe onderwerp aan.
'Ik zorgde ervoor dat ik eerder dan alle anderen in de kerk was. Nu vraag ik me af of ik niet te trots was, en of God me daarom gestraft heeft.'
'Wat er ook gebeurd is, mevrouw Garner, het was niet Gods schuld. Het was de schuld van Lester Dant.'

3

Hij had op de bovenste traptree van de kerk gezeten, met zijn rug tegen de deur.
'Een jongeman,' zei mevrouw Garner. 'Zijn hoofd was ge-

bogen, maar ook zonder dat ik zijn gezicht zag, wist ik dat ik hem niet kende. Zijn kleren waren gescheurd, dus eerst dacht ik dat hij een ongeluk had gehad of zo. Daarna dacht ik, omdat hij zijn hoofd zo liet hangen, dat hij misschien onder de invloed van drugs verkeerde. Maar voordat ik had besloten of ik hem moest gaan helpen of op de vlucht slaan, hief hij zijn hoofd op en keek hij me aan. Zijn blik was zo direct dat hij onmogelijk aan de drugs geweest kon zijn. Zijn ogen stonden gekweld. Ik vroeg of hij gewond was. "Nee, mevrouw," zei hij. "Maar ik ben ontzettend moe en ik heb een vreselijke honger."

Tegen die tijd waren er meer leden van de gemeente gearriveerd. De dominee kwam erbij. Maar niemand herkende de jongen. We vroegen hoe hij heette, maar hij zei dat hij dat niet meer wist. We vroegen waar hij vandaan kwam, maar dat wist hij ook niet meer. Zo te zien aan de scheuren in zijn kleren en de pas geheelde brandwonden op zijn armen dachten we dat hem iets vreselijks overkomen was, dat hij in shock verkeerde.

De dominee vroeg of de jongen met hem mee naar huis wilde, of hij iets wilde eten, maar de jongen wilde niet. "Nee," zei hij, "deze mensen wachten op de kerkdienst." Ik weet, dat klinkt te braaf om waar te zijn. Maar u was er niet bij. Iedereen die die ochtend naar de kerk kwam, maakte zich zulke zorgen om de jongen, en we waren allemaal zo getroffen door zijn onbaatzuchtige houding, dat we het idee kregen dat Gods hand onder ons was. We namen hem mee naar binnen. Ik ging naast hem zitten en gaf hem een bijbel, maar die opende hij niet. Ik vroeg me af of hij te versuft was om te kunnen lezen. Stelt u zich mijn verbazing voor toen de gemeente hardop voorlas uit de Schrift en hij alle passages uit het hoofd meedeed. Ik weet nog dat de dominee in zijn preek iets zei over dat we mededogen in ons hart moesten hebben, en dat we de ongelukkigen moesten helpen. Even keek hij zwijgend naar de jongen. Na afloop zei iedereen dat

het een van de meest ontroerende diensten was geweest die we in lange tijd hadden meegemaakt. De dominee nam de jongen mee naar huis. Hij vroeg mij en nog een paar gemeenteleden om hulp. We kookten een enorme hoeveelheid eten. We brachten schone kleren voor de jongen. Hij deed alles heel traag, alsof hij versuft was.
Wie was het, vroegen we ons af. Wat was er met hem gebeurd? Waar kwam hij vandaan? Hij werd door een arts onderzocht, maar ook die kon hem er niet toe brengen dat hij zich iets herinnerde. De politie had hetzelfde resultaat, en zij vroegen aan de staatspolitie of die misschien wist of er iemand die op de jongen leek, als vermist was opgegeven. Maar ook de staatspolitie kwam geen steek verder.'
Dat klonk logisch, dacht ik. Loganville lag in Ohio, maar de brand was in Indiana geweest. De politie van Ohio had waarschijnlijk besloten dat de aankomst van de jongen in Loganville niet zo belangrijk was dat ze over de staatsgrenzen heen moesten informeren. En al hadden ze dat wel gedaan, vragen aan de staatspolitie van Indiana waren zinloos geweest, want de brand was een plaatselijke aangelegenheid geweest waar de staatspolitie niet aan te pas was gekomen.
'Diverse gemeenteleden boden aan, de jongen in huis te nemen,' zei mevrouw Garner. 'Maar de dominee zei dat ik, omdat ik hem had gevonden, het recht had om hem in huis te nemen als ik dat wilde. Mijn echtgenoot was de meest genereuze ziel die men zich kan voorstellen. Vijf jaar eerder hadden wij een zoon verloren aan kanker.' Ze zweeg even, verstrikt in haar herinneringen. 'Ons enige kind. Als Joshua in leven was gebleven, zou hij even oud zijn geweest als de jongen die ik op de kerktrap had gevonden, leek te zijn. Ik kon het niet helpen, ik dacht dat God een reden gehad moest hebben om hem in ons leven te brengen. Als een soort...'
Mevrouw Garner kreeg het volgende woord niet over haar lippen.
'Als een plaatsvervanger?' vroeg ik.

Ze knikte, en de lijnen van de pijn verdiepten zich. 'Dat is ook een reden waarom ik geloof dat ik gestraft ben. Vanwege dat soort ijdele gedachten. Omdat ik dacht dat God mij zou uitverkiezen voor een speciale behandeling. Maar in die tijd kon ik geen weerstand bieden aan de gedachte dat er iets wonderbaarlijks aan het gebeuren was, dat mij een tweede zoon geschonken werd. Ik vertelde mijn echtgenoot wat ik hoopte, en meteen stemde hij in. Als ik de jongen bij ons wilde laten wonen zolang hij zijn problemen oploste, dan vond hij dat prima. Mijn man hield zoveel van me en...'
Haar stem viel weg. Ze draaide haar rolstoel iets naar me toe, zodat ze me recht kon aankijken. 'De jongen kwam bij ons wonen terwijl de autoriteiten probeerden uit te zoeken wie hij was. Hij was graatmager. Het kostte dagen van gezonde kost, gebraden kip en appeltaart, voordat hij een beetje op gewicht kwam. Zijn brandwonden waren genezen, maar de schrammen op zijn armen en benen, waar zijn kleren waren gescheurd, raakten ontstoken. Het verband moest regelmatig vernieuwd worden. Dat vond ik niet erg. Het deed me denken aan de verzorging van de zoon die we verloren hadden. Ik deed het met plezier. Maar ik bleef me maar afvragen wat er in vredesnaam met hem gebeurd was.
Ik legde boeken en tijdschriften op het tafeltje naast zijn bed, zodat hij wat te doen had terwijl hij lag te rusten. Na een tijdje merkte ik dat hij ze niet eens opengeslagen had. Toen ik hem vroeg of de lectuur niet naar zijn zin was, of hij iets anders te lezen wilde, omzeilde hij de vraag. En plotseling besefte ik dat hij niet lezen kon.'
Ik was op een schommelbank op de veranda gaan zitten. Nu fronste ik mijn voorhoofd. 'Maar u zei dat hij hele stukken uit de bijbel kon opzeggen.'
'Alles wat ik hem maar vroeg.'
'Dan snap ik het niet.'
'Ik vroeg of hij de achterkant van een pak cornflakes wilde voorlezen. Ik vroeg of hij een krantenkop wilde voorlezen.

Hij kon het niet. Ik legde een potlood en papier bij hem neer. De simpelste woorden kon hij niet schrijven. Hij was analfabeet. Wat betreft die bijbelpassages kon er maar één verklaring zijn. Iemand had hem de bijbel voorgelezen, had hem de passages die hem werden voorgelezen, uit het hoofd laten leren. Ik kreeg de koude rillingen bij de gedachte. Wat was er in godsnaam met hem gebeurd?'
'Dat is een van de weinige vragen waarop ik het antwoord weet.'
Haar blik was gespannen. 'Weet u dat?'
Ik knikte. Ik had al spijt dat ik haar onderbroken had. 'Zijn ouders hielden hem gevangen in een ondergrondse kamer.'
'Wát?'
'Voor zover ik heb kunnen achterhalen, geloofden zij dat de duivel in hem school, dat er maar één manier was om satan te verdrijven, namelijk om zijn hele hoofd te vullen met de bijbel.'
Mevrouw Garner keek me vol verbijsterde afschuw aan. 'Maar waarom leerden ze hem dan niet lezen en schrijven?'
'Ik ben nog bezig de puzzelstukken bij elkaar te zoeken. Misschien geloofden zij dat lezen en schrijven werktuigen van de duivel waren. Het verkeerde soort boeken zou maar leiden tot verkeerde gedachten en voor je het wist zat het hele huis vol zonde. De bijbel was het enige veilige boek, en de beste manier om ervoor te zorgen dat dat meteen het enige boek was dat Lester kende, was om het hem mondeling bij te brengen.'
Mevrouw Garners blik werd even wazig, alsof het haar duizelde. Ze liet haar hoofd hangen en masseerde haar slapen.
'Gaat het?' vroeg ik.
'Wat mensen elkaar niet allemaal aandoen.'
'Ik heb u verteld wat Lester mijn gezin heeft aangedaan. Wat heeft hij ú aangedaan?'
Er verstreken enkele seconden. Na enige tijd keek ze naar me op, haar ogen vol verdriet. 'Het was de beleefdste jon-

gen die ik ooit gezien had. De hele tijd vroeg hij of hij me ergens in huis mee kon helpen. Tegelijkertijd had ik nooit iemand gezien die zoveel problemen leek te hebben. Soms lag hij 's middags urenlang op zijn bed naar het plafond te staren. Dan beleefde hij God weet wat opnieuw. 's Nachts durfde hij niet te gaan slapen als het licht in zijn kast niet aan was. Vaak werd hij wakker van nachtmerries, gillend en schreeuwend. Die schenen iets te maken te hebben met de brand waarbij zijn armen waren verbrand. Dan ging ik zijn kamer in en probeerde hem te kalmeren. Ik nam hem in mijn armen, streelde zijn haar, fluisterde hem toe dat hij veilig was, dat niets hem kon deren waar hij nu was, dat hij niet meer bang hoefde te zijn.'

Ze zweeg even en wreef weer over haar slapen.

'Gaat het echt wel?' vroeg ik.

'Het is zo lang geleden. Waarom doet de herinnering nog steeds zo'n pijn?'

'Ik wilde u niet overstuur maken. Als u even wilt rusten... ik kan terugkomen als u...'

'Ik heb hier nooit met iemand over gesproken. Nooit. Misschien had ik dat moeten doen. Misschien had ik er nu niet meer zo'n last van als ik het iemand verteld had, als ik had geprobeerd het uit te leggen.'

'Wilt u het misschien aan mij uitleggen?'

Een hele tijd keek ze me gepijnigd aan, met onderzoekende blik. 'Een onbekende. Ja. Iemand wiens oordeel ik nooit meer zal hoeven aanhoren.'

'Ik vel geen oordeel, mevrouw Garner. Ik wil maar één ding, ik wil mijn vrouw en mijn zoon terug. Weet u iets dat me daarbij kan helpen?'

Ze vocht met haar gedachten. 'Op een avond kuste hij me op de wang. Een andere nacht, na een van zijn nachtmerries, toen ik hem in mijn armen had genomen en hem had gekalmeerd, gaf hij me weer een kusje op mijn wang. Althans, dat probeerde hij. Hij streek vlak langs mijn lippen, alsof hij had gemikt op mijn wang maar gemist had. Een eigenaardig moment. Ik stond op zodra hij was gekalmeerd. Ik voelde me ongemakkelijk, maar ik hield mezelf voor dat ik me iets inbeeldde, dat hij er niets mee bedoeld had.'

'Mevrouw Garner, u hoeft niet...'

'Jawel, ik moet wel. Ik moet het op een of andere manier van me af praten. Ik wilde zo graag voor de jongen zorgen dat ik mijn indrukken ontkende. Iedere intimiteit leek onschuldig. Bijvoorbeeld toen ik hem leerde lezen en schrijven. Dat was vroeger mijn beroep geweest: lerares aan een middelbare school. Dit was tegen het eind van de zomer. De scholen waren nog niet begonnen. Ik had tijd om te proberen hem iets bij te brengen. Ik gebruikte de bijbel, omdat hij die al kende. We zaten samen aan de keukentafel. Onze stoelen vlak naast elkaar. Niets aan de hand. Gewoon een docent en een leerling die aan tafel zaten te werken aan een schoolopgave, maar achteraf bezien besef ik dat hij dichterbij zat dan echt nodig was. Als hij me hielp met koken, raakte zijn hand soms even de mijne. Ik dacht er niets bij. Een van de redenen waarom ik dit nooit aan iemand heb verteld is dat ik bang ben dat het zal lijken alsof ik op een of andere manier...' Ze had moeite met de rest van de zin. '... genoot van wat er gebeurde. Maar zo was het allerminst. Ik weet dat er een boel verknipte mensen op de wereld zijn, meneer Denning. Maar ik ben een kerkse, godvrezende vrouw en ik verzeker u dat ik niet in staat ben te genieten van de aanraking van een tiener die ik beschouwde als mijn tweede kans op een zoon.'

Er volgde een onbehaaglijke stilte. Ik dwong me om te knikken, om haar aan te moedigen verder te gaan.

'Maar het gebeurde allemaal omdat ik zo verschrikkelijk graag voor hem wilde zorgen. Op een nacht, na een zoveelste nachtmerrie, toen ik hem in mijn armen hield, gleed zijn hand langs mijn...' Timide keek ze omlaag naar de voorkant van haar jurk. 'Het leek per ongeluk, maar uiteindelijk moest ik wel onder ogen zien dat er te veel van dit soort toevallige gebaren waren geweest, en ik zei hem dat bepaalde soorten aanraking niet gepast waren. Ik zei hem dat ik wilde dat we heel vertrouwd waren met elkaar, maar dat er verschillende soorten vertrouwdheid bestaan. Hij zei dat hij niet wist wat ik bedoelde, maar als ik wilde dat hij op een afstand bleef, dan zou hij dat doen.

De volgende nacht...' Ze kon niet verder. Haar ogen glinsterden en de tranen rolden bijna te voorschijn. 'Mag ik die foto van uw vrouw en zoon nog eens zien?'

Verbaasd pakte ik mijn portefeuille.

Ze bestudeerde de foto nog langer dan de eerste keer. 'Wat een prachtig gezinnetje. Hoe heten ze?'

'Kate en Jason.'

'Zijn jullie gelukkig getrouwd?'

'Heel erg gelukkig.' Nu raakte *mijn* stem verstikt.

'Is uw zoon een lief kind?'

'Een schat.' Ik werd hees.

'In welk opzicht komt u verder met mijn verhaal?' Haar ogen stonden vol tranen.

Als Kate en Jason inderdaad nog leven, dacht ik. Wat ik van dominee Benedict had gehoord, had me met wanhoop vervuld.

'Ik ga ervan uit dat hij bepaalde gewoonten heeft.' Ik moest mijn best doen om mijn ontmoediging te verbergen. 'Als ik hem kan begrijpen, kan ik misschien zijn spoor volgen.'

'Een spoor dat negentien jaar geleden begonnen is?'

'Ik kan niets anders verzinnen.'

'Hij heeft me verkracht.'

Het werd dodelijk stil op de veranda, afgezien van haar gesnik. Tranen biggelden over haar wangen.

Ik voelde me verlamd, ik probeerde over de shock heen te komen. 'Wat vreselijk. Ik had u niet mogen vragen om erover te praten.'

'Er niet over praten?' Haar tranen maakten vuurrode vlekken op haar gezicht. 'God sta me bij, ik zit dit allemaal al jaren op te kroppen. Dát is het erge. Mijn man was hoofd van de school waar ik lesgaf. Tegen zonsondergang belde de conciërge dat er een waterleiding was gebarsten. Mijn man ging er zo snel mogelijk heen om te kijken hoe ernstig de schade was. Ik begon me klaar te maken om naar bed te gaan. De jongen... die ellendige klootzak, die godvergeten lamstraal...'

Ik was geschokt door de stroom van wat voor mevrouw Garner vreselijke schuttingtaal moest zijn.

'... kwam mijn slaapkamer binnen terwijl ik me aan het uitkleden was. Hij smeet me op de grond en... Ik kon niet geloven hoe sterk hij was. Hij zag er zo fragiel uit, maar hij overmeesterde me alsof hij de kracht van de duivel bezat. Hij noemde me Eunice, maar hij wist donders goed dat ik Agnes heet. Ik probeerde me te verzetten. Ik krabde. Ik schopte. Toen zag ik zijn vuist op me af komen. Tweemaal. Driemaal. Ik stikte bijna in mijn eigen bloed, en ik lag half bewusteloos op de grond terwijl hij...'

Haar stem begaf het. Ze haalde een zakdoek uit de mouw van haar jurk en bracht die naar haar wangen.

'Daarna...' Er drupten een paar tranen op haar kin. 'Eerst moest ik braken... En daarna, toen ik de kracht kon opbrengen om overeind te komen, toen zag ik laden openstaan. Ik besefte dat hij alles van enige waarde had gestolen dat hij in zijn zakken kon proppen. Maar dat was wel het laatste waar ik aan dacht. Ik wankelde naar de telefoon om de politie en een ambulance te bellen, maar plotseling realiseerde ik me dat ik dat niet maken kon. Ik dacht aan de gemeente, en de stad, en de school waar mijn man en ik werkten, en ik stelde me voor hoe iedereen me zou aanstaren. O, zeker, ze zouden medelijden hebben. Maar dat zou hen er niet van weerhouden om aan iedereen die ze kenden te vertellen wat er met Agnes Garner was gebeurd. Medelijden zou niet verhinderen dat ze zouden staren, en het zou niet verhinderen

dat de leerlingen het zouden horen, en die zouden nog harder staren dan hun ouders. Verkracht. Verkracht.
Ik aarzelde bij de telefoon. Ik weet nog dat ik mezelf inprentte dat ik hulp moest inschakelen, dat ik bijna van mijn stokje ging. In plaats daarvan strompelde ik naar de badkamer. Met mijn laatste krachten wist ik de badkuip in te komen en kon ik me wassen waar hij...' Ze veegde nog meer tranen van haar gezicht. 'Toen kleedde ik me aan. Toen belde ik de politie. En geen arts heeft ooit de gelegenheid gekregen om me verder te onderzoeken dan mijn kapotgeslagen lippen en mijn gekneusde wangen. Ik zei tegen iedereen dat ik de slaapkamer binnenkwam en hem daar betrapte toen hij geld en juwelen aan het stelen was. Niet dat ik veel juwelen had. Daar ben ik het type niet voor. Alles bij elkaar nam hij zowat driehonderd dollar mee. Die waren vervangbaar. Maar een simpele halsketting die ik van mijn grootmoeder had gekregen, die was onvervangbaar.
Mijn man kwam thuis vlak nadat de politiewagen was gearriveerd. De politie ging op zoek naar de jongen, maar ze hebben hem nooit gevonden. Misschien sliep hij in het bos. Misschien was hij gaan liften en met iemand meegereden, de grens over. De volgende dag kwam dominee Benedict uit Brockton. Ik hoorde dat de jongen Lester Dant heette. Ik hoorde over de brand waarbij zijn ouders waren omgekomen. Maar ik heb nooit aan dominee Benedict of aan dominee Hanley verteld wat er werkelijk in die slaapkamer was gebeurd. Toen het bekend werd, staarden de mensen inderdaad, ja, maar dit was een soort staren waar ik tegen kon. We hadden een jongen in huis genomen. Hij had ons terugbetaald door mij in elkaar te slaan en onze spullen te stelen. Ik was het soort slachtoffer waar de stad iets mee kon.'
'Ik kan u niet zeggen hoe vreselijk ik dit vind,' zei ik.
'Eunice,' zei ze op gekwelde toon. 'Waarom noemde hij me in godsnaam "Eunice"?'
Ik gaf geen antwoord.

'U weet over die ondergrondse kamer waar zijn ouders hem gevangenhielden. Wat weet u verder nog? Hebt u enig idee waarom hij me Eunice noemde?'
Haar toon was zo smekend dat ik, eer ik het doorhad, 'Ja' antwoordde.
'Waarom dan?'
'Weet u zeker dat u dit wilt horen?'
'Ja, net zoals ú antwoorden wilt horen.'
Ik aarzelde. 'Eunice was de naam van zijn moeder.'
Mevrouw Garner kreunde.
'Het klinkt alsof iemand moest boeten voor...'
'Zijn moeder. Hij wilde zijn moeder laten boeten. God sta me bij.' Haar stem brak van de wanhoop. 'Doe hem pijn. Denk aan wat u beloofd hebt. Als u hem vindt, doe hem dan iets aan.'
'Dat beloof ik u.'

4

Terwijl ik naar mijn auto liep, probeerde ik mevrouw Garner niet te laten merken hoe ontmoedigd ik me voelde. 'Als u hem vindt,' had ze gezegd. Maar ik geloofde er niet meer in dat ik hem ooit zou vinden. Ik had geen idee waar Lester Dant die avond heen gegaan was, en daarom had ik geen idee hoe ik nu verder moest. Erger nog, ik zag niet in wat het nog voor zin had om het te proberen. Lester was veel verknipter dan was gebleken uit de informatie van de FBI. Ik kon me niet voorstellen dat hij Kate en Jason in leven gelaten had. Rouwend om mijn gezin liet ik me achter het stuur zakken. Haat en verdriet streden om voorrang. 'Doe hem pijn', had mevrouw Garner gesmeekt. Ja, hem pijn doen, dacht ik. Razend van woede reed ik langs keurige gazons en strak gesnoeide heggen. Bij een kruispunt aangekomen sloeg ik rechts af. Bij het volgende kruispunt ging ik links. Zonder reden. Zonder richting.

Zo bleef ik een hele tijd domweg rondrijden door het welvarende agrarische plaatsje, totdat ik besefte dat ik bepaalde huizen en winkels voor de vijfde of zesde keer passeerde. Eindelijk raakte ik door vermoeidheid overmand en stopte ik bij een motel dat Reizigersoase heette, aan de rand van de stad.

Het was nog geen vijf uur, maar het voelde aan als middernacht toen ik mijn koffers en mijn rugzak naar een kamer met uitzicht op de parkeerplaats sjouwde. Ik was te uitgeput om de Spartaanse inrichting te verkennen. Ik liep terug naar de auto om mijn printer en mijn laptop te halen. Ik vroeg me af waarom ik die eigenlijk meegenomen had. Ze namen ruimte in beslag. Ik had er niets mee gedaan.

Misschien wordt het tijd om naar huis te gaan, dacht ik.

In Denver was het twee uur vroeger. Ik pakte de telefoon.

'Detectivebureau Payne,' zei een bekende mannenstem.

'Neemt u tegenwoordig zelf de telefoon op?'

Even antwoordde Payne niet. 'Ann moest naar de dokter.' Ann, zijn receptioniste, was tevens zijn vrouw. 'Hoe is het, Brad?'

'Is mijn stem zo herkenbaar?' Ik dacht aan de gezette man naast zijn aquarium met goudvissen.

'Ik had aan u zitten denken. De vorige keer dat u belde, zat u in South Dakota. U zei dat u terug zou bellen, en toen u dat niet deed werd ik bezorgd. Wat doet u in...' Ik hoorde Paynes vingers op een computertoetsenbord tikken. 'De Reizigersoase in Loganville, Ohio?'

'Klinkt alsof u een nieuw computerprogramma hebt.'

'Het houdt me van de straat. Wat doet u daar?'

'De moed opgeven.'

'Dat spijt me. Ik dacht dat u, zolang u onderweg was, zichzelf niets vreemds aan zou doen. Maar u bent dus niets verder gekomen, neem ik aan.'

Vermoeid ging ik op het bed zitten. 'Integendeel. Ik ben te ver gekomen. Maar dat brengt me nergens.'

'Behalve in de Reizigersoase van Loganville, Ohio.'
Payne probeerde het te laten klinken als een grap, maar ik kon er niet om lachen. 'Ik had gehoopt een patroon te vinden,' zei ik in de telefoon.
'Soms is er ook een patroon. Alleen herkennen we het niet.'
'Ja, nou, mijn patroon is zinloos.' Iets wat Payne had gezegd kwam weer bij me boven – de sombere manier waarop hij het had gezegd. 'Ann moest naar de dokter? Iets ernstigs?'
'Dat weten we nog niet.'
'... O.'
Hij aarzelde. 'Een knobbel in haar borst, maar misschien is het gewoon een cyste. De dokter doet een biopsie.'
Vermoeid ademde ik in. 'Ik zal haar in mijn gebeden gedenken.'
'Bedankt.'
'Voordat dit allemaal gebeurde, zou ik nooit zoiets gezegd hebben.'
'Dat u voor iemand zou bidden?' vroeg hij.
'De afgelopen paar dagen heb ik twee dominees gesproken en een heel vrome, heel aardige mevrouw. Waarschijnlijk verkeer ik nog onder hun invloed. Het probleem is dat ik ook van alles heb gehoord over een man die door zijn ouders in een monster is veranderd. Lester Dant.'
'Dus nu gelooft u in hem.'
'O, ik geloof beslist in hem. God sta me bij.'
'Alweer een gebed,' zei Payne.
'Morgen ga ik op weg naar huis. Ik bel zodra ik terug ben. Misschien is tegen die tijd de uitslag van de biopsie bekend.'
'Misschien.' Paynes stem werd zwakker. 'Goede reis.'
'Bedankt,' prevelde ik, voordat ik ophing.
Alstublieft, God, laat zijn vrouw gezond zijn, dacht ik.
Ik ging op bed liggen en sloot mijn ogen. De gordijnen sloten het late namiddaglicht buiten. Ik had zin om voorgoed in slaap te vallen.

Alstublieft, God, ik hoop dat U Kate en Jason niet hebt laten lijden.
Tegen wil en dank moest ik denken aan de goede en slechte dingen die religie met mensen kon doen. Tegen wil en dank moest ik eraan denken hoe Lester Dant van de ene kerk wegliep en bij de volgende opdook en...

5

Ik schrok zo van mijn eigen idee dat ik meteen recht overeind zat. Opgewonden kwam ik van bed toen ik dacht aan wat Lester Dant, die zich voordeed als mijn broer, me meer dan een jaar geleden had verteld.
'Toen ik van hot naar her aan het zwerven was, leerde ik dat je zonder enige moeite een gratis maaltijd kunt krijgen als je je aanmeldt bij kerkelijke bijeenkomsten na de zondagochtenddienst.'
Jezus, dacht ik, hij moest gewoon doorgegaan zijn met wat kennelijk werkte. Hij moest naar een andere kerk gegaan zijn, in een ander klein stadje. Payne had gelijk. Er was een patroon. Ik had het alleen niet herkend.
Haastig zette ik mijn computer en mijn printer op een tafel naast het bed. Ik trok de telefoonstekker uit de muur en plugde mijn eigen lijn in, nadat ik hem had aangesloten op de computer. Toen zette ik de computer aan en wijzigde de instellingen van mijn internetbrowser, zodat ik gebruik kon maken van het AOL-nummer in het telefoondistrict van Loganville.
Daarna ging ik naar een site met landkaarten en drukte ik een kaart van Ohio af, samen met kaarten voor de omringende staten Michigan, Indiana, Kentucky, West-Virginia en Pennsylvania. Wat ik wilde, was een lijst met plaatsnamen. Dant zou grote steden gemeden hebben. Dat wist ik zeker. Na de verstikkende ervaring van zijn ondergrondse gevangenis stelde ik me voor dat hij zou terugdeinzen voor overvolle steden.

De kaarten leverden honderden namen op. Te veel om bruikbaar te zijn, maar het was een begin. Ik maakte de lijst bruikbaarder door de namen weg te strepen van plaatsen die al te diep in de andere staten lagen. Daarna haalde ik Indiana weg, want ik was er zeker van dat Dant niet terug had gewild naar de plek waar hij vastgezeten had. Nu waren Ohio, Michigan in het noorden, Kentucky en West-Virginia in het zuiden en Pennsylvania in het oosten over.

Maar de plaatsen in die staten waren niet waar mijn belangstelling naar uitging. Ik wilde de namen van kerken in die plaatsen. Ik typte 'kerken in Ohio' in het zoekvenster van mijn internetprogramma. Er werd een lijst weergegeven, compleet met lokaties en webadressen. Die vergeleek ik met de plaatsen op mijn kaart. Datzelfde deed ik met kerken in Michigan, Kentucky, West-Virginia en Pennsylvania. Ik verwijderde alle kerken met namen van heiligen, want volgens mij zou Dant katholieke, anglicaanse en Grieks-orthodoxe kerken gemeden hebben. Die hadden een theologie en een liturgie die hem wezensvreemd waren. Ik probeerde protestantse gemeentes te vinden en ik...

Ik werd afgeleid door een luide klop op mijn deur.

Met een ruk draaide ik mijn hoofd om.

Er scheen allang geen zonlicht meer door de gordijnen. Ik keek op mijn horloge. Er waren bijna zeven uren verstreken. De wijzers stonden bijna op middernacht.

Nogmaals werd er hard geklopt. 'Meneer Denning?' vroeg een mannenstem.

Toen ik opstond, deden mijn benen pijn van het lange zitten. Ik ging naar de deur, loerde door het kleine kijkgaatje en zag een oudere man met een jasje en een das. Ik liet de borgketting op de deur zitten toen ik opendeed en door de tien centimeter brede spleet keek. 'Wat is er?' Ik knipperde met mijn ogen tegen het schelle licht van de schijnwerpers op de parkeerplaats.

'Ik wilde gewoon even kijken of alles in orde was. Volgens

onze computer zit u al sinds vijf uur aan de telefoon, maar toen ik probeerde de lijn te bereiken om te zien of u niet in slaap gevallen was met de hoorn van de haak, kreeg ik alleen maar ruis.'

'Ik doe wat achterstallig kantoorwerk.'

De man keek verbaasd.

'Via het internet,' zei ik met een gebaar naar mijn computer op de hoektafel, die hij naar ik later besefte natuurlijk niet kon zien.

De man keek nog verbaasder.

'U hebt mijn creditcardnummer,' zei ik. 'Ik betaal natuurlijk alle telefoonkosten.'

'Nu ja, zolang alles in orde is.'

'Kan niet beter.'

'Dan wens ik u nog een fijne avond.'

Hij ging weg, en ik merkte dat ik een bonzende hoofdpijn had, en krampen in mijn maag. Door de spleet in de deur zag ik een felle rood-met-blauwe lichtreclame aan de overkant van de straat. De woorden STEAKS 'N SUDS flikkerden me tegemoet. Twee enorme vrachtwagens stonden aan de rand van de volle parkeerplaats.

Eigenlijk wilde ik de tijd er niet voor nemen, maar ik zei bij mezelf dat ik niets kon betekenen voor Kate en Jason als ik niet zorgde dat ik op krachten bleef. Dus verbrak ik de internetverbinding, deed de kamer achter me op slot en liep in de richting van de countrymuziek, een jukebox die iets jengelde over een man die trouw en een vrouw die ontrouw was, die vanuit de open ramen van het restaurant naar buiten dreef.

6

Veertig minuten later lag de biefstuk met brood die ik had gegeten als een steen op mijn maag. Ik dacht terug aan het uitermate gezonde dieet dat ik had gevolgd als voorberei-

ding op mijn zoekactie. Morgen begon ik weer, zwoer ik. Morgen.
'Hier is uw koffie om mee te nemen,' zei de dienster.
'Dank u.'
Toen ik het restaurant uit liep, net toen ik de parkeerplaats wilde oversteken, hoorde ik iets waardoor ik bleef staan. De jukebox was opgehouden, maar de gesprekken van de mensen in het restaurant klonken zo luid dat ik mijn best moest doen om te horen wat het was. Rechts van me. Om de hoek van het restaurant. Daar was het weer. Gekreun.
Een vrouw die kreunde.
'Dacht jij dat jij zomaar bij mij weg kon?' Een gedempte mannenstem klonk om de hoek. 'Dan ben je nog stommer dan ik altijd al gezegd heb.'
Er klonk een metalige dreun, alsof er iemand tegen een auto was gevallen. Nog meer gekreun.
Binnen begon de jukebox weer te spelen, iets over verlaten kamers en eenzame harten. De voorzichtige Brad die ik ooit geweest was, zou teruggegaan zijn, het restaurant weer in, om de beheerder te zeggen dat hij de politie moest bellen. Maar hoe lang zou het duren eer de politie er was, en wat kon er in die tussentijd niet allemaal gebeuren?
Toen ik me voorstelde dat Petey misschien Kate sloeg, ritste ik de gordeltas open die ik altijd droeg. In de wetenschap dat ik het pistool kon trekken als ik het nodig had, liep ik naar de hoek van het restaurant. Aan die kant zaten maar een paar ramen. In het donker na het felle schijnsel van de tl-lichten moesten mijn ogen even wennen voordat ik schaduwen zag bewegen tussen twee geparkeerde auto's; een man die een vrouw aan het slaan was.
'Hou op,' zei ik.
De man keerde zich als gestoken om. In het vage licht zag ik een vlezig gezicht. Een ketting aan zijn riem zat vast aan een dikke portefeuille in zijn achterzak. 'Dit is een privégesprek. Hou je erbuiten.' Hij schoof de vrouw tegen het as-

falt. 'Dus jij wou niet meer bij mij blijven? Nou, je leeft met mij of je leeft níét.'
'Ik zei, ophouden.'
'Rot op, man, of ik begin met jou als ik klaar ben met mijn eigen zaken.'
'Rot op? Dat zijn nou juist de twee woorden waar ik het meest de pest aan heb.'
'Je hebt me verstaan, makker.' De man hees de vrouw overeind en duwde haar een auto in. Toen ze probeerde naar buiten te klauteren, gaf hij haar weer een mep.
'Maar jij verstaat mij kennelijk niet.' Veilig met het pistool in mijn tas stapte ik dichterbij.
'Oké, ik heb je de kans gegeven om je erbuiten te houden!' De man wendde zich weer naar me toe. 'Nu ben jij aan de beurt.'
'Ik bof maar weer.'
Hij dook op me af.
Ik had de koffie in mijn linkerhand. Die was zo heet dat ik mijn vingers door het plastic heen brandde. Ik rukte het deksel van de beker en smeet de dampende inhoud naar het gezicht van de man, waarbij ik op zijn ogen mikte.
Met een kreet sloeg de man zijn handen voor zijn verbrande gezicht.
Ik stak twee stijve vingers in zijn maagstreek, vlak onder de v van zijn ribbenkast, exact zoals me geleerd was.
Met een geluid alsof hij moest overgeven klapte de man dubbel.
Ik schopte opzij, naar een zenuw die langs de buitenkant van zijn linkerdij liep.
Zijn verlamde been hield zijn gewicht niet meer en hij rolde op de grond, waar hij nog harder begon te gillen van de pijn.
Ik rukte zijn handen voor zijn gezicht weg en perste de muis van mijn rechter handpalm tegen zijn neus, een-, twee-, driemaal. Ik hoorde kraakbeen knappen. Ik deed een stap achteruit toen het bloed begon te spuiten.

Hij viel op het plaveisel en bleef roerloos liggen. Klaar om nog meer klappen uit te delen schoof ik hem op zijn zij zodat het bloed uit zijn neus kon lopen. Ik tastte naar een polsslag, vond die, rook zijn zure alcoholadem en wendde me tot de vrouw die als een vaatdoek in de auto zat. 'Gaat het?' Ze kreunde. Met afgrijzen zag ik de kneuzingen in haar gezicht.

'Kunt u het opbrengen om te rijden?' vroeg ik.

'Ik...' De vrouw wankelde toen ik haar de auto uit hielp. Haar lippen waren gezwollen. 'Ja.' Ze haalde diep adem. 'Dat zal wel lukken. Maar...'

'Doe dat dan.'

Achter me begon de man te kreunen.

'Gauw,' zei ik. 'Voordat hij wakker wordt.'

Vanuit bont en blauw geslagen ogen keek de vrouw verward om zich heen. Kneuzingen die zo diep zaten, kwamen niet zomaar in een paar minuten opzetten, wist ik. Die waren het gevolg van heel wat andere meppartijen.

'Rijden?' vroeg ze klaaglijk? 'Hoe dan? Ik ben hierheen komen hollen. Ik hoopte dat ik geld kon lenen van een vriendin die hier werkt. Maar toen bleek dat zij zich ziek had gemeld. En in plaats daarvan stond hij me op te wachten.'

Ik bukte me naar de man op de grond en controleerde of hij nog steeds buiten bewustzijn was. Ik trok zijn autosleutels uit zijn broekzak. Toen nam ik zijn dikke portefeuille uit zijn kontzak en haalde al het geld eruit – honderd dollar, zo te zien.

'Hier,' zei ik tegen de vrouw. Ik pakte mijn eigen portefeuille en gaf haar het grootste deel van mijn eigen geld, ongeveer tweehonderd dollar.

'Dat kan ik niet aannemen,' zei ze.

'Mijn vrouw zou gewild hebben dat ik dit aan u gaf.'

'Waar hebt u het over?'

'Pak aan. Alstublieft. Voor mijn vrouw.'

De vrouw keek me eigenaardig aan, alsof ze probeerde een

raadsel op te lossen. 'Mijn zus woont in Baltimore,' zei ze toen ik haar de autosleutels van de man gaf.

'Nee, daar gaat hij natuurlijk het eerst zoeken,' zei ik. 'Als u een bank beroofd had, zou u dan naar uw zus vluchten? Veel te voor de hand liggend. U moet doen alsof u op de vlucht bent voor de politie.'

'Maar ik heb niets gedaan!'

'Dat moet u zich voorhouden. U hebt niets gedaan. Maar die klootzak daar wel. U moet in gedachten houden dat u maar één doel in het leven hebt, en dat is om bij hem uit de buurt te blijven.' In Denver, toen het leven nog normaal was, was ik trots geweest op het vrijwilligerswerk dat Kate had gedaan als stressconsultant bij het opvanghuis voor mishandelde vrouwen. Ik wist hoe het ging. 'Kies een stad waar u nooit geweest bent. Pittsburgh.' Ik koos de naam zomaar. 'Bent u ooit in...'

'Nee.'

'Dan gaat u naar Pittsburgh. Dat is hier maar een paar honderd kilometer vandaan. Laat de auto bij een busstation staan en ga naar Pittsburgh. Daar kijkt u in het telefoonboek bij sociale diensten. En bel het nummer van het opvanghuis voor vrouwen.'

7

Ik lag te rillen in mijn motelkamer, verbijsterd over de woede die zich van me meester had gemaakt. Even, toen die hufter op me afgekomen was, had ik hem bijna neergeschoten. De enige reden waarom ik dat niet gedaan had, was dat door het schot allerlei mensen uit het restaurant zouden zijn gekomen. Dan had iemand me kunnen zien. De politie zou achter me aan gekomen zijn. En ik kon natuurlijk niet op zoek naar Kate en Jason als ik achter tralies zat.

8

Om redenen die belangrijk zijn voor mijn gezin en voor mij, stond in mijn e-mail, *ben ik op zoek naar informatie over een jongeman die negentien jaar geleden tegen het eind van de zomer of in het najaar naar uw kerk gekomen kan zijn. Ik besef dat het moeilijk moet zijn om zo ver terug te gaan, maar volgens mij moeten de omstandigheden zo ongebruikelijk zijn geweest dat iemand in uw gemeente zich hem kan herinneren. De jongen moet een jaar of vijftien zijn geweest. Hij zal in elkaar gestort zijn tegen de voordeur van uw kerk, kort voor de zondagsdienst, zodat de eerste die bij de kerk aankwam hem daar gevonden moet hebben. Hij zal gescheurde kleren aangehad hebben en hij moet onder de krassen en schrammen gezeten hebben, alsof hij een ongeluk had meegemaakt. Hij zal zich zijn naam niet herinnerd hebben, en hij zal niet meer geweten hebben wat er met hem was gebeurd of hoe hij bij uw kerk was beland. De gemeenteleden moeten voor hem gezorgd hebben, met name vrouwen, want in zijn blik lag iets dat moederinstincten opwekte. Hij kon de bijbel uit zijn hoofd opzeggen, maar verder kon hij niet lezen of schrijven. Iemand, waarschijnlijk een vrouw, zal geprobeerd hebben om hem dat te leren. Uiteindelijk zal hij gestolen hebben van de mensen die hem hielpen. Misschien zal hij ze ook mishandeld hebben, en daarna moet hij de stad uit gevlucht zijn. Misschien 'herinnerde' hij zich tegen het einde dat hij Lester Dant heette. Als u iets weet over iemand die hierop lijkt, stuurt u mij dan een e-mail naar bovenstaand adres. Ik moet absoluut alles leren wat ik over deze persoon te weten kan komen. Een jaar geleden heeft hij mijn vrouw en mijn zoon ontvoerd.*

9

De volgende ochtend, na een onrustige nacht, verzond ik dit bericht naar de e-mailadressen van alle kerken op mijn lijst. Ik staarde naar mijn computerscherm en vroeg God stilzwijgend om hulp. Nu kon ik alleen nog wachten.
Uiteindelijk moest ik wel in beweging komen, want ik moest plassen. Maar toen ik eenmaal opgestaan was, herinnerde ik me Paynes woorden dat ik, zolang ik in beweging was, mezelf waarschijnlijk niets zou aandoen. Ik ging acht kilometer hardlopen. Ik kwam terug om te kijken of er al e-mail was. Niets. Ik deed een uur lang allerlei fitnessoefeningen en keek weer of er mail was. Nog steeds niets.
Wat had ik verwacht? Dat er bij iedere kerk iemand zat die 's ochtends trouw de e-mail doornam, dat mijn bericht zich als een lopend vuur door de gemeente zou verspreiden, dat mensen die zich iets herinnerden in de trant van de gebeurtenissen die ik had beschreven, meteen een e-mail terug zouden sturen? Ik moet geduld hebben, hield ik mezelf voor. Ook in kleine plaatsjes gaat het nieuws niet zo snel als ik zou willen. Als er al een antwoord komt, dan krijg ik dat waarschijnlijk niet voor de avond.
Dus nam ik een douche, kleedde ik me aan en probeerde ik wat te lezen. Ik ging naar buiten en kocht een broodje. Ik maakte een wandeling. Ik keek CNN. Maar voornamelijk bleef ik kijken of er al e-mail was. Niets. Tegen middernacht gaf ik het op, deed ik het licht uit en probeerde ik te slapen. Maar de bewusteloosheid wilde niet komen, na verloop van tijd verbrak ik mijn belofte van de vorige avond aan mezelf en liep de straat af naar een restaurant met bar waar ik niet herkend zou worden. Als de man die ik in elkaar geslagen had naar me op zoek was, zou hij dat logischerwijze doen in het restaurant tegenover het motel. Ditmaal waren er vier bier en een glas bourbon voor nodig eer ik me zo versuft voelde dat ik naar mijn kamer terug kon om te proberen de

slaap te vatten. Zo ga ik nog naar de hel, zei ik bij mezelf. Ik zít al in de hel.

Rond het ochtendgloren werd ik wakker, maar nog steeds was er geen bericht. Weer een dag wachten. De tijd sleepte zich voort totdat ik toegaf dat het natuurlijk ook stom was geweest om enige hoop te koesteren. Ik had niet de moed opgebracht om me voldoende met Lester Dant te identificeren. Ik had het bij het verkeerde eind gehad met mijn voorspelling over waar hij negentien jaar eerder heen was gegaan en wat hij had gedaan toen hij daar aankwam. Ik zwoer dat ik mijn leven niet op deze manier wilde voortzetten en vroeg me af of ik mijn leven überhaupt wilde voortzetten. Ik keek of er e-mail was en voelde al mijn spieren verstrakken toen ik zag dat er vier berichten waren.

10

Ik wist zeker dat het een zinsbegoocheling was, dat ik mezelf iets wijsmaakte, dat ik schimmen zag. Met een gevoel van onwerkelijkheid staarde ik naar de berichten. Met onvaste gebaren printte ik ze uit. Ze kwamen alle vier uit verschillende staten: Kentucky, West-Virginia, Pennsylvania en Ohio. Aanvankelijk lagen ze op alfabetische volgorde van afzendernaam, maar nadat ik ze een aantal malen herlezen had, legde ik ze zo dat ze een geografische en chronologische vertelling vormden.

Meneer Denning, begon de eerste mail, *uw bericht was zo schokkend dat het even heeft geduurd voordat ik me in staat achtte om te antwoorden. Mijn man zei dat ik mezelf geen verdriet moest aandoen, maar ik lijd onder de gedachte dat ook andere mensen deze ellende hebben meegemaakt.* De schrijfster was een mevrouw Donald Cavendish, en de details van haar verhaal kwamen exact overeen met wat mevrouw Garner me had verteld. Als ook hier verkrachting had plaatsgevonden, maakte mevrouw Cavendish daar geen gewag van, maar ik kreeg een verontrustend gevoel van dieper verdriet dan de naakte feiten van haar verhaal konden overbrengen. Alleen had hij zichzelf niet Lester genoemd. Hij had helemaal geen naam gebruikt. De avond van zijn verdwijning had hij hun huis in brand gestoken.

Dit was eind september gebeurd, een maand nadat hij mevrouw Garner had verkracht. Wat was er in de tussentijd gebeurd? Ik keek op mijn kaarten en zag dat de stad in Kentucky driehonderd kilometer van Loganville in Ohio lag. Toen Lester door het geld heen was dat hij van mevrouw Garner had gestolen, had hij toen rondgezworven, had hij ingebroken en slijterijen overvallen en van de opbrengst geleefd totdat zijn pad hem naar Kentucky had gevoerd?

Het volgende bericht (althans, in mijn volgorde) kwam uit de aangrenzende staat West-Virginia en beschreef gebeurtenissen een jaar later, toen Lester (hij gebruikte alleen zijn voornaam) was opgenomen in een kerks gezin waarvan hij uiteindelijk de tienerdochter had misbruikt. De dochter stuurde me de e-mail, en vertelde wat ze voor haar ouders had verzwegen totdat ze volwassen was. Lester had haar gewaarschuwd dat hij, als ze iemand zou vertellen wat hij gedaan had, op een avond terug zou komen om haar te vermoorden. Om te bewijzen dat hij het meende, had hij haar kat voor haar ogen gewurgd. De volgende avond had hij het huis leeggeroofd, de auto van het gezin gestolen en was hij verdwenen. De politie had de uitgebrande auto driehonderd kilometer verderop gevonden, maar hoewel Lester weg was, had het lange tijd geduurd voordat de dochter geen nachtmerries meer over hem had.

Het derde bericht, uit Pennsylvania, beschreef gebeurtenissen die vreemd genoeg acht jaar later hadden plaatsgevonden. Zijn voornaam had hij ingekort tot 'Les'. Hij ging nu anders te werk. Hij was midden in de twintig en bezat niet langer die uitstraling van kwetsbaarheid die het hem zo gemakkelijk had gemaakt om zich voor te doen als slachtoffer, zodat hij het mededogen van een kleinsteedse kerkgemeente voor zich kon winnen. Ditmaal was hij bij de kerk opgedoken en had hij aangeboden om allerhande karweitjes op te knappen in ruil voor maaltijden. Zijn verbluffende vermogen om iedere gewenste bijbelpassage uit het hoofd op te zeggen, had de gemeente voor hem ingenomen. Ditmaal had hij de kerk platgebrand.

Maar het meest verontrustende was het vierde bericht. Dat kwam van een man die gebeurtenissen beschreef die dertien jaar na de brand waarbij Lester Dants ouders waren omgekomen, hadden plaatsgevonden. Ditmaal had Lester, toen hij verdween, de vrouw van de man meegenomen. Ze was nooit teruggevonden. Maar Lester had niet zijn voornaam gebruikt, of de afkorting 'Les'. Hij had een compleet andere voornaam gebruikt. Ik kreeg het er koud van.

Peter.

Huiverend tot op mijn ziel staarde ik naar de kaarten en de lokaties van de plaatsen. Van Crawford in zuidoostelijke richting naar Loganville in Ohio, toen verder naar het zuidoosten, naar de plaats in Kentucky, vervolgens naar West-Virginia, toen noordoostelijk naar Pennsylvania en ten slotte pal west naar de plaats in midden-Ohio, tachtig kilometer van de plek waar ik was opgegroeid. Een maand. Een jaar. Acht jaar. Dertien jaar.

In de tussenliggende tijden was hij naar afgelegen plaatsen op het platteland geweest (dat was te lezen in zijn FBI-rapport), maar steeds was er iets waardoor hij terugkeerde, en ik kon niets doen aan het gevoel dat het patroon op de kaarten een spiraal was die hem terugbracht naar de plek waar alles was begonnen.

Deel Zes

1

Het was meer dan een kwart eeuw geleden dat mijn moeder en ik uit Woodford weg moesten en bij haar ouders in Columbus moesten gaan wonen. Payne had me verteld dat Woodford tegenwoordig een bloeiende slaapstad was voor de oprukkende grote stad. Maar ik had me niet goed gerealiseerd wat dat inhield. Toen ik de afslag van de snelweg had genomen en over een pas geasfalteerde weg de stad in reed, stelde ik mijn geheugen op de proef. Ik was amper veertien geweest toen mam en ik hier weggegaan waren. Toch herinnerde ik me, van alle keren dat zij en pap Petey en mij hadden meegenomen op bezoek bij haar ouders, dat er uitgestrekte akkers hadden gelegen langs de weg naar de snelweg. Het grootste deel daarvan was nu verdwenen om plaats te maken voor percelen met grote huizen op weinig grond. Het panoramische uitzicht waar eigenaars aanvankelijk op af gekomen waren, was ten prooi gevallen aan verdere ontwikkelingen. Ter compensatie waren er parkachtige omgevingen aangelegd.

Aan wat ooit de rand van de stad was geweest, passeerde ik de meubelfabriek waar mijn vader ooit voorman was geweest. Nu was het een restaurant annex bioscoop annex winkelcentrum. Het industriële karakter van het gebouw was behouden en gaf een indruk van plaatselijke geschiedenis. Het centrum, een raster van zes straten met winkels, zag er beter uit dan in mijn jeugd. De rijen lage bakstenen gebouwen waren kortgeleden gezandstraald en alles zag er nieuw uit, hoewel de gebouwen dateerden uit het begin van de twintigste eeuw. Een straat was afgesloten voor verkeer en was tot voetgangerszone gebombardeerd, met bomen en plantenbakken tussen caféterrassen, een fontein en een muziekkapel.

Het was er zo druk dat het even duurde voordat ik een parkeerplek had gevonden. Mijn emoties trokken en duwden aan me. Toen ik klein was, leek het zo'n grote stad. En nu was het effect hetzelfde, maar om andere redenen; ik voelde me klein van hulpeloosheid. Hoewel het jaren geleden was, kon ik me nog oriënteren toen ik langs een winkel met stripboeken en een ijszaak liep, die daar geen van beide waren geweest toen ik klein was. Ik kwam bij de hoek van Lincoln en Washington (plotseling wist ik de namen weer) en bleef staren naar een overschaduwde portiek aan de overkant van de straat. Die lag tussen een bank en een drogisterij, en die waren er allebei wél geweest toen ik klein was. Ik wist het nog vanwege de vele keren dat mijn moeder Petey en mij naar die deur had gebracht en met ons de smalle, hol klinkende trap op had gevoerd naar de meest gehate plek ter wereld: de tandartspraktijk.

De trap had torenhoog en onheilspellend geleken toen ik er als kind over omhoogklom. Nu telde ik bij het beklimmen elk van de dertig treden, in een poging om mezelf te kalmeren. Bovenaan bleef ik staan onder een dakvenster (alweer een verandering) tegenover dezelfde matglazen deur die naar de tandarts leidde. Alleen stond nu op die deur de naam COSGROVE VERZEKERINGEN.

Een jonge vrouw met haar haar in een paardenstaart keek op van de documenten die ze aan het nieten was geweest. 'Kan ik u helpen?'

'Ik... Toen ik klein was, zat hier een tandarts.' Onwillekeurig keek ik langs de receptioniste naar de gang die naar de martelkamer had geleid.

Ze keek verbaasd. 'Ja?'

'Hij heeft een paar dossiers in zijn bezit die ik nodig heb, maar ik weet niet hoe ik contact moet opnemen want ik weet zijn naam niet meer.'

'Ik vrees dat ik u niet kan helpen. Ik werk pas een halfjaar voor meneer Cosgrove, en ik heb nooit iets gehoord over een tandarts.'

'Misschien weet meneer Cosgrove het?'
Ze liep de gang door, het kantoor in dat ik zo gevreesd had en kwam even later weer terug. 'Hij zegt dat hij hier acht jaar zit. Maar voor die tijd was het hier een makelaarskantoor.'
'O.'
'Sorry.'
'Oké.' Iets in me zonk weg. 'Het was ook te mooi geweest om waar te zijn.' Ontmoedigd draaide ik me om naar de deur, toen ik bij een plotseling opgekomen gedachte bleef staan. 'Een makelaarskantoor?'
'Pardon?'
'U zei dat hier een makelaar heeft gezeten?'
'Ja.' Ze keek me nu aan of ze me hinderlijk vond.
'Doet die makelaar ook aan beheer van gebouwen, denkt u?'
'Wat?'
'Ik neem aan dat dit gebouw niet het eigendom is van meneer Cosgrove, dus aan wie betaalt hij de huur?'

2

'Het Dwyer-gebouw, bedoelt u.' De man met het bantamgewicht en de vlinderdas maakte zijn sigaret uit. Zijn bureau was aan drie kanten ingebouwd tussen hoge dossierkasten. 'Dat heb ik al twintig jaar in beheer voor de erfgenamen van de heer Dwyer.'
'Het kantoor van de heer Cosgrove.'
'Nummer 2-C.'
'Kunt u mij vertellen wie het indertijd huurde? Ik ben op zoek naar de naam van een tandarts die daar vroeger zat.'
'Waarom wilt u in vredesnaam...'
'Tandheelkundige dossiers. Als het lastig voor u is om dat op te zoeken, zal ik u graag betalen voor uw diensten.'
'Lastig? Welnee, niets is gemakkelijker. Het geheim van onroerendgoedbeheer is: georganiseerd zijn.' Hij zwenkte om

in zijn draaistoel en rolde naar een dossierkast rechts van hem, met het opschrift D.

'Dwyer-gebouw.' Hij doorzocht zijn dossiers. 'Hier.' Hij bladerde door de papieren in het dossier. 'Aha. Nu weet ik het weer. Dr. Raymond Faraday. Hartaanval. Achttien jaar geleden. Overleden terwijl hij een wortelkanaalbehandeling aan het uitvoeren was.'

Na wat ik intussen allemaal meegemaakt had, kwam dit me nu niet bepaald als grotesk of ongebruikelijk voor. 'Had hij nog familie in de buurt? Wonen die nog hier?'

'Geen flauw idee, maar ik zou zeggen: hier is het telefoonboek.'

3

'... hele tijd geleden. Dr. Raymond Faraday. Ik ben op zoek naar een familielid van hem.' Ik zat weer in mijn auto, en ik was aan het telefoneren. Er hadden maar twee Faradays in het telefoonboek gestaan. Dit was mijn tweede poging.

'Ja, dat was de vader van mijn man,' zei een vrouw met achterdochtige stem. 'Frank is nu aan het werk. Wat heeft dit te maken met zijn vader?'

Ik rechtte mijn rug. 'Toen mijn broer en ik klein waren, was dr. Faraday onze tandarts. Het is ontzettend belangrijk dat ik de röntgenfoto's van mijn broers gebit in handen krijg. Om hem te identificeren.'

'Uw broer is overleden?'

'Ja.'

'O, wat erg.'

'Ik zou er bijzonder veel aan hebben als u me kon vertellen wat er met de dossiers is gebeurd.'

'Zijn patiënten namen de dossiers mee als ze naar een andere tandarts gingen.'

'Maar wat gebeurde er met patiënten die al een tijdje niet meer bij hem kwamen? Mijn broer en ik kwamen al een

paar jaar niet meer bij dr. Faraday.'
'Hebben uw ouders de dossiers dan niet meegenomen naar de nieuwe tandarts?'
'Nee.' Vol bitterheid herinnerde ik me dat mijn moeder geen tandarts meer had kunnen betalen toen mijn vader was omgekomen bij dat auto-ongeluk en bleek dat hij de premie van zijn levensverzekering niet had betaald.
De vrouw blies haar adem uit alsof ze ergens over geïrriteerd was. 'Ik heb geen idee wat mijn man met de oude dossiers heeft gedaan. Dat zult u hem zelf moeten vragen als hij uit kantoor komt.'

4

Het baseballveld was niets veranderd. De zon was aan het ondergaan, en in mijn uitgerekte schaduw stond ik bij de fietsenstalling waar mijn vriendjes en ik al die tijd geleden onze fietsen hadden vastgezet. Achter me zaten de tribunes bij de derde baseline vol ouders die kinderen toejuichten bij een juniorenwedstrijd. Ik hoorde een bal tegen een slaghout slaan. Gejuich. Gehuil van teleurstelling. Opnieuw gejuich. Ik nam aan dat er een hoge bal was gevangen en dat iemand een homerun had gemaakt.
Maar ik bleef naar de fietsen staan staren. Ik herinnerde me dat Petey met een wasknijper een speelkaart aan het voorspatbord van zijn fiets had vastgemaakt, en dat die een klak-klak-klakkend geluid had gemaakt tegen de spaken van het wiel. Tot mijn verdriet besefte ik dat ik de namen niet meer wist van de twee vriendjes met wie ik had gespeeld en voor wie ik Peteys leven had verwoest. Maar ik herinnerde me wel in grote lijnen wat we gezegd hadden.
'Jezus, Brad, ik krijg wat van dat kleine broertje van je. Zeg dat hij oprot, wil je?'
'Ja, hij plakt als een vlieg. Ik krijg de zenuwen van die erwt. En al helemaal van dat rotgeluid van die fiets van hem.'

'Hij wil gewoon bij ons zijn. Hij doet niks.'
'O ja? Hoe komt het dan dat mijn moeder plotseling wist dat ik gerookt had? Dat had hij toch zeker tegen jouw moeder gezegd?'
'Dat is helemaal niet gezegd.'
'Wie dan wel, sinterklaas of zo?'
'Oké, oké.'
Petey was bijna tegen me opgebotst toen ik me naar hem omdraaide. Ik had zo vaak en met zulke pijnlijke herinneringen teruggedacht aan dat moment, dat het in mijn geheugen gegrift stond. Zelfs voor zijn negen jaar was hij aan de kleine kant, en hij zag er nog korter uit vanwege zijn veel te grote spijkerbroek. Zijn baseballhandschoen was te groot geweest voor zijn hand.
'Sorry, Petey, je moet naar huis.'
'Maar...'
'Je bent gewoon te klein. We kunnen niet fijn doorspelen met jou erbij.'
Zijn ogen hadden geglinsterd alsof er tranen dreigden.
Later moest ik tot mijn schande bekennen dat ik me zorgen had gemaakt wat mijn vrienden niet zouden denken als mijn kleine broertje in hun bijzijn zou gaan huilen. 'Ik meen het, Petey. Hoepel op. Ga naar huis. Ga maar tekenfilms kijken of zo.'
Zijn kin beefde.
'Petey, hoe vaak moet ik het nog zeggen. Donder op. Rot op.'
Mijn vriendjes waren naar de andere kinderen toe gehold, waar de ploegen werden gekozen. Toen ik naar hen toe rende, hoorde ik het *klak-klak-klak* van Peteys fiets. Ik keek om naar het kleine, wegpeddelende jochie. Zijn hoofd was gebogen.
Nu ik daar bij de fietsenstalling stond te denken aan hoe het allemaal geweest was, nu ik vanuit het diepst van m'n hart wenste dat ik terug kon naar dat moment en dat ik mijn

vrienden kon vertellen dat ze een stelletje rotzakken waren en dat Petey bij mij bleef, rolden de tranen over mijn wangen.

5

Het baseballveld mocht dan amper veranderd zijn, het huis was bijna onherkenbaar. De hele straat, in feite. De bomen waren hoger (dat was te verwachten) en er waren er meer, en ook meer struiken en hagen. Maar dat was niet het opvallendst. In mijn jeugd had de hele buurt bestaan uit houten bungalows, bescheiden huizen voor mensen die werkten op de fabriek waar mijn vader voorman was. Maar nu waren er op sommige huizen verdiepingen gebouwd of waren erachter kamers aangebouwd, zodat er bijna geen achtertuin overbleef. Het huis waarin ik had gewoond, had beide verbouwingen meegemaakt. De veranda aan de voorkant was dichtgemaakt om de woonkamer groter te maken. De vrijstaande enkele garage aan het einde van de oprit was omgebouwd tot een dubbele garage met een trap naar een bovenkamer.

Ik parkeerde aan de overkant van de straat en keek naar het rood van de ondergaande zon, dat werd weerspiegeld in de ruiten van het huis. Ik was zo verbouwereerd over de veranderingen dat ik me afvroeg of ik me niet vergist had. Misschien zat ik niet in de goede straat (maar het bordje zei toch echt Locust) of misschien was dit niet het goede nummer (maar de cijfers 1-0-8 zaten verticaal naast de voordeur, net als in mijn jeugd). Ik voelde geen enkele herkenning. In mijn geheugen zag ik mijn vader en mezelf vanuit een ander, eenvoudiger huis te voorschijn hollen om in zijn auto te klimmen en naar de oefenplaats te rijden om te kijken of Petey soms ergens onderweg was blijven hangen.

Een achterdochtige man kwam uit het belendende perceel zetten en keek me met gefronste wenkbrauwen aan, alsof hij

wilde zeggen: 'Heb ik wat van je aan?'
Ik zette de motor aan. Toen ik wegreed, zag ik meerdere bordjes TE KOOP staan. Ik herinnerde me dat iedereen in de hele straat vroeger afhankelijk was geweest van de meubelfabriek. Er verhuisde toen nooit iemand.

6

Meneer Faraday had smalle lippen en ingevallen wangen.
'Mijn vrouw zei dat uw broer is overleden?'
'Inderdaad.'
'En daarom hebt u die dossiers van zijn gebit nodig? Om hem te identificeren?'
'Hij is een hele tijd geleden verdwenen. Nu kan het zijn dat we hem gevonden hebben.
'Zijn lijk?'
'Ja.'
'Nou, het is dat het zoiets belangrijks is, anders zou ik de moeite niet nemen.' Faraday wenkte me naar binnen. Vanuit de woonkamer hoorde ik een televisie, toen hij een deur halverwege de gang naar de keuken opende. Ik kreeg een snelle indruk van overdreven opgeruimdheid, alles op zijn plek, plastic hoezen op de armleuningen van stoelen in de woonkamer, pannen aan haken in de keuken, deksels erboven, alles op grootte gerangschikt.
Vanuit de open kelderdeur steeg koele lucht op. Faraday knipte het licht aan en gebaarde dat ik hem moest volgen. Onze voetstappen klosten over een solide, houten trap.
Ik had nog nooit een kelder gezien die zo keurig opgeruimd was. Er stonden dozen opgestapeld in rijen die miniatuurgangen vormden, maar nergens viel ook maar iets van rommel of chaos te bespeuren.
Er gonsden twee ventilatoren: van twee luchtdrogers aan weerszijden van de kelder.
'Ik kom maar niet van dat vocht af,' zei Faraday. Hij nam

me mee, een van de miniatuurgangen door, sloeg links af en kwam bij een hoek waar hij dozen van een kluisje af tilde.
'Wat kan ik doen om te helpen?' vroeg ik.
'Niets. Ik wil niet dat de spullen door elkaar raken.'
Hij tilde het deksel van de kluis op, zodat er stapels documenten zichtbaar werden. 'Mijn vrouw klaagt dat ik veel te veel bewaar, maar ik kan toch niet weten wat ik later nog eens nodig heb?' Faraday wees naar een andere stapel dozen. 'De rekeningen die ik heb betaald. En dit...' Hij wees naar de documenten in de kluis. 'Mijn vaders administratie. Althans, voor zover ik de papieren kon vinden.' Hij zocht in de bundels en viste er een stapel mappen uit. 'Hoe heette uw broer?'
'Peter Denning.'
'Denning. Even kijken. Denning. Denning. Ann. Brad. Nicholas. Peter. Hier.' Zijn stem klonk tevreden toen hij het dossier naar me uitstak.
'En deze, hier? Wilt u die van uzelf? Wie zijn Ann en Nicholas?'
'Mijn ouders.' Ik kreeg een zwaar gevoel in mijn borst. 'Ja, als u het niet erg vindt, wil ik ze graag allemaal meenemen.'
'Mijn vrouw zal maar al te blij zijn dat er eindelijk wat van die rommel verdwijnt.'

7

Tegen de tijd dat ik weer bij de auto kwam, was de schemering ingevallen. Ik moest de binnenverlichting aandoen om Peteys dossier te kunnen doorzoeken. Met een hand waarin ik het beven niet langer kon onderdrukken haalde ik een stapel röntgenfoto's te voorschijn. Nooit had ik iets zo waardevols in handen gehad.
Toen ik in Denver naar de tandarts was gegaan voor een kopie van de röntgenfoto's van de man die beweerde dat hij mijn broer was, had ik ervoor gezorgd dat ik een tweede set

kreeg, voor het geval dat de FBI de foto's zou kwijtraken of voor het geval dat ik bij mijn zoekactie een stel nodig zou hebben. Nu kon ik amper wachten tot ik bij een motel kwam. Ik reed naar de buitenkant van de stad en koos het eerste motel dat een kamer vrij had. Ik schreef me in en rende naar mijn kamer. Ik nam niet de tijd om de andere spullen uit de auto te halen, alleen de koffer. Die rukte ik open om de röntgenfoto's uit Denver eruit te halen.

Er zijn grote verschillen tussen het gebit van een kind en dat van een volwassene, waardoor het moeilijk te zien was of de röntgenfoto's afkomstig waren van een en dezelfde persoon. Om te beginnen waren bij Petey, toen hij ontvoerd werd, nog niet alle blijvende tanden in de kaak aanwezig. Maar een paar moest hij er al wel gehad hebben, had mijn tandarts gezegd. Kijk naar de wortels, had hij gezegd. Zie je bij een bepaalde kies drie of vier wortels? Vier komt minder vaak voor. Groeien de wortels in ongebruikelijke richtingen? Met de foto's van de volwassene in mijn linkerhand en de kinderfoto's rechts hield ik ze tegen het licht van het nachtlampje.

De lampenkap nam een groot deel van het licht weg. Ik stond op het punt om de kap eraf te halen, toen ik dacht aan de badkamer, en aan de felle verlichting die daar in hotels vaak te vinden was. Haastig wrong ik me langs het bed, en ik zag dat dit motel een grote spiegel voor de make-upzone had. Toen ik het licht aandeed, moest ik onwillekeurig knipperen tegen de plotselinge felle gloed boven de spiegel. Ik hield beide sets röntgenfoto's tegen het licht en keek van de een naar de ander, wanhopig op zoek naar verschillen of overeenkomsten, wanhopig op zoek naar de waarheid. Het kindergebitje zag er onvoorstelbaar klein uit, weerloos bijna. Ik stelde me Peteys angstige hulpeloosheid voor toen ze hem grepen. En het gebit van de volwassene. Wiens tanden en kiezen waren dat? Langzaam begreep ik waar ik naar keek. Toen het besef doordrong, toen de verschillende brokjes informatie die ik had gevonden, op hun plek vielen, liet ik de foto's zakken. Mijn hoofd boog zich als vanzelf. God, sta Kate en Jason bij, bad ik. God, sta ons allemaal bij.

8

Het orgel brulde me tegemoet toen ik de voordeur van de kerk openduwde: een plechtig gezang dat ik niet herkende. Rechts van de vestibule liep een trap omhoog naar de koorgang. De treden kraakten toen ik naar boven liep. Het was even na twaalf uur in de middag. Vóór deze kerk had ik al elf andere protestantse kerken bezocht. Met nog zes kerken te gaan begon ik de hoop te verliezen.

De koorgang lag in de schaduw, afgezien van een lichtje boven het orgel. Toen de dominee het gezang beëindigde, viel er een stilte in, waarin mijn voetstappen duidelijk hoorbaar waren. De geestelijke draaide zich om naar het geluid.

'Sorry dat ik u lastig val, dominee.' Ik kwam dichterbij en hield hem de foto voor. 'De secretaris op uw kantoor zei dat u bijna klaar was met de voorbereidingen voor de koorrepetitie. Ik ben op zoek naar deze man. Ik vroeg me af of u hem misschien herkent.'

Verbaasd pakte de man de foto aan, duwde zijn bril hoger op zijn neus en bestudeerde hem.

Even later knikte hij. 'Zou kunnen.'

Ik probeerde geen reactie te laten zien. Maar mijn hart bonsde zo luid dat ik zeker wist dat hij het kon horen.

'Diezelfde intense blik in de ogen.' De dominee hield de foto in het licht boven het orgel. 'Maar de man aan wie ik denk, heeft een baard.' Hij wees naar mijn eigen baard.

Baard? Dan had ik dus gelijk gehad. Hij had zijn baard laten staan om zijn litteken te verbergen. 'En als u uw hand over de onderste helft van zijn gezicht legt.' Ik probeerde rustig te klinken, hoewel mijn keel dichtgeknepen werd van de spanning.

De dominee deed het. 'Ja. Ik ken deze man.' Hij keek achterdochtig. 'Waarom bent u naar hem op zoek?'
'Ik ben zijn broer.' Zonder te trillen, wat een hele inspanning was, schudde ik de hand van de dominee. 'Brad Denning.'
'Nee. U vergist zich.'
'Pardon?'
'Petes achternaam is niet Denning. Hij heet Benedict.'
Ik wist niet waardoor ik erger getroffen was, door het feit dat Petey zijn eigen voornaam gebruikte of dat hij de achternaam had aangenomen van de dominee die hem na de brand had willen adopteren. Ik kreeg een zure smaak in mijn mond. 'Dan gebruikt hij dus nog steeds niet de naam van onze familie.'
De dominee trok zijn wenkbrauwen op. 'Wat bedoelt u?'
Mijn hart bonsde nog harder. 'Vroeger woonden wij hier in de buurt. Maar een hele tijd geleden hebben Pete en ik ruzie gekregen. Zo'n familievete waarbij iedereen zo boos wordt dat de hele familie uiteenvalt.'
De dominee knikte, schijnbaar bekend met de uitwerking die dergelijke vetes hadden gehad op sommige gezinnen in zijn gemeente.
'We hebben elkaar in geen jaren gesproken. Maar kortgeleden hoorde ik dat hij terug was. Dit was de kerk waar we vroeger heen gingen. Daarom dacht ik dat iemand hem hier misschien gezien kon hebben.'
'U wilt zich met hem verzoenen?'
'Met heel mijn hart, dominee. Maar ik weet niet waar hij is.'
'Ik heb hem niet meer gezien sinds...' Daar moest de dominee over nadenken. 'Afgelopen juli, toen mevrouw Warren overleed. Natuurlijk was hij bij de begrafenis. En daarvoor had ik hem voor het laatst gezien... O, dat moet twee jaar geleden geweest zijn. Ik weet niet eens zeker of hij hier nog wel is.'
'Mevrouw Warren?'

‘Een van de trouwste leden van de gemeente. Heeft maar één dienst gemist, voor zover ik me herinner. Toen Pete twee jaar geleden opdook en aanbood om gratis klussen voor de kerk te doen, vatte mevrouw Warren sympathie voor hem op. Ze was verbijsterd over zijn vermogen om de Schrift zo volledig uit het hoofd op te zeggen. Meermaals probeerde ze hem in de val te laten lopen, maar hij won keer op keer.’
‘Dat kwam door mijn vader. Die heeft Pete het Goede Boek bijgebracht.’
‘Nou, dan heeft hij prima werk geleverd. Uiteindelijk bood mevrouw Warren hem een baantje aan als klusjesman op haar landgoed. Jammer voor ons, goed voor haar. Toen ze die dienst oversloeg waarover ik het net had, dacht ik dat ze ziek moest zijn. Ik belde, en ik had gelijk. Ze had de griep. De volgende keer dat ze naar de kerk kwam, had ze Pete niet bij zich. Ze zei dat hij besloten had verder te trekken.’
‘Ja, zo is Pete. Maar hij was aanwezig op haar begrafenis, zei u?’
‘Kennelijk was hij teruggekomen en werkte hij weer als klusjesman voor haar. Ze schijnt hem zelfs haar huis nagelaten te hebben.’
‘Haar huis?’
‘Tja, ze was niet jong meer. Haar echtgenoot was overleden. Haar twee kinderen ook. Ik neem aan dat ze Pete beschouwde als een soort familie.’
‘Zo klinkt het wel, ja.’
‘Onvoorstelbaar vrijgevig. En in de loop der jaren, naarmate ze stukken land verkocht waarop haar man als boer had gewerkt – zo kon ze zich in leven houden na zijn overlijden – liet ze opzettelijk zo’n dertig hectare rond haar huis verwilderen als natuurreservaat. Geloof me, de stad is hier zo snel aan het uitbreiden dat we meer mensen als mevrouw Warren zouden moeten hebben om de plattelandssfeer in stand te houden.’
‘Dominee, ik wil u om twee gunsten vragen.’

'Ja?' Benieuwd keek hij me van achter zijn bril aan.
'Ten eerste, mocht u Pete spreken voordat ik hem zie, vertelt u hem dan niet over dit gesprek. Als hij weet dat ik naar hem op zoek ben, kan hij weleens zo overstuur raken dat hij ervandoor gaat.'
'Was het zo erg, die ruzie van u?'
'Erger dan u zich kunt voorstellen. Ik moet hem aanspreken op de juiste manier en op het juiste moment.'
'En wat is de tweede gunst?'
'Hoe kom ik bij het huis van mevrouw Warren?'

9

Drie kilometer verderop, over een landweg in zuidelijke richting de stad uit, kwam ik bij een T-splitsing. Ik ging naar links en zoals de dominee al had beschreven veranderde de geplaveide weg in een grindpad. Mijn banden joegen stof op dat ik in de achteruitkijkspiegel zag hangen. Gespannen staarde ik voor me, in de hoop dat ik geen auto of vrachtwagen op me af zou zien komen. Het was een lichtelijk heuvelachtig landschap, en boven aan iedere helling was ik bang dat ik plotseling een tegenligger zou zien en dat híj dan aan het stuur zou zitten. Misschien zou hij niet opletten, een snelle blik op de andere bestuurder en meer niet, maar misschien hield hij alles in de gaten. Of misschien zou hij me niet herkennen met baard, maar als hij me wel herkende, of als hij Kates Volvo herkende (jezus, waarom had ik er niet aan gedacht een andere auto te kopen?), kon ik hem niet meer overrompelen. Dan werd mijn kans om Kate en Jason te vinden nog kleiner.
Zwetend en met mijn shirt aan mijn rug plakkend zag ik het dichte bos voor me liggen dat volgens de dominee aan mijn linkerhand zou verschijnen. Ik reed langs een postbus, een gesloten hek en een pad dat het bos in verdween. Daar lag het huis van mevrouw Warren, had de dominee gezegd. Van-

daar kon ze herten, eekhoorns, wasberen en de rest van wat ze 'Gods kinderen' had genoemd, over haar terrein zien scharrelen. Opgelucht dat ik niemand had gezien en dat niemand mij dus had gezien, reed ik verder, met nog meer stofwolken in mijn kielzog. Mijn grootste zorg was dat ik geen enkele activiteit had gezien omdat Petey er niet was, omdat hij verder getrokken was.

Petey.

Ja.

Op iedere röntgenfoto was een bepaalde tand te zien geweest met vier wortels die in verschillende richtingen groeiden. Die van het kind waren kleiner en minder uitgesproken geweest dan bij de man. Desondanks was het niet moeilijk geweest om te zien dat de een was opgegroeid tot de ander. Niet dat ik me uitsluitend op mijn eigen mening had verlaten. Voordat ik de kerken langsging, had ik ervoor gezorgd dat ik rond openingstijd bij een tandartsenpraktijk stond. Met contant geld dat ik van een plaatselijke bank had gehaald, had ik de tandarts honderd dollar betaald om de foto's te bekijken voordat hij zich aan zijn afspraken wijdde. Hij was het met me eens geweest: man en jongen op de foto's waren een en dezelfde persoon.

Dat was het dus. De man die had beweerd mijn broer te zijn, had de waarheid gesproken. De FBI had het bij het verkeerde eind gehad. Lester Dant had Peteys identiteit niet overgenomen. Petey had die van Lester overgenomen. Maar die verontrustende ontdekking loste niets op. Integendeel. Hij bracht nog veel griezeliger vragen teweeg, die me gek dreigden te maken.

Eén ding was duidelijk. Nadat Petey bij de politie de valse indruk had gewekt dat hij in westelijke richting trok, door Montana heen, had hij Kate en Jason in tegengestelde richting gebracht – terug naar Woodford. Omdat hij geen vals spoor meer hoefde te leggen door gestolen auto's achter te laten, kon het niet moeilijk zijn om te voorkomen dat hij gesnapt werd. Het enige dat hij hoefde te doen, was een auto jatten met een kenteken voor een staat die hier een heel eind vandaan lag. De bestuurder daarvan zou pas over een paar dagen verwacht worden. Tegen de tijd dat hij of zij als vermist werd opgegeven, kon Petey bij het huis van mevrouw Warren zijn aangeland, waar hij de auto kon verbergen. Intussen moest hij het kenteken een paar maal verwisseld hebben, en had hij het lijk van de eigenaar van de auto ergens langs de snelweg verborgen.

Mevrouw Warren. Petey was ervan uitgegaan dat hij haar kon intimideren, want dat had hij een jaar eerder ook gedaan. Bij de kerk waar ik had gehoord over Petey en mevrouw Warren, had de dominee gezegd dat Petey als klusjesman werkte voor mevrouw Warren, dat ze nooit een zondagsdienst had overgeslagen behalve die ene uitzonderlijke zondag twee jaar tevoren, één jaar voordat Petey Kate en Jason van me had afgenomen. Petey moest iets gedaan hebben dat mevrouw Warren zo erg vond dat ze die zondag onmogelijk ter kerke kon. Toen de dominee haar had gebeld, in de zekerheid dat alleen een calamiteit haar had kunnen weerhouden, had ze gezegd dat ze griep had. De volgende zondag had ze weer in de kerk gezeten. Intussen, zei ze, had Petey het gebied verlaten.

Het telefoontje van de dominee had mevrouw Warren waarschijnlijk het leven gered. Zijn bezorgdheid moest Petey de indruk gegeven hebben dat hij argwaan koesterde, en daardoor moest Petey opgestapt zijn. Maar waarom had mevrouw Warren niet opgebiecht wat voor vreselijke dingen er waren gebeurd toen ze zich eenmaal veilig voelde? Het antwoord op die vraag was niet moeilijk. Net als mevrouw Garner in Loganville schaamde ze zich om de andere gemeenteleden te vertellen wat Petey haar had aangedaan. Bovendien had Petey haar ongetwijfeld doodsangst ingeboezemd door te dreigen dat hij terug zou komen en haar zou straffen als ze problemen veroorzaakte.

Misschien begon ze zich net weer veilig te voelen toen tot haar schrik Petey een jaar later terugkwam. Misschien had hij kans gezien om Kate en Jason voor haar te verbergen. Het deed er niet toe – de kwellingen begonnen opnieuw. Hij had haar zo geïntimideerd dat ze hem in haar testament had opgenomen. 'Hij is als een zoon voor me,' moest ze haar notaris verteld hebben, nadat hij haar had geïnstrueerd dat ze overtuigend moest klinken. Petey moest naast haar gestaan hebben toen ze het document ondertekende, om haar te herinneren aan zijn waarschuwing dat hij ervoor zou zorgen dat ze de haar resterende jaren in een hel zou doorbrengen als ze zich tegen hem keerde. Vervolgens zou hij haar gevangengehouden hebben in haar eigen huis, terwijl hij links en rechts binnen de gemeente liet vallen dat ze zich de laatste tijd niet zo goed voelde. Zo zouden de mensen voorbereid geweest zijn toen ze overleed. Tenslotte was mevrouw Warren, zoals de dominee had gezegd, al op leeftijd. Misschien was ze op een nacht in haar slaap overleden – met wat hulp van een kussen dat over haar gezicht gedrukt werd.

Terwijl ik terugreed naar de stad, belde ik met mijn mobiele telefoon Special Agent Gader, maar zijn receptioniste zei dat hij een paar dagen afwezig was. Ik belde Paynes kantoor, maar kreeg een bandje waarop hij zei dat hij de rest van de week niet aanwezig zou zijn. Ik kreeg een hol gevoel in mijn maag bij de gedachte dat de biopsie van zijn vrouw niet goed gebleken was.

Dus bleef er niets anders over dan contact opnemen met de plaatselijke politie, maar toen ik voor het politiebureau parkeerde (nog steeds hetzelfde bakstenen gebouw als jaren geleden), zag ik voor mijn geestesoog plotseling een verontrustend beeld van agenten die zich in patrouillewagens stortten en naar het huis van mevrouw Warren raceten. Ik vreesde dat hun aankomst zo opvallend zou zijn dat Petey hen, als hij al in huis was, kon zien aankomen en door de achterdeur zou vluchten. En dan kwam ik er misschien nooit achter wat hij met Kate en Jason had gedaan. Zelfs als de politie er al in zou slagen om hem te pakken te krijgen, kon hij altijd nog weigeren om vragen te beantwoorden. Stel dat hij zei dat hij niet wist waar Kate en Jason zaten. Als ze nog in leven waren, konden ze wel stikken of verhongeren terwijl hij zijn mond hield. Goed nadenken, zei ik bij mezelf. Ik moest meer weten. Ik kon de politie er niet op af laten gaan zolang ik niet precies wist hoe ze te werk zouden gaan.

10

De piloot zei iets wat ik niet goed kon verstaan door het gedreun van het eenmotorige vliegtuigje.

Ik keek haar aan. 'Pardon?'

'Ik zei, daar ligt Woodford.'

Ik keek naar rechts, in de richting waarin ze had gewezen. De lage gebouwen, oud en nieuw, strekten zich uit tot aan de snelweg.

Ze legde zoveel betekenis in haar zin dat ik mijn hoofd schudde. 'Ik snap het niet.'

'U zei toch dat u wilde zien hoe uw vroegere woonplaats er vanuit de lucht uitzag?'

'Min of meer, ja.'

'Nou, "min", lijkt me. U hebt amper die kant uit gekeken. U wilt die boerderijen een eind verderop zien.'

We vlogen dichter naar de 32 hectare bosgrond toe. Het was een zonnige dag, maar er stond een zuchtje wind. Nu en dan maakte het vliegtuig een kleine val.

'U bent zeker projectontwikkelaar?'

'Wat?'

'We hebben de afgelopen vijf jaar al heel wat ontwikkeling meegemaakt. Telkens wanneer ik kijk is er weer een nieuwe wijk aangelegd, lijkt het wel.'

Dat was een simpeler uitleg dan de waarheid. 'Ja, als er te veel verandert kan dat nogal overdonderend overkomen.'

Ik staarde omlaag, naar het grote, dichte bos. Ik zag het pad dat er vanaf de grindweg heen leidde. Ik zag een open plek, een meter of honderd verderop, met een bakstenen huis omringd door gras en borders.
Ik had zo'n klein cameraatje met een zoomlens gekocht. Dat haalde ik te voorschijn, en ik begon foto's te maken.

11

Terug in mijn motelkamer spreidde ik de vergrotingen uit op de tafel. Ik had de fotograaf extra betaald om na sluitingstijd open te blijven en mijn foto's te ontwikkelen en af te drukken. Het was intussen donker geworden. Mijn ogen deden pijn. Omdat ik alert wilde blijven, zette ik de televisie aan – CNN – en terwijl op de achtergrond een nieuwslezer zijn nieuws opdreunde, pakte ik een vergrootglas en boog ik me over de foto's. Ze waren een beetje vaag door de trillingen van het vliegtuig, maar ze lieten zien wat ik zien wilde.
Eén ding sprong meteen in het oog. Vanaf de grond zou het niemand opgevallen zijn, want dan waren voor-, zij- en achterkant van het huis niet tegelijkertijd in beeld. Maar van boven af gezien zagen het gras en de borders in de achtertuin er anders uit dan naast en voor het huis. Het zag eruit of er kortgeleden werkzaamheden waren verricht in de achtertuin. Het hele gebied leek iets lager te liggen dan de rest. Verzonken? Zoals wanneer de grond weer aanplempt nadat er is gegraven en er nieuwe aarde is gestort?
Op de achtergrond legde de CNN-nieuwslezer uit dat een doorgedraaide man met een pistool zijn ex-vrouw en zijn dochter gevangenhield in een huis in Los Angeles. Het huis was omsingeld door de ME. Nog geconcentreerder staarde ik door het vergrootglas naar de foto's. Ik zag dat er inderdaad een stuk van de tuin en het gazon achter het huis iets lager leken te liggen dan de omringende delen.

Ik zag een blauwe pick-up naast het huis staan. Ik bestudeerde een beekje dat door het bos achter het huis kronkelde. Maar keer op keer dwaalden mijn blikken terug naar dat stuk tuin achter het huis. Het gras leek er groener, de struiken voller, alsof ze daar meer aandacht kregen dan in de voortuin en de zijtuinen.
Ik legde het vergrootglas weg en probeerde mezelf te kalmeren. Nieuwe tuinaanleg was niets om je zorgen over te maken, zou de politie zeggen. Een gazon vol mos en oude struiken was vervangen door nieuwe aanplant. Maar als dat gazon en die struiken nou waren vervangen omdat er iets onder was aangelegd?
Op de televisie achter me vertelde de nieuwslezer dat de gijzelingsactie fout was afgelopen. Toen de politie de kring rond het gebouw nauwer had gemaakt, had de man eerst zijn dochter en zijn ex-vrouw doodgeschoten en daarna zichzelf.
Ik staarde naar het beeld.

12

Toen ik langs het huis van mevrouw Warren was gereden, had ik dat per ongeluk gedaan in Kates Volvo. Misschien had Petey die herkend. Ditmaal reed ik tot aan de buitenrand van de stad, en daar liet ik de auto staan tussen andere auto's op het parkeerterrein van een winkelcentrum. Ik hing mijn rugzak op mijn rug en liep de stad uit.
Zoals in de meeste boerengemeenschappen hier in de streek was het wegenstelsel aangelegd in een raster met vierkante of rechthoekige stukken land ertussen. Ik meed de weg langs het huis van mevrouw Warren en maakte een omweg, een paar kilometer langer, tot ik over de weg achter het huis bij het beboste terrein aankwam. In de felle, hete zon liep ik langs weilanden, langs grazend vee, langs boeren die hun akkers aan het bewerken waren. Ik verschoof de baseballpet op mijn hoofd en trok mijn gordeltas naar een comfortabe-

ler positie rond mijn middel, en ik probeerde eruit te zien alsof ik zo vrij als een vogeltje was, of ik gewoon lekker een dag aan het wandelen was. Maar in feite wilde ik niets liever dan rennen. Ik moest iets inspannends doen om de adrenaline die door mijn aderen stroomde in bedwang te houden. Als ik niets ondernam om de druk te verlichten die in me aan het aanzwellen was, zou ik gek worden, dacht ik. Rechts, aan de overkant van een akker, werden de bomen hoger. Dichterbij. Kate en Jason. Ze leven, prentte ik mezelf in. Ze moeten leven.

Uit angst dat ik gezien zou worden als ik het veld overstak naar de bomen, wachtte ik tot er een auto was gepasseerd en er verder geen verkeer was. De beek die ik op de foto's had gezien, liep door het veld en onder de weg door. Ik klom de beekbedding in. De oevers waren zo hoog dat ik onzichtbaar was toen ik langs het water liep. Ondanks de hete zon was de lucht hier beneden koel.

Na vijf minuten slingerde de beek het bos in. Ik dook onder een schutting door, klom de glibberige oever op en stond tussen esdoorns, eiken en olmen. Ik maakte me zorgen over de herrie die ik in het struikgewas maakte, maar wie zou me horen? Petey zou niet aan het patrouilleren zijn langs zijn erfafscheiding, om zijn gebied te verdedigen tegen indringers. Er was maar één logische plaats waar hij kon zijn: in huis. Of ergens anders, bezig met god weet wat voor misdaden.

Het was overschaduwd in het bos. Uit een sponzige laag dor blad steeg een natte, bedompte geur op. Ik veegde mijn bezwete gezicht af, nam mijn rugzak van mijn schouders en haalde er de holster uit die ik die ochtend had gekocht. De holster zat aan de rechterkant van een solide riem. Mijn reservemagazijn van vijftien patronen zat in een buideltje links, samen met twee andere magazijnen die ik net had gekocht. Daarnaast zaten een jachtmes en een twaalf centimeter lange zaklantaarn, niet dikker dan mijn duim, een zogeheten Surefire, die de verkoper in de jachtwinkel me had laten zien

en die verbluffend krachtig was voor zijn geringe omvang. Ik nam het pistool uit mijn gordeltas en schoof het in de holster. Het gewicht van de uitrusting priemde in mijn taille.
Dorstig van de zenuwen nam ik een slok water uit een van de drie veldflessen in mijn rugzak. Ik at een plak gedroogd vlees en een paar handenvol pinda's en rozijnen. Ik moest plassen van ellende. Toen bond ik de rugzak weer om en haalde ik een kompas uit mijn shirtzak. In tegenstelling tot een jaar geleden had ik de tijd genomen om te leren hoe ik het moest gebruiken. Ik herinnerde me de foto's, schatte de richting die ik moest nemen om bij het huis te komen en ging op weg in zuidoostelijke richting, me een weg banend tussen de bomen door.
De hele tijd luisterde ik met gespitste oren naar verdachte geluiden in het bos. Er kraakte een tak; dat had Petey kunnen zijn, die op me af kwam sluipen, maar het was een eekhoorn die tegen een boom op rende. Ik schrok van een knappend twijgje, tot ik zag dat het een wegspringend konijn was geweest. Er fladderden vogels rond. Behoedzaam tuurde ik om me heen, bestudeerde nogmaals het kompas en kroop voorzichtig verder.
De volgende keer dat ik stopte om iets te drinken, keek ik op mijn horloge en zag tot mijn verbazing dat ik niet, zoals ik gedacht had, een halfuur onderweg was geweest, maar twee uur. Het was benauwder geworden. Mijn shirt en spijkerbroek plakten aan mijn lijf van het zweet. Ik nam nog een stap en liet me meteen op mijn hurken zakken, want ik zag dat de bomen minder dicht opeen begonnen te staan.
Op mijn buik tijgerde ik door het struikgewas, met opengesperde neusgaten vanwege de lucht van half bedorven aarde. Ik kroop langzaam vooruit en probeerde geen struiken in beweging te brengen, waardoor ik mijn positie had kunnen verraden. Ik had zoveel huizen ontworpen voor rijke cliënten dat ik volkomen vertrouwd was met indringeralarmsystemen. Ik keek of ik voor me iets zag, bewegings-

sensoren op palen of een draad die naar een trillingsdetector kon lopen. Maar ik zag niets ongebruikelijks. Een bewegingsdetector was natuurlijk ook zinloos in het bos, vanwege alle dieren die daar rondzwierven, besefte ik.
Dieren? Plotseling drong tot me door dat ik al een hele tijd geen dieren meer gezien had. En geen vogels. Het voelde zo leeg aan dat ik onwillekeurig terugdacht aan de boerderij van de Dants.
Slangen? Ik keek naar de grond voor me. Niets dat rimpelde. Ik haalde een keer diep adem en sloop verder. De bomen stonden nu nog verder uit elkaar, de struiken waren minder dicht. Tussen lage takken door zag ik een open plek. Een gazon. Een bloementuin.
In het midden stond het huis, van rode baksteen. Ik was er van rechts naartoe gekomen. De muur was anderhalve verdieping hoog en was begroeid met klimop. Wit geschilderd houten tuinmeubilair en een vrolijk gekleurde miniatuurwindmolen sierden het gazon op.
Ik haalde een verrekijker uit mijn rugzak en keek of de zon niet onder een zodanige hoek aan de hemel stond dat de lenzen het licht zouden weerspiegelen. Toen richtte ik de kijker en bestudeerde ik de ramen op de bovenverdieping en de begane grond. Overal hing vitrage. Daarachter bewoog niets. Op de foto's die ik had gemaakt, had er aan de andere kant van het huis een pick-up gestaan, dus om te kijken of die er nog was moest ik om het huis heen.
Ik bleef zo dicht mogelijk bij de grond terwijl ik door de struiken kroop. Toen ik in het zicht van de achtergevel van het huis kwam, zag ik nog steeds geen enkele beweging bij de ramen. Ik staarde naar het open gebied achter het huis, dat vanaf de grond een natuurlijke helling leek te bevatten, de iets verzonken omtrek niet langer zichtbaar. Een nietsvermoedende bezoeker zou niets ongewoons hebben gezien, behalve dan dat het een fraai gazon met mooie borders was. Als daaronder inderdaad een vertrek lag, nam ik aan dat Pe-

tey dit deel van de tuin regelmatig sproeide en bemestte als compensatie voor de ondiepe wortels vanwege de ondergrondse structuur. In dat geval was vandaag niet zijn dag om in de tuin te werken. Hij viel nergens te bekennen. Het huis lag er verlaten bij.
Ik begon te hopen dat het me meezat, dat hij niet thuis was. Maar toen ik door de struiken naar de andere kant van het huis was geslopen, kreeg ik bijna kramp in mijn maag bij de aanblik van de pick-up, precies daar waar hij de vorige dag ook had gestaan. Boos sloop ik verder door het kreupelhout aan die kant van het huis, tot ik de voorkant van het huis zag, waar een overdekte veranda zichtbaar was, met een schommelstoel en een hangmat: gezellig en uitnodigend.
Maar ook daar was niemand te zien, dus ik trok me terug naar een overdekte plek met uitzicht op de zijkant, een deel van de achtergevel en een deel van de voorgevel, plus de hele pick-up. Ik was omringd door struiken. Ik nam mijn rugzak van mijn schouders, nam een slok uit een van de veldflessen en at nog wat gedroogd vlees, pinda's en rozijnen.
En wachtte.

13

Uren later zat ik nog steeds te wachten. De zon verdween langzaam achter de bomen. Het werd schemerig, en ik voelde mijn spieren verkrampen toen ik achter een van de ramen op de begane grond het licht zag aangaan. Even later ging er in een aangrenzende kamer licht aan, en een eind verderop. Ik spande me in om door de gordijnen heen enige beweging te zien, maar het huis leek nog steeds verlaten. Het kon natuurlijk best zijn dat de lichten aangingen omdat ze op een tijdschakelaar stonden. Toen er boven een lamp aanging en er een schaduw langs een raam schoof, hield ik even mijn adem in.
De schaduw van een man. Dat wist ik zeker. Ik had niet meer

dan een glimp opgevangen, maar die brede schouders, die energieke tred konden niet bij een vrouw horen. Een paar seconden later verscheen de schaduw beneden, zich verplaatsend van de ene naar de andere kamer. Ik hief mijn verrekijker en deed mijn best om naar binnen te kijken. Plotseling zag ik een man met een baard. Zijn gezicht was maar even naar me toe gewend voordat hij onder een boog door naar de keuken liep.
Maar langer had ik ook niet nodig. Ondanks de baard herkende ik hem uit duizenden. Zelfs door de verrekijker waren die brede schouders en die intense blik onmiskenbaar.
Dit was Petey.
'Ga naar huis', had ik tegen hem gezegd. En nadat hij een leven lang verdwaald was geweest, had hij mijn instructie exact opgevolgd. Hij was teruggegaan naar Woodford. Reed hij weleens langs het huis waar we toen gewoond hadden? Ging hij ooit naar het baseballveld om terug te denken aan die middag, en bedacht hij dan somber hoe anders zijn leven eruit had kunnen zien als ik mijn vrienden niet belangrijker had gevonden dan hem, als ik hem niet had weggestuurd van die baseballwedstrijd?
Zo moet je niet denken, waarschuwde ik mezelf. Beheers je! Schuld en berouw kunnen het verleden niet terugdraaien. Dat waren tekenen van zwakte. Zulke gevoelens konden mijn dood betekenen. Zulke gevoelens konden de dood van Kate en Jason betekenen.
Petey was mijn broer niet meer.
Petey was mijn vijand.
Mijn impuls was om te voorschijn te kruipen uit mijn schuilplaats, naar het venster te sluipen, te wachten tot hij weer in het zicht verscheen en dan te schieten. Maar stel dat ik miste? Mijn hand trilde zo dat ik vast niet goed kon richten. Of stel dat Petey me bij het raam zag staan voordat ik de trekker kon overhalen? Stel dat hij zou wegduiken en Kate en Jason als gijzelaars zou gebruiken. Of stel dat ik hem in-

derdaad zou doodschieten maar dat Kate en Jason niet zaten waar ik verwachtte?

Hem niet dood- maar alleen neerschieten dan? Maar dan liep ik het risico dat ik hem veel ernstiger zou verwonden dan ik gewild had. Dan ging Petey misschien dood voordat ik hem had kunnen ondervragen. Dan had ik geen enkele kans meer om Kate en Jason te vinden.

Blijf zitten waar je zit. Denk goed na, waarschuwde ik mezelf. Eén verkeerde zet, en er gebeurt hetzelfde waar ik bang voor was als ik de politie erbij gehaald had.

Ik moest het huis in de gaten blijven houden. Ik moest zien te ontdekken wat zijn vaste patronen waren. Als ik de politie belde, moest dat op het juiste moment gebeuren.

Als de situatie gunstig was.

Natuurlijk. En wanneer zou dat moment ooit komen, vroeg ik me af.

In het donker was de lucht kil en vochtig, dus ik haalde een wollen trui uit mijn rugzak en trok die aan. Maar warmer kreeg ik het er niet van. Terwijl Peteys vage vorm eten stond klaar te maken in de keuken, hield ik mezelf voor dat ik ook iets moest eten, maar ik had geen trek. Ik was zo gespannen dat mijn maag zuur aanvoelde.

Eten, beval ik mezelf. Ik propte een stuk gedroogd vlees in mijn mond en kauwde met tegenzin. Als bijgerecht was er weer een handvol noten en rozijnen, het dessert bestond uit gedroogde appels. Ik had overwogen om brood mee te nemen, maar ik was bang dat het zou bederven en dat ik dan ziek zou worden. Tenslotte had ik geen idee hoe lang ik in het bos moest blijven om het huis in de gaten te houden. Daarom had ik drie flessen water meegenomen. Daar wilde ik zo lang mogelijk mee doen, dus nam ik maar een paar slokken om de gedroogde appels weg te spoelen.

Hoe lang zou de politie bereid zijn geweest zich zo schuil te houden, vroeg ik me af. Agenten hadden zitten meppen naar de muggen die om hen heen aan het gonzen waren. Ze hadden de kou voelen optrekken door hun kleren heen, ze hadden hun broek van vochtigheid aan hun benen voelen plakken. Ze zouden hebben zitten denken aan warme koffie en een warm bed, en iemand om dat mee te delen. Al gauw zouden ze hun geduld verloren hebben en hadden ze het huis bestormd.

Ik knoopte het wollen hemd dicht tot aan mijn nek, maar nog steeds had ik het koud. Ik hief de kijker weer op en staarde door een raam, door een boogvormige doorgang naar de keuken aan de andere kant van het huis, waar Petey nog steeds bezig was om eten klaar te maken. Even later verdween zijn silhouet.

Mijn spieren verkrampten van het lange stilzitten. Mijn armen en nek deden pijn doordat ik de verrekijker omhoog moest houden. Er verstreken minuten. Ik keek op de fosforescerende wijzerplaat van mijn horloge. Een kwartier werd een halfuur. Toen er een vol uur voorbij was, kon ik de druk in mijn blaas niet meer negeren. Ik kroop vanuit mijn schuilplaats naar achteren, bleef tussen de bomen staan en waterde laag bij de grond in een poging om zo weinig mogelijk geluid te maken.

Zodra ik terugkeerde tussen de struiken, ging het licht in de keuken uit. Ik verstrakte, en keek hoe Peteys schaduw van de ene naar de andere kamer ging om de lichten uit te doen. Even later ging ook boven een van de lampen uit. Ik bleef een uur naar dat laatste licht op de verdieping kijken. Toen ging ook dat uit.

Het was een bewolkte nacht, de sterren waren niet te zien. Het huis bleef donker. Ik sloeg mijn armen om mijn ribben in een poging om warm te blijven. Mijn oogleden werden zwaar. Ik vocht om ze open te houden, ik keek van het huis naar het half zichtbare gazon en de tuin aan de achterkant, waaronder, dat wist ik zeker, Kate en Jason gevangenzaten. Zo dichtbij. Moet naar ze toe. Moet... Mijn ogen vielen dicht. Ik zakte op de grond en viel in slaap.

14

Er klapte een deur, en ik schrok wakker uit een nachtmerrie waarin ik gegeseld werd. Mijn ogen vlogen open. Met een ruk richtte ik mijn hoofd op, net zover dat ik tussen de lage struiken door het huis kon zien. De wolken waren overgedreven. De zon stond achter me, en glinsterde op de ruiten tegenover me. Het weerspiegelde licht stak in mijn ogen en maakte mijn hoofdpijn nog erger. Maar in tegenstelling tot de felblauwe lucht was de bries van de vorige dag aangewakkerd. De struiken ritselden in de wind. Waarschijnlijk was mijn nachtmerrie over geselingen veroorzaakt door het geluid van de bladeren om me heen.

Ik staarde naar de achterkant van het huis, waar ik de klapperende deur had gehoord. Petey verscheen in het zicht. Hij had een lichtgroen overhemd aan, dat contrasteerde met zijn donkere baard. Ik herkende het shirt. Dat had hij een jaar tevoren van mij gestolen. De wind woei door zijn dikke, donkere haar. Hij keek om zich heen, tuurde naar het bos en pakte een tuinslang van een haak aan de muur. Hij liep naar het gras achter het huis. Hij besproeide een aantal struiken en bevestigde daarmee mijn vermoeden dat er iets onder de grond was waardoor de wortels niet diep konden groeien, zodat de planten daar extra verzorging nodig hadden. Soms blies de wind het water naar hem terug, en uiteindelijk kreeg hij daar zo genoeg van dat hij de tuinslang liet vallen, terugliep naar de muur om de kraan uit te zetten en terugging naar het huis.

Door de weerkaatsing van het zonlicht in de ruiten kon ik niet zien wat hij binnen deed. Na een halfuur waren mijn lippen zo uitgedroogd van de wind dat ik naar mijn veldfles greep. Maar ik hield halverwege op toen ik weer een deur hoorde slaan, ditmaal aan de voorkant van het huis. Petey kwam de veranda op. Hij had zijn doorweekte groene overhemd uitgetrokken en een grijs aangedaan. Dat was ook van mij geweest. Hij hief zijn hoofd, bijna alsof hij een geur in de lucht wilde opsnuiven. Dat was er van mijn broer geworden: een dier dat loerde of er gevaar dreigde. En dat kwam door mij.

Zo moet je niet denken, moest ik mezelf opnieuw waarschuwen.

Hij liep de treden van de veranda af, om het huis heen. Mijn hartslag versnelde toen hij in de pick-up stapte en zijn riem omdeed. De pick-up stond met de voorkant naar mij toe, maar uit de zon, zodat ik zijn baard en zijn felle ogen door de voorruit zag voordat hij de wagen omkeerde. In een wolk van stof reed hij de oprit af, en even later was het blauw van de pick-up verdwenen tussen de door de wind geranselde bomen.

Even dacht ik dat mijn ogen me bedrogen. Had ik echt gezien wat ik zo graag wilde zien? Nam het geluid van de pick-up echt af in de verte? Een paar lange minuten bleef ik roerloos zitten. Misschien was Petey alleen gaan kijken of er post was in de postbus bij de weg, en zou hij zo dadelijk terugkomen. Of misschien had Petey op een of andere manier het gevoel gekregen dat iemand zijn huis in de gaten hield. Misschien deed hij alsof hij wegreed, om de indringer uit zijn schuilplaats te lokken. Als ik op weg ging naar het huis, zou Petey me dan neerschieten vanuit de plaats waarheen hij was teruggekeerd en waar hij tussen de bomen op de uitkijk zat?

De zon rees hoger. De wind wakkerde nog meer aan, en geselde de struiken waartussen ik me verborgen hield. Maar verkoeling bracht hij niet. Integendeel, het leek me een abnormaal hete ochtend. Ik had het gevoel dat het zweet meteen opdroogde op mijn bestofte wangen. Zenuwachtig keek ik op mijn horloge. Er was een kwartier verstreken. Als Petey alleen maar naar de postbus was gegaan, moest hij intussen terug zijn, zei ik tegen mezelf. Ik speurde de bosrand af, waar de oprit tussen de bomen verdween. Maar het loof bewoog onophoudelijk in de wind en ik kon geen enkele beweging zien die verried waar hij stiekem naar indringers zat te loeren.

Ik staarde naar de struiken achter het huis. De politie. Pak je mobiele telefoon, dacht ik. Maar toen ik mijn hand ernaar uitstak, werd ik bezorgd dat Petey me zou kunnen horen als hij vanuit een ander deel van het bos zat te kijken. Dan zou de wind mijn stem niet dempen maar juist rechtstreeks in zijn richting meevoeren.

Of stel dat Petey niet alleen was? Stel dat er iemand anders in huis was, die mijn stem zou horen als ik ging zitten telefoneren? Om dat te voorkomen zou ik een paar honderd meter dieper het bos in moeten voordat het veilig leek om de telefoon te gebruiken, maar dan kon ik het huis niet meer zien en zo kon ik onmogelijk weten wat er gebeurde zolang ik weg was.

De zon rees hoger en weerspiegelde niet langer in de vensters. Daarachter bewoog niets. Gisteravond had ik geen tweede silhouet gezien, alleen dat van Petey. Was het veilig om aan te nemen dat hij daar in z'n eentje zat? De politie zou hier niet kunnen zijn voordat hij terugkeerde. Verdomme, misschien was dit mijn enige kans. Ik kroop door de struiken naar de achterkant van het huis. Als Petey op de uitkijk zat tussen de bomen aan de voorkant, kon hij me aan de achterkant niet zien naderen.

Ik wurmde me tussen lage takken door en kwam bij de rand van de open plek. Weer keek ik of ik beweging zag achter de vitrage. Toen trok ik mijn pistool en rende de open plek op. De wind probeerde me terug te dringen. Ik kwam bij een sering, school daar even achter en sprintte toen naar een pergola met een druif, waar ik een laatste keer naar het huis bleef staan kijken. Daarna rende ik naar de achtergevel en perste ik me tegen de zondoorstoofde steen.

Er liep een trapje naar de achterdeur. Ik sloop de treden op en hief voorzichtig mijn hoofd om door een venster te kijken. Door de vitrage heen kreeg ik een vaag beeld van een keuken, kasten, een aanrecht en een fornuis aan de rechterkant, een boog en een koelkast links. In het midden stond een kleine tafel. Eén stoel, die de indruk wekte dat Petey daar alleen woonde.

Maar wat me nu zorgen begon te baren, was dat Petey misschien een hond had, een pitbull bijvoorbeeld, die erop was getraind om zich pas te laten zien als er iemand binnendrong, en die de indringer vervolgens aan stukken zou scheuren. Vanuit Peteys standpunt bekeken zou dat niet onverstandig zijn, maar hoe langer ik keek, des te ernstiger begon ik te betwijfelen of dat zo was. Ik had het huis nu meer dan twaalf uur lang geobserveerd, en in al die tijd had Petey geen hond naar buiten gelaten om zijn behoefte te doen. Oké, misschien had hij dat gedaan terwijl ik lag te slapen. Maar dan had die hond toch zeker mijn geur opgepikt en zou hij me aangevallen zijn? En tenzij Petey supernetjes was en alles opruimde, had ik dan toch zeker hondendrollen op het gras zien liggen? Bovendien zou een hond die in huis was opgesloten, een ernstige limiet stellen aan Peteys mogelijkheid om langere tijd van huis weg te blijven. Voor Kate en Jason had hij eten kunnen neerzetten in hun cel. Maar het zou moeilijker zijn om voldoende voer achter te laten om een grote hond een tijdlang in leven te houden, nog afgezien van de troep die de hond in huis zou maken.

Nee, ik raakte er steeds meer van overtuigd dat Petey geen hond had. En als dat toch zo was, moest ik bereid zijn om het dier af te schieten.

Ik voelde aan de achterdeur. Die zat op slot: niet echt een verrassing. Ik zou de ruit moeten inslaan, mijn hand naar binnen moeten steken en het slot van binnen uit moeten openmaken. Ik verschoof iets, zodat ik door het raam omlaag kon kijken naar het stuk deur vlak boven de deurknop. Ik zag een schuifgrendel. Als ik het raam had ingeslagen, hoefde ik alleen de zekering maar om te draaien en...

Misschien zou alleen een architect of iemand die iets met

huizenbouw te maken had, de moeite genomen hebben. Het slot was een grendel, van het soort dat ik altijd adviseerde. Aan de buitenkant kon je alleen met een sleutel naar binnen. Maar binnen kon je het slot op twee manieren openen, afhankelijk van de manier waarop het was geplaatst. Als er geen ruit was waar de indringer zijn hand doorheen kon steken, was een draaiknop handig. Maar was er wel een venster, dan kon je het slot veilig monteren door een andere sleutel te kiezen, geen draaiknop. Op die manier kon een indringer het slot nog steeds niet open krijgen, ook al stak hij zijn hand door de gebroken ruit, tenzij hij een sleutel had.

Dus vroeg ik me af of het zinnig was dat Petey een superieur slot had dat op inferieure wijze was gemonteerd. Misschien was mevrouw Warren degene geweest die het slot had laten aanbrengen, dat kon natuurlijk. Maar zou Petey, die alle reden had om voorzichtig te zijn, zo'n voorzorgsmaatregel over het hoofd gezien hebben? Dat betwijfelde ik.

Terwijl ik op dat probleem stond te broeden, begon iets anders me dwars te zitten. De deur was zo geplaatst dat hij opende naar de kasten rechts, en niet naar de open plek links. Een onhandige plaatsing, waardoor de deur niet helemaal open kon zwaaien. Daardoor liep hij het risico dat hij de kasten zou beschadigen als de deur te krachtig werd geopend.

Nerveus sloeg ik met de handgreep van mijn pistool de ruit in. Met de loop trok ik voorzichtig de gordijnen naar me toe. Zodra ze buiten waren, trok ik ze los zodat ik goed naar binnen kon kijken, althans naar die delen van de keuken die ik kon zien. Ik liep een paar stappen terug, de wind in, zocht een dode tak aan een struik, brak die af en knakte de twijgen eraf. Ik wilde liever een dode tak dan een levende, want hij moest stijf zijn. Ik liep de treden weer op en tuurde omlaag door het gat in het raam. Voorzichtig, zonder mijn hoofd of handen te laten zien, drukte ik de tak omlaag op een zijkant van de knop, en draaide ik hem om. Het slot

maakte een schrapend geluid. Met het pistool in de aanslag draaide ik de deurknop om, bleef staan waar ik stond en duwde de deur naar binnen.
Ik verschoot van kleur van de schrik toen er met een daverende klap een rafelig gat met een doorsnee van vijfentwintig centimeter in de geopende deur verscheen. Mijn oren daverden alsof ik een oorveeg had gekregen. Mijn neusvleugels verstrakten bij de stank van buskruit.
Ik haalde diep adem om te kalmeren, stak mijn hoofd naar binnen en tuurde behoedzaam door de deuropening. Links zag ik een bijkeuken, waar scharnieren in een deurstijl aangaven dat daar een deur was weggehaald. In de bijkeuken was een geweer gemonteerd op een werktafel. Een dik touw was vastgemaakt aan de trekker. Het touw liep rond een katrol achter het geweer en daarvandaan naar een tweede katrol, en tot slot naar het plafond, waar het via een metalen haak boven aan de deur aan de binnenkant was bevestigd. De spanning op het touw was zodanig dat het geweer alleen afging als de deur over een bepaalde afstand werd geopend, zodat de indringer zich moest laten zien voordat het schot viel.
Bij het zien van het enorme gat in de deur vroeg ik me af wat die kogel met mijn middenrif gedaan zou hebben. Met een misselijk gevoel waarschuwde ik mezelf dat ik me niet moest laten afleiden. Ik wist nog steeds niet helemaal zeker dat Petey geen hond had.
Ik schoof voorzichtig naar de enige andere ingang van de keuken, de boog aan de linkerkant. Ik hoorde niets door het gedaver in mijn oren. Ik zag niets bewegen.
Ik stapte naar binnen.

15

De wind wakkerde aan. Toen ik de deur dichtdeed, kwamen de vlagen door de gebroken ruit en het splinterende gat daaronder. Hoe sterk de neiging om verder naar binnen te gaan ook was, ik liep langzaam door. Toen ik de keukentafel passeerde, was er iets in mijn ervaring als architect dat me waarschuwde. De boog aan de linkerkant was de enige andere ingang naar de keuken. Dat was niet logisch. Er moest ook een deur recht voor me geweest zijn. Dat moest dan de deur geweest zijn naar een trap aan de voorkant van het huis, die naar de verdieping leidde. Zoals de kamers op de begane grond waren ingedeeld, moest iemand die vanaf de verdieping naar beneden kwam, een omweg maken vanuit de voorhal, door de kamers aan de andere kant van het huis en dan naar de keuken. Voor mevrouw Warren, die niet jong meer was, moest dat te omslachtig geweest zijn. De muur recht voor me diende geen enkel doel. Het zou gemakkelijk en logisch zijn geweest om daar een deur in te maken. Waarom was dat dan niet gebeurd?

Misschien was er ooit een deur geweest, bedacht ik. Ik stapte dichterbij, en zag een klein verschil tussen de afwerking van de muur voor me en de afwerking van de muur links. De witte verf op de muur voor me was iets lichter dan die links. Het pleisterwerk voelde gladder aan. Iemand had een nieuwe muur over die deur heen gemetseld, zodat er geen toegang mogelijk was vanuit de voorhal.

Had Petey dat gedaan? Waarom? Zelfs voor een jonge man zou die omweg naar de keuken lastig zijn. Waarom had hij daar opzettelijk voor gezorgd?

Het enige antwoord dat ik kon verzinnen was dat Petey die andere deur had geblokkeerd omdat hij een indringer wilde dwingen om die omweg te maken. Hij had meer vallen opgesteld.

Natuurlijk. De keuken had geen deur naar de kelder. De ingang van de kelder moest in de voorhal liggen. Maar om daar te komen moest de indringer door de andere kamers.

Terwijl de wind huilde, staarde ik door de boog naar de kamer links van me. Naast de koelkast zag ik een bezem staan,

en daarmee zwaaide ik door de opening, op en neer en van links naar rechts, om te kijken of er geen andere triggerapparatuur was geïnstalleerd (elektronische straling, bijvoorbeeld), die op een wapen was aangesloten.
Er gebeurde niets.
Ik drukte het uiteinde van de bezemsteel op een tapijt dat in de deuropening lag.
Het was een solide vloer. Ik ging de eetkamer binnen, bestudeerde de lange tafel, de stoelen en het buffet en zag geen verdere vallen. Ik stapte naar een andere boog. Daar zag ik oude fauteuils en een sofa staan in wat mevrouw Warren waarschijnlijk haar zitkamer had genoemd.
Ik probeerde een ander stuk tapijt en stapte in de richting van de voorkamer.
Krak! De vloer bezweek. Mijn maag sprong op naar mijn hart. Ik duikelde voorover en sloeg met mijn borst tegen de rand van het valluik. Het pistool en de bezem vlogen uit mijn handen toen ik naar de houten vloer klauwde. Mijn handen gleden weg. Ik haakte mijn vingers rond de rand en bleef hangen. In paniek staarde ik omlaag naar een stuk kelder dat afgeschot was. Door een houten plateau vlak onder me staken messen omhoog, tien centimeter uit elkaar in alle richtingen, zodat je er niet tussen kon vallen en ongedeerd blijven. Eén eind van het tapijt was vastgemaakt aan de vloer en hing vlak boven de scherpe punten onder me. Daardoor was ik niet gespietst. Als ik niet meteen dood was geweest, was ik wel doodgebloed.
Mijn armen deden pijn toen ik me met grote inspanning omhooghees. Maar ik had die vloer toch getest, dacht ik. Hoe kon ik dan zo in de val lopen? Het valluik moest zo zijn afgesteld dat het pas opensprong bij een bepaald gewicht. Petey moest eroverheen gestapt zijn toen hij door de boog liep. Ik deed nog meer m'n best om me omhoog te werken, en ik zag kans mijn ellebogen te steunen op de rand van het valluik. Langzaam wurmde ik me de zitkamer in. Op mijn rug

op de vloer bleef ik liggen uithijgen. Ik probeerde mezelf tot kalmte te manen en luisterde naar de wind.
Petey kan elk moment terugkomen, dacht ik.
Ik reikte naar het pistool en de bezem, die uit mijn handen waren gevlogen toen ik viel. Maar meteen werd ik weer voorzichtig. Ik probeerde mijn te snelle ademhaling onder controle te krijgen terwijl ik het armoedige meubilair bekeek, het plafond, de hoeken. Er was niets dat er gevaarlijk uitzag. Door de voorramen bestudeerde ik de oprit die naar het door de wind geteisterde bos liep. Peteys pick-up was nergens te bekennen. In beweging blijven, maande ik mezelf. Een stoel voor me uit schuivend bleef ik dicht bij de muren, op mijn hoede voor nog meer valstrikken.
Rechts naast de voorramen leidde een boogvormige doorgang naar een gang. Daar liep een trap omhoog. Op een overloop voor de voordeur was nog een geweer opgesteld. Ook hier was aan de trekker een touw bevestigd. Het touw liep via twee katrollen naar een haak boven de deur. Wanneer de deur openging en iemand naar binnen stapte, zou het geweer de indringer in tweeën blazen. Petey had moeiteloos het touw aan de haak kunnen vastmaken toen hij de deur dichttrok, en hij had het touw al even gemakkelijk kunnen losmaken als hij terugkwam en de deur net zo ver opende dat hij zijn hand erdoorheen kon steken. Maar iemand die niets vermoedde zou onmiddellijk dood geweest zijn.
Had ik nu alle vallen gevonden? Gespannen bestudeerde ik de gang. Ik richtte mijn blik op een deur onder de trap. Ik wist zeker dat die naar de kelder zou leiden. Kate en Jason waren nog maar tientallen meters van me vandaan. Er lag geen tapijt op de vloer, die er stevig uitzag. Toch bleef ik vlak langs de muur van de gang lopen en schoof ik voetje voor voetje verder. Toen ik bij de deur onder de trap aankwam, voelde ik aan de deurknop. Die draaide zomaar in mijn hand. Maar daarachter kon een zoveelste val zitten. Dus haalde ik de lantaarn uit zijn riem, opende voorzichtig

de deur op een spleet en scheen met het licht omhoog en omlaag, op zoek naar een touw.
Het was er stikdonker. Voorzichtig opende ik de deur iets verder, toen ik plotseling iets bitters rook, net kamfer. Mottenballen.
Ik opende de deur verder, richtte de lantaarn naar binnen en zag jassen en jurken aan een roede hangen. Een kast. Nee! Woedend pookte ik met de bezemsteel tussen de kleren. Ik tikte op de vloer. De wanden. Niets klonk hol. Waar was die ingang naar de kelder, verdorie?
Opschieten, dacht ik.
Ik dacht terug aan de vorige nacht, toen ik door het raam naar Peteys silhouet had staan staren. Hij was aan het koken geweest. Daarna was zijn silhouet verdwenen. Ik had aangenomen dat hij had zitten eten in dat deel van de keuken dat aan mijn zicht onttrokken was.
Maar stel dat hij eten naar Kate en Jason had gebracht?
In de keuken? Hoe dan? Er was daar geen kelderdeur.
Toen kreeg ik een schok door het plotselinge besef. Ik probeerde me niet te laten meeslepen, hoewel ik ontzettend blij was met mijn ontdekking. Ik liep dezelfde weg terug en bleef maar één keer staan, om tussen de verwaaide struiken door te kijken of Peteys pick-up al terugkwam. Toen stapte ik over het open luik tussen de zitkamer en de eetkamer heen en holde de keuken in.
De bijkeuken. Ik tikte op de muren achter de blikken met eten op de planken. Die klonken solide. Ik keek naar de vloer, snapte wat Petey had gedaan en greep de werktafel waarop het geweer was vastgemaakt. Die sleurde ik opzij, en toen zag ik de omtrekken van een tweede vloerluik. Dit luik had een ring. Ik trok het omhoog en keek naar een houten trap die de duisternis in leidde.

16

'Kate! Jason!'
De namen echoden terug naar me.
Niemand gaf antwoord.
Ik zette het luik schuin tegen de planken erachter. Ik zette de werkbank zo neer dat hij het luik, mocht het per ongeluk dichtvallen, zou tegenhouden voordat het dichtsloeg en misschien zou vergrendelen. Toen richtte ik mijn lantaarn de duisternis in en zag een lichtschakelaar aan een paal, een tree of vijf naar beneden. Voorzichtig zette ik een voet op de eerste trede terwijl ik me naar beneden liet zakken om de kelderlichten aan te doen.
Nee, waarschuwde ik mezelf. Petey zou niet de hele begane grond volbouwen met boobytraps en dan niets aan de kelder doen. Ik was zover gekomen omdat ik me in hem had ingeleefd. Ik dacht zoals hij. Wat zou Petey gedaan hebben om de kelder te beveiligen?
Ik had nog steeds de bezem in mijn hand. Ik stak hem schuin omlaag, haalde de schakelaar over...
En wankelde achteruit toen er een boog vonken uit de schakelaar schoot, waardoor de bezem in één keer zwart verblakerd raakte. Het was een oogverblindende flits, met zoveel kracht dat de bezem uit mijn hand werd geslagen. Ik voelde iets prikkelen in mijn handpalm waar de stroom me even had geraakt.
Er steeg rook op uit de nepschakelaar. Ik rook verbrande bekabeling en richtte opnieuw de lichtbundel van mijn lantaarn. Voorzichtig ging ik nog een paar treden af. Ik liet mijn gewicht langzaam op de treden neerkomen en hield telkens de trede boven me vast, voor het geval dat er een tree zou afbreken. Hoe dieper ik afdaalde, des te minder hoorbaar werd de wind. Ik liet het licht door de kelder schijnen. Dozen, een werkbank, gereedschap aan de muur daarboven, planken met ingemaakte groenten, een wasmachine en een

droger, een oliebrander, een wastobbe en een boiler. Boven de wastobbe was een dichtgespijkerd raam. De wanden en de vloer waren van oud beton. Aan het plafond waren naakte pijpen, kabels en gebinten te zien. Alles rook er naar schimmel.

Ik liet me nog lager zakken en zag een schakelaar aan een tweede paal, ditmaal onderaan. Toen ik bij de bezem was aanbeland, raapte ik die op waar hij gevallen was. Opnieuw haalde ik de schakelaar over met de bezemsteel, en ditmaal was het een echte schakelaar. Er gloeide licht op aan het kelderplafond: vaag licht, gloeilampen van zestig watt, maar genoeg om me tijdelijk te verblinden.

'Kate! Jason!'

Nogmaals echoden mijn kreten.

Nogmaals volgde er geen gedempt antwoord.

Ik probeerde me te oriënteren. De wand tegenover het gebied achter het huis lag links van me. Er was geen deur, alleen iets groots, een soort boekenkast, met planken vol ingemaakte perziken en peren. Ik bestudeerde het geheel vanuit meerdere hoeken, op zoek naar alweer een val. Ik stapte voorzichtigheidshalve naar links en duwde met de bezemsteel.

De planken schoven weg.

Ik stak mijn hoofd een eindje om de hoek en tuurde door de opening. De tunnel was een meter of vijf lang, van glad, nieuw ogend beton. Petey had de constructie herhaald die Orval Dant had verzonnen, met dit verschil dat Petey een betonnen plafond had gekozen waar Orval hout had gebruikt.

Aan het einde was een met metaal beklede deur. Met een grendel, maar ditmaal was er geen knop die moest worden omgedraaid. In plaats daarvan was er een sleutelgat te zien, en ik twijfelde er geen moment aan dat de deur op slot zat. Ik wilde erheen hollen, maar ik aarzelde. Waarom had Petey al die extra moeite genomen om een tunnel te bouwen, waarom had hij de cel niet meteen tegen het huis aan gebouwd? Dat was sneller en gemakkelijker. Had Petey klakkeloos Orvals constructie nagebouwd? Of zat er in die tunnel nog een val?

Ik bestudeerde de kale vloer, de wanden en het plafond, maar ik kon geen gevaar ontwaren. Net op het moment dat ik nogmaals naar Kate en Jason wilde schreeuwen, begreep ik plotseling waar die tunnel toe diende. Als er een onbekende naar de kelder kwam, zaten Kate en Jason zo ver weg dat ze niets konden horen en zelf onhoorbaar waren.

Maar hoe moest ik die deur openkrijgen? Ik zag dat de scharnieren aan de tunnelkant zaten, en ik keek naar rechts, naar de werkbank. Ik greep een hamer en een beitel...

En bleef stokstijf staan toen ik een geluid hoorde.

Er druppelde iets. In de stilte van de kelder leek het zachte geluid versterkt. Ik keek naar de wastobbe, maar die kranen zaten stevig dicht. Daar lekte geen water uit.

Drup. Ik draaide me om en probeerde te horen waar het geluid vandaan kwam. Drup. Drup. Regelmatig. Onophoudelijk.

Ik richtte mijn aandacht op een plek onder de trap. Op een pijp die uit de muur stak. Drup. Drup. En toen rook ik het. Benzine. Drupdrupdrup. Uit de pijp kwam benzine die zich over de betonnen vloer verspreidde. De stroom moest in gang zijn gezet toen ik de nepschakelaar op de trap omzette. Peteys laatste val. Als verder alles mislukte, zou er een ontstekingsmechanisme in werking treden zodra er genoeg benzine op de vloer was gelopen. Dan zouden het huis en de indringer, het bewijs tegen Petey, van de aardbodem worden gevaagd.

Met de hamer en beitel in mijn hand rende ik de tunnel in. Mijn koortsachtige activiteiten echoden toen ik aan de deurknop voelde, die inderdaad op slot zat. Ik hield de beitel onder de kop van een scharnierpin en hamerde naar boven, totdat hij losschoot. Ratelend viel hij op de grond. Ik deed

hetzelfde met de andere twee, en toen trok ik aan de scharnieren om de deur los te trekken.
'Kate, hier ben ik!' Ik bonsde op de deur. 'Jason, hier is papa! Ik haal jullie hier weg!'
Maar er werd niet aan de andere kant op de deur gebonkt. Ik hoorde geen gedempte kreten ten antwoord.
Er was geen beweging in de deur te krijgen. Ik staarde naar het slot in de hoop dat ik de slotplaat kon losschroeven om de cilinder uit elkaar te halen, maar Petey had de koppen van de schroeven af geboord.
Met de beitel en de hamer beukte ik op het beton naast het slot. Er vlogen brokken in het rond. Met pijnlijke armen hamerde ik nog harder. Nog grotere brokken vielen weg. Ik was bang dat ik vonken zou veroorzaken waardoor de benzinedamp kon ontploffen, maar ik had geen andere keuze. Ik moest iets doen, wat dan ook, voordat het huis ontplofte. Ik hoopte dat ik de grendel bloot kon leggen, maar ik vond een dikke metalen huls waarin de grendel had gezeten. Het kon best zijn, dat kon ik niet zien, dat die metalen buis wel een meter de muur in stak. Dan zou het me de hele dag kosten voordat ik al dat beton had weggebeiteld.
Ik rende terug naar de werkbank en keek naar de gereedschappen daarboven, op zoek naar een koevoet. Die was er niet. Ik keek naar een schep en een hark naast de bank, op zoek naar een bijl waarmee ik door de met metaal beklede deur heen kon hakken.
Die was er niet.
De geur van benzine was sterker geworden. Ik zag een meter pijp op de grond liggen, waarschijnlijk over van de ene of de andere val. Ik negeerde het stuk metaal, staarde nogmaals naar de gereedschappen boven de werkbank, keek weer naar de pijp en greep hem. Kokhalzend van de benzinewalmen rende ik de tunnel door. Met de beitel en de hamer ramde ik op het beton naast het middelste scharnier. Opnieuw vlogen de brokstukken in het rond. Mijn armen

verkrampten. Zonder op de pijn te letten hamerde ik nog heviger op de beitel los. Ik miste. Ik sloeg op mijn vuist, schreeuwde het uit van de pijn, negeerde het bloed dat uit mijn knokkels kwam opwellen en beukte met nog grotere kracht op de beitel. Toen er een gat zichtbaar werd, liet ik hamer en beitel vallen, ramde de pijp in het gat en wrikte uit alle macht. Zwetend duwde ik harder en harder tegen de pijp. Plotseling kwam er beweging in de deur. Ik zette nog meer kracht. De spleet werd breder. Ik struikelde en verloor bijna mijn evenwicht toen de deur losschoot en er zoveel ruimte kwam dat ik me naar binnen kon persen.

17

Alstublieft, God, laat ze in leven zijn, bad ik.

Ik stortte me een vertrek ter grootte van een garage in. Een vrouw en een jongen doken angstig ineen en probeerden zo ver mogelijk bij me vandaan te blijven. Beiden hadden een ketting van anderhalve meter die vanaf een boei rond de pols naar een metalen ring in de muur liep.

'Kate! Jason!'

Ze zagen versuft uit. De pupillen van hun ogen waren onnatuurlijk groot, zo zwart dat het wit eromheen niet meer zichtbaar was. Gader had me ooit gezegd dat een van Lester Dants vele criminele activiteiten had bestaan uit drugshandel. Ik keek naar iets dat ik bij het binnenkomen had omgegooid. Een prullenbak. Er waren lege flesjes en gebruikte injectiespuiten uitgevallen.

Godverdomme, stuk ellende, je hebt ze platgespoten, gilde ik inwendig.

Kate en Jason waren doodsbang in een hoek gekropen. Ze hadden het soort kleren aan waarbij ik meteen aan kerkgang moest denken. Kate had donkere pumps aan, een keurige blauwe jurk tot op de knie en een bijpassend lint in haar haar. Jason had zwarte schoenen aan, een zwarte broek en een wit overhemd met een vlinderstrik. Hun haar was zorgvuldig gekamd en had die net niet helemaal natuurlijke uitstraling die je krijgt als iemand anders je haar kamt. Hun gezichten waren bleek, met wallen onder de ogen. Kate had lippenstift op, maar die was uitgelopen.

Het enige meubilair was een bed waarop ze ineengedoken hadden gezeten tot ze zich half doodgeschrokken waren van de herrie waarmee ik de kamer was binnengevallen.

'Kate, ik ben het! Brad!'

Ze deinsden achteruit in een wanhopige poging om zo ver mogelijk van me vandaan te blijven.

'Jason, het is papa!'

Kreunend wurmde de jongen zich weg, zo ver als zijn ketting toeliet.

Ze hadden me nooit met een baard gezien. Hun geesten waren zo wazig van de drugs dat ze me niet herkenden. Het enige dat ze wisten was dat ik met veel kabaal was binnengekomen, en dat ik dus gevaarlijk moest zijn.

'Luister nou even! Jullie zijn gered!'

Ik liep terug naar de tunnel om de hamer en beitel te pakken. Toen ik terugrende naar Kate en Jason, sloegen ze hun armen om hun hoofden ter bescherming.

'Je hoeft niet bang meer te zijn!'

Hun gejammer werd overstemd door het gekletter van de hamer op de beitel toen ik naast een van de metalen ringen op de muur begon in te beuken. Er vlogen stukken beton in het rond. De walmen van de benzine hadden het vertrek nog niet bereikt. Even maakte ik me geen zorgen over de vonken, toen ik harder op de ring en op het beton eromheen sloeg. Kate en Jason waren opgehouden met kermen: ze waren sprakeloos van afgrijzen. Plotseling viel de ring waarmee Jason vastzat op de matras.

Ik richtte de beitel op de ring waarmee Kate aan de muur was geketend. Toen ik op het beton boven haar hoofd sloeg, beefde ze. Ze deed me denken aan een hond die zo vaak geslagen is dat hij ineenduikt als hij zijn baas ziet aankomen. Mijn god, dat is het natuurlijk, besefte ik. Ik stelde me voor hoe Kate Jason mij vanuit een door drugs veroorzaakte vage waas zagen. Mijn baard was momenteel het duidelijkste kenmerk van mijn uiterlijk. Peteys baard was wat ze in hun staat van half bewustzijn het sterkst opgemerkt moesten hebben. O jezus, ze dachten dat ik Petey was.

Radeloos besefte ik wat er gebeurd moest zijn. Petey had geprobeerd een hersenspoeling toe te passen. Hij had Kate gedwongen, hem haar echtgenoot te noemen en Jason om hem vader te noemen. Belangrijker nog, hij had ervoor gezorgd dat ze het gingen geloven. Dag in, dag uit had hij dezelfde routine gevolgd, vastbesloten om hun wil en hun weerstand te breken, om van hen de aanbiddende echtgenote en zoon uit zijn fantasieën te maken. Hij wilde geen gezin met een eigen wil. Hij wilde marionetten, die zijn waanbeelden konden bevolken.

'Ik ben het! Ik ben het echt!' Ik beukte met de beitel tegen de wand. 'Brad!'

Hun ogen werden nog groter van angst.

'Jason, ik ben niet wie je denkt! Ik ben echt je vader!'

Ik had geen tijd om alles uit te leggen. Ik moest ze naar buiten zien te krijgen, voordat die benzinewalmen verder het huis in trokken en de zaak tot ontploffing kwam. Met een laatste, wanhopige dreun sloeg ik de ring weg waarmee Kate geketend was.

Jason en zij durfden geen vin te verroeren.

Ik greep hun kettingen en sleepte ze naar het gat van de deur. Ik perste me de tunnel in en trok ze aan hun kettingen een voor een door de deuropening. Meteen voelde ik me licht in het hoofd worden, als teken dat de walmen me begonnen te verstikken. Ik trok Kate en Jason de tunnel in en moest opnieuw denken aan honden die niet met hun baas mee willen. Ik kwam bij de kelder aan en zag rook opwolken uit de namaaklichtschakelaar die me bijna had geëlektrocuteerd.

Het ontstekingsmechanisme. Als dat in vlammen uitbarstte, ging het huis de lucht in.
Door het open valluik glansde zonlicht naar binnen.
'Je bent bijna vrij, Kate! Jason, dadelijk ben je hier weg!'
Maar toen we de trap op wilden, viel Jasons mond open en gaf hij een ruk aan zijn ketting. Hij gilde. Boven ons verscheen een schaduw, die een deel van het licht wegnam. En helemáál donker werd het toen Petey het valluik dichtsmeet.

18

Er begon dikkere rook uit de namaakschakelaar te wolken. Ik hoestte, maar ik kreeg mijn longen niet schoon. Boven het luik klonk gerommel, een waarschuwing dat Petey de zware werkbank op het luik aan het terugschuiven was. Ik trok mijn pistool en schoot in de richting van het lawaai. Terwijl er vier kogelgaten in het luik verschenen, besefte ik vol ontzetting dat de vonken uit mijn pistool de walmen natuurlijk konden doen ontploffen.
Mijn oren daverden van de schoten. Bijna de hele vloer stond nu blank met benzine. Wanhopig keek ik om me heen, op zoek naar een uitweg. Boven de wastobbe zag ik het dichtgetimmerde raampje. Ik rende terug en greep de hamer, holde naar de gootsteen en wrikte de planken los van het raam. Het was zo'n raam dat onder een hoek omhoog moet worden getrokken en dan op zijn plaats gehouden wordt door een haak aan het plafond. Toen ik het openzette, hoorde ik de wind, die nog was aangewakkerd nadat ik het huis was binnengegaan. Ik voelde een vlaag in mijn gezicht terwijl ik Jason optilde. Hij stribbelde tegen terwijl ik hem door de opening duwde. Ik tilde Kate op, en was geschokt dat ze nog maar zo weinig woog. De aanblik van de tuin, van vrijheid, leek haar enigszins te animeren. Met meer energie wurmde ze zich door de vensteropening, wanhopig om bij mij vandaan te komen.

Ieder moment, vreesde ik, kon ik nu door een verzengende klap uiteengereten worden. Ik klom op het aanrecht, en net toen ik mijn borstkas door het raam schoof, zakte de wastobbe weg van de muur, bezweken onder mijn gewicht. Ik greep een tak van een struik en bleef hangen. De tak boog. Ik zakte mee.

Ik klauwde naar de aarde, gleed verder de kelder in, zette mijn ellebogen schrap tegen de zijkanten van het raam en gleed niet verder. Onder me probeerde ik me uit alle macht omhoog te werken, en mijn spijkerbroek schuurde langs de betonnen muur. De wind blies in mijn gezicht en de rook golfde om me heen door het venster, maar toch kon ik de benzine nog ruiken.

Ik greep een andere tak en trok mezelf stukje bij beetje door de opening. Maar de gesp van mijn broekriem bleef steken tegen de vensterbank. Ik probeerde mijn heupen op te tillen, zodat ik de gesp over de rand kon krijgen. Ik hoorde hem over het beton schrapen. Ik trok mijn buik in, hief mijn heupen zo hoog als ik kon en voelde de gesp losschieten. Ik wrong me nog wanhopiger naar voren en werkte me naar buiten. Mijn heupen kwamen naar buiten. Mijn dijen. Zodra ik op handen en knieën zat, sprong ik omhoog.

De adrenaline brandde door mijn spieren toen ik van tussen de struiken naar de zijkant van het huis rende. Ik zag Peteys pick-up, die ik door de planken voor het raam niet had kunnen horen toen hij teruggekomen was. Kate en Jason waren nergens te bekennen, maar ik wist zeker dat ze, hoe versuft ze ook waren, voldoende besef gehad moesten hebben om van de pick-up weg te lopen. Ik wilde achter hen aan, naar de achterkant van het huis, om de open plek over te steken naar de veiligheid van het bos...

En stond op nog geen drie meter van Petey, die een geweer op mijn borstkas richtte.

Hij trilde van woede.

Ik kon onmogelijk mijn pistool trekken en schieten voordat

hij de trekker had overgehaald. Zelfs al trof ik hem, met mijn 9-mm-kogel zou ik hem misschien niet eens doden, maar met een geweer kon hij op drie meter mijn hele borstkas aan flarden schieten.

'Stop, Petey!' Ik wist niet zeker of hij me met baard herkende. 'Ik ben het! Brad!'

Nog voordat ik mijn mond had geopend, had hij zijn ogen samengeknepen. Hij keek verbaasd. Toen hij probeerde om door die baard heen te kijken, wist hij wie ik was.

De wind beukte zo hard op ons los dat ik hem nauwelijks kon horen. 'Brad,' prevelde hij.

'Luister! Hebben ze jou verteld wie Lester was?' schreeuwde ik. Het was het enige dat ik kon verzinnen om te voorkomen dat hij zou gaan schieten. 'Weet je waarom ze je hebben meegenomen?'

'Lester,' mompelde hij.

'Hebben ze je verteld dat Lester de enige zoon was van Orval en Eunice? Maar die was doodgegaan!'

Er stroomde rook uit het kelderraam.

Ik liep een eindje weg, maar ik moest hem blijven afleiden. 'Zeiden ze ook dat ze gek werden van verdriet?'

Dadelijk zou het huis ontploffen.

'Ze hadden al drie kinderen verloren, die waren dood geboren!' Voorzichtig schoof ik op in de richting van de bomen. 'De andere Dants waren dood! Eunice kon geen kinderen meer krijgen. Lester was hun enige kans om de bloedlijn voort te zetten!'

Petey keek langs de loop van zijn geweer. 'Lester.'

Terwijl de rook in steeds grotere wolken uit het huis kwam zetten, liep ik verder naar de bomen. 'Ze wilden een vervanger, het maakte niet uit hoe. Maar dat kon niet in Brockton. Dat was veel te dicht bij huis. Dan had iemand ze misschien herkend!'

Petey liep met me mee, het geweer op mijn borst gericht.

'Daarom reden ze over de snelweg van de ene plaats naar de

andere. Ze wachtten tot God hun een aanwijzing zou geven, tot hij een jongetje van dezelfde leeftijd op hun pad zou plaatsen. De ene plaats na de andere. Na honderdvijftig kilometer kwamen ze in Ohio. Ze kwamen langs Columbus. Ze kwamen naar Woodford. We zullen nooit weten waarom ze de snelweg verlieten en daarheen gingen. Er moet iets geweest zijn dat een teken van God leek. Ze reden wat rond, sloegen een hoek om en daar was jij, helemaal alleen, op je fietsje in een verder lege straat!'

'"Kun jij ons vertellen hoe we bij de snelweg komen?"' zei Petey met onvoorstelbare bitterheid in zijn stem. '"Geloof jij in God? Geloof jij in het einde van de wereld?"'

De rook werd erger. Ik proefde hem toen ik dichter bij de bomen kwam.

Nog steeds liep hij gelijk met me op, en zijn vinger leek iets strakker om de trekker te liggen.

'Ze hebben je meegenomen en je in die ondergrondse kamer opgesloten en ze zeiden dat je Lester heette, en als je niet deed alsof je hun zoon was, kreeg je straf.'

'Lester.'

Ik dacht dat ik vlammen bij het raam zag.

'Want deze mijn zoon was dood en is weer levend geworden; hij was verloren en is gevonden. Lucas vijftien, vers vierentwintig,' zei Petey.

'Toen je zei dat je misbruikt was, dacht ik dat je bedoelde in seksueel opzicht.'

Ik zette nog een stap.

Petey ook.

De wind blies nog harder.

'Maar je bedoelde niet seksueel! Je bedoelde misbruikt in je geest, in je ziel! Ze wilden zo graag dat je Lester werd dat ze je sloegen en uithongerden. Je werd behandeld als een beest totdat je niet meer wist wie je was. Het was zo afgrijselijk dat je uiteindelijk bereid was om wie dan ook te worden, als ze je maar niets meer zouden doen, als ze je emmer

maar zouden leeggooien en je iets te eten gaven.'
'Ze brachten me het Goede Boek bij,' zei Petey. 'De waarheid zal u vrijmaken. Johannes acht, vers tweeëndertig.'
'Maar de waarheid is: het is voorbij! Ik kan je hulp bezorgen, Petey! Het is niet te laat. Wanneer de politie begrijpt waarom je dit allemaal hebt gedaan, dan zullen zij je ook willen helpen. Ik beloof je, het leven kan veel mooier worden! Orval en Eunice mogen je niet nog een keer kapotmaken, dat mag je niet toestaan. Je moet niet langer zijn wat zij van je gemaakt hebben, Petey!'
'Ik wil niet dat je me Petey noemt!'
Mijn stem brak. 'Ik kan je niet zeggen hoe erg ik het vind! Ik weet dat je hele leven veranderd is door mij, dat alles anders geweest was als ik je niet bij die baseballwedstrijd naar huis had gestuurd. Maar verdomme, we waren nog maar kinderen! Ik kon toch niet weten dat de Dants jou zouden grijpen? Je was gewoon mijn kleine broertje dat overal achter me aan sjouwde. Dit was nooit mijn bedoeling geweest, Petey.' De tranen liepen over mijn wangen. 'Toen je verdwenen was, heb ik God iedere nacht gesmeekt om je veilig terug te brengen, heb ik iedere nacht gebeden om een tweede kans. Ik wil het goedmaken, Petey. Ik wil proberen jou het leven te geven dat Orval en Eunice van je afgepakt hebben.'
'Ik wil niet dat je me Petey noemt!'
'Je hebt gelijk. Toen je bij me in huis kwam, wilde je dat ik je Peter noemde, maar dat heb ik niet gedaan. We zijn geen kinderen meer. Jij bent Peter.'
'Nee! Ik wil ook niet dat je me Peter noemt.'
Ik staarde naar de trekker van het geweer en maakte een kalmerend gebaar. 'Oké, wat je maar wilt, Lester.'
'Ik bén Lester niet.'
'Dan begrijp ik het niet meer. Wie ben je dan?'
'Brad.'
De duistere intensiteit in zijn blik maakte duidelijk hoe serieus hij het meende. Ik had zijn leven verwoest. Nu had hij

het mijne gestolen. Hij had mijn vrouw en mijn zoon gestolen en zichzelf daarmee overtuigd dat hij ook mijn identiteit overnam. In zijn hoofd was hij mij. Toen me duidelijk werd hoe verschrikkelijk zijn waanzin was, voelde ik me wankelen op mijn benen. 'O, wat vreselijk. God sta je bij,' mompelde ik.

'Nee.' Zijn toon liet er geen twijfel aan bestaan dat hij de trekker ging overhalen. 'God sta jóú bij.'

19

Door de klap werd ik de struiken in geslingerd. Maar die klap kwam niet uit het geweer. Uit het huis. Toen het hele gebouw explodeerde, werd ik door de schokgolf van mijn benen getild en in het struikgewas gesmeten. Wrakstukken vlogen in het rond, boomtakken braken af, bladeren vlogen in het rond.

Vagelijk kwam ik net zoveel bij mijn positieven dat ik rook kon ruiken en vlammen hoorde knetteren. Ik had overal pijn. Langzaam ging ik zitten. Ik voelde me duizelig en misselijk. In mijn oren klonk een ondraaglijk gedaver.

Ik was in een greppel beland. Dat was de enige reden waarom ik de schervenregen na de ontploffing had overleefd. Overal in het rond lagen brokken walmend, brandend puin. Er stonden struiken te branden. De wind verspreidde de vlammen van boom naar boom.

Kuchend van de rook kwam ik overeind. Ik staarde om me heen, op zoek naar Petey. Ik keek naar de brandende krater waar het huis gestaan had. Waar wij net nog gestaan hadden, was hij niet meer. Hij moest ook het kreupelhout in gesmeten zijn, net als ik.

De vlammen kwamen dichterbij. Kate en Jason. Ik moest ze vinden. Toen ik dieper het bos in strompelde, bad ik dat ze verder gevlucht waren, dat ze zo ver weg waren dat het vuur hen niet bereiken kon.

En dat Petey ze niet bereiken zou. Die zou alles doen wat in zijn macht lag om hen terug te krijgen.
Tenzij hij dood was. Tenzij hij bij de klap was omgekomen. Maar waar was zijn lijk dan? Na de explosie was er nog maar zo weinig dekking over dat ik zijn lijk had moeten zien liggen. Waar was hij?
De wind dreef de rook naar me toe, zodat ik nog harder moest hoesten terwijl ik door het bos holde. Terwijl ik buiten bewustzijn was geweest, had het vuur zich snel verspreid. Het sprong van de ene boom over naar de andere. Hele struiken barstten in vlammen uit. Ik zigzagde, probeerde de vlammen rechts te ontwijken om dan te ontdekken dat er plotseling links van me een heel nieuw stuk van het bos in brand stond.
Ik wilde schreeuwen: 'Kate! Jason!' Maar ze waren in het huis zo bang voor me geweest dat ik betwijfelde of ze zouden antwoorden. Waarschijnlijk zouden ze alleen nog maar erger in paniek raken. En stel dat ze wel zouden reageren op mijn geroep, en dat Petey hen dan zou horen en naar ze toe zou gaan.
En als ik begon te roepen naar Kate en Jason, zou Petey mij horen; dan wist hij waar ík zat.
Rondom me brulde het vuur. De rook wervelde voorbij, voortgedreven door de wind. Ik hapte naar adem en struikelde een open plek binnen. Opnieuw sprong het vuur over naar de bomen tegenover me.
Hoe ver hadden Kate en Jason weten te komen? Ik herinnerde me het beekje dat ik gevolgd had, en dat het bos inliep. Als ik dat kon bereiken, als Kate en Jason het konden bereiken, dan hadden we een kans.
Maar hoe moesten we daar komen? Ik was zo geconcentreerd bezig geweest de vlammen te ontwijken, dat ik niet meer wist waar ik was. Datzelfde gold misschien voor Kate en Jason. Misschien waren ze in een kring aan het rondlopen.

Ik tastte naar het kompas in mijn shirtzak. Met samengeknepen ogen tegen de rook zette ik me in beweging in noordwestelijke richting, de tegengestelde richting van de zuidoostlijn die ik had gevolgd om bij het huis te komen. Ik stopte het kompas weer in mijn zak, bukte me voor een brandende tak die op de grond viel en rende tussen ongeschonden bomen door naar het noordwesten.

Het lawaai van de brand werd nog verergerd door het gekraak en geknetter wanneer er nog meer bomen vlamvatten. Droge stammen explodeerden van de hitte. Een enorm stuk bast en hout sprong weg van een boom rechts van me, en ik dook naar de grond toen ik besefte dat een van die klappen afkomstig was uit Peteys geweer.

Ik trok mijn pistool en zag tot mijn ontzetting hoezeer mijn hand trilde. In Denver had mijn instructrice me gewaarschuwd dat niets je kon voorbereiden op een vaste hand als je je eenmaal in een jij-of-ik-situatie bevond, hoe goed je ook kon schieten op de baan. Wanneer de angst het overnam, was de vaardigheid nergens meer.

Het vuur kwam dichterbij. Ik kon niet blijven waar ik was. Maar zodra ik me bewoog, zou Petey weer schieten. Ik dacht aan alles wat Kate en Jason doorstaan hadden, aan alles wat ik had gedaan om hen te vinden. Ik dacht aan Petey, die mij in de bergen had achtergelaten zodat ik daar dood zou gaan. Mijn spieren spanden zich van woede. Mijn hand trilde niet meer.

Ik rende naar een andere boom. Een geweerschot blies daar een stuk uit. Meteen deed ik wat Petey het minst verwacht zou hebben: ik daverde terug naar de vlammen, naar de boom waarachter ik me had schuilgehouden. Ik had het gevoel dat ik wist waar hij had staan schieten, een stel struiken waar ik nu drie kogels op afvuurde. Rook walmde om me heen. Ik hield mijn adem in en gebruikte de rook als dekking, terwijl ik naar die struiken rende en er met woede in mijn hart nog drie kogels op af stuurde. Maar toen ik tus-

sen de takken door brak, lag daar geen lijk, alleen een lege huls.
Met raspende adem ging ik op mijn hurken zitten en speurde de struiken af om te zien of daar iets bewoog. Maar alles bewoog, door de hitte van de vlammen en door de wind. De lege huls. Hoe vaak had Petey nu op me geschoten? Tweemaal, wist ik. Hoeveel patronen gingen er in een geweer? In de wapenwinkel waar ik les had gekregen, had ik gehoord dat de meeste geweren vier patronen in het magazijn hadden en één in de kamer. Peteys shirtzakken hadden niet bol gestaan van de reservepatronen. Voor zover ik wist, had hij nog minimaal drie schoten over.
Mijn rug werd zo heet dat ik verdere dekking moest zoeken. Laag bij de grond blijvend sloop ik naar een andere groep struiken, maakte gebruik van de rook rondom me en rende naar een boomstam. Wam! De bovenkant van de dode boomstronk ontplofte. De schokkende pijn in mijn linkerschouder voelde aan alsof ik door tientallen wespen tegelijk was gestoken. Ik dook al vurend achteruit. Ik viel op de grond en hoopte dat datgene wat me geraakt had, stukken hout van de stronk waren. Maar het bloed op mijn schouder vertelde me dat ik was geraakt door metalen kogels. De enige reden waarom mijn arm niet van de schouder was geblazen, was dat Petey van grote afstand had geschoten. In de verwarring van de rook en de vlammen had hij niet goed kunnen richten. Een deel van de kogels had me geraakt, niet alles.
De wond klopte. Ik kon die arm niet goed bewegen. Maar de rest bewoog nog prima. Ik zat zo vol angst en adrenaline dat ik me naar een omgevallen boom liet rollen, in de wetenschap dat ik niet durfde blijven liggen waar ik gevallen was. Opnieuw werd mijn rug verzengd door het vuur. De rook hing overal om me heen. Maar ook Petey moest daar last van hebben. Hij zou me niet meer kunnen zien.
Ik haalde het kompas uit mijn zak en keek erop. Ik deed mijn

best om mijn hoesten in te houden, want daardoor zou Petey weten waar ik was, en ik richtte het kompas op het noordwesten. Opnieuw ging ik op weg door de snel optrekkende wazigheid. Het zicht was nu minder dan een meter. Klaar om te schieten zodra ik een gevaarlijke schaduw zag, baande ik me een weg verder het bos in, waarbij ik regelmatig op het kompas keek.

Het bloed droop uit mijn linkerschouder. Ik voelde me licht in het hoofd. Het vuur had me bijna ingehaald. Opgestuwd door de hitte ging ik nog sneller lopen.

Ik was zo bezig om de rookwolken in te turen voor het geval dat Petey plotseling zou opduiken, dat ik niet op het terrein had gelet. De helling naar de beek was bijna twee meter diep. Ik zou erin gevallen zijn als er niet plotseling een hert vanuit de vlammen rechts van me was komen aanzetten. Ik schrok ervan. Het dier daverde me voorbij en dook naar beneden, plonsde door het water en klom aan de overkant weer omhoog.

Ik liet me omlaag zakken naar het water, en voelde de koele lucht. Het was een ondiep beekje. Ik stak het over, zonder erop te letten dat mijn wandelschoenen en mijn sokken nat werden. Ik concentreerde me op de vraag waar Petey kon zijn. Rechts van me, verder stroomafwaarts, zag ik een bewegende schaduw in de rook. Ik wilde gaan schieten, maar hield me nog net in: die schaduw kon evengoed Kate zijn als Petey.

Ik bleef richten. Mijn ogen traanden van de rook toen ik langs de loop tuurde. Ik staarde naar de rook en wachtte tot de schaduw duidelijker zichtbaar zou worden.

Hij verdween. Wie het ook was, hij of zij was vanuit de beekbedding omhooggeklommen, het bos weer in. Ik hield gelijke tred met de schaduw, werkte me de helling op en strompelde door smeulend kreupelhout, op zoek naar de schaduw die op een gegeven moment weer in het zicht moest komen.

De hele tijd dacht ik: als het Kate was geweest, had ik toch een kleinere schaduw aan haar zijde moeten zien? Jason? Niet als hij aan de andere kant van Kate liep.
Ik moest er zeker van zijn voordat ik de trekker overhaalde. Ik liep verder tussen de bomen door, knipperde de tranen uit mijn door de rook geïrriteerde ogen en staarde naar het vage bos rechts van me. Daar bewoog iets. Even ving ik een glimp op van Peteys baard. Hij hief zijn geweer op. Ik haalde de trekker over.
Meteen werd ik bijna verblind toen een windvlaag de vlammen over mijn hoofd opjoeg. Bomen en struiken vlogen in brand voor me. Ik voelde de hitte-explosie mijn haar schroeien, en ik struikelde achterover. Ditmaal verloor ik mijn evenwicht. Toen ik de beekoever af viel, landde ik op mijn gewonde schouder. Ik moest op mijn tanden bijten om het niet uit te schreeuwen. Ik rolde door naar het water en kwam pijnlijk tot stilstand.
Met opperste inspanning wist ik overeind te komen. Ik had mijn kompas laten vallen. Ik kon het niet meer vinden. Niet dat ik daar nu nog iets aan gehad had. Met het vuur voor en achter me en Petey waarschijnlijk rechts naast me, was er nog maar één veilige richting: naar links, langs het water. Ik had geen idee of ik hem geraakt had. Maar als dat niet zo was, zou ook hij de beek in moeten, en dat betekende dat hij mijn kant uit kwam. Nu hoefde ik alleen een bocht in de stroming te vinden. Daar kon ik dan in een hinderlaag gaan liggen.
Ik wist niet meer hoe vaak ik geschoten had. Mijn pistool was misschien al bijna leeg. Ik probeerde mijn handen niet te laten trillen toen ik op een knop aan de zijkant drukte, het magazijn liet vallen, het reservemagazijn uit de tas rond mijn middel opdiepte en het in de handgreep ramde, klaar om weer te schieten.
De hele omgeving kleurde grijs. De rook werd dichter, en ik moest vechten om lucht te krijgen. Het vuur zoog de zuur-

stof op. De vlammen kwamen dichterbij. Ik was bang dat ik het bewustzijn zou verliezen. Ik wankelde langs het water, probeerde op de oever te blijven zodat ik geen geluid zou maken in het water. Maar mijn duizeligheid werd verergerd door bloedverlies. Ik kon niet meer bepalen waar mijn zware schoenen neerkwamen. Soms plonsde ik door het water, soms glibberde ik door de modder.

De hete lucht brandde in mijn neusgaten. Ik ging een bocht om. De helling bood enige bescherming tegen de vlammen rechtsboven me. Nog een bocht, en koele lucht sloeg tegen mijn gezicht. Ik was bij een stuk van de beek gekomen dat nog niet was ingesloten door het vuur. Die koelte was het heerlijkste dat ik ooit gevoeld had. Ik zoog mijn longen vol, in de hoop dat daarmee ook mijn gedachten helderder zouden worden, dat ik die vlekken voor mijn ogen kwijt zou raken.

Toen de frisse lucht het grijs voor mijn ogen had weggenomen, kwam ik wankelend tot stilstand bij de aanblik van voetafdrukken in de modder. Twee stel. Een volwassene. En een kind. Ze volgden de stroom, net als ik.

Kate. Jason.

Ik draaide me als gestoken om toen ik snelle voetstappen door het water achter me hoorde plonzen. Maar toen ik mijn pistool richtte, bleek het niet Petey te zijn maar een hond, volkomen in paniek. Hij rende verder langs het water. De lucht werd weer heet. De vlammen kwamen naderbij.

Ik rende in de richting van de voetstappen. Er was een boom over de bedding gevallen. Ik dook eronderdoor, rechtte aan de andere kant mijn rug en kreunde toen er iets zwaars over mijn voorhoofd sloeg. Het was zo'n klap dat ik duizelend achterover wankelde, tegen de stam aan. Versuft zakte ik op mijn knieën in het water. Bloed sijpelde langs mijn gezicht. Ik probeerde mijn wazige blik helder te krijgen.

Met een krankzinnige blik in haar ogen door de drugs stond Kate over me heen gebogen, een knuppelvormige tak geheven om me nogmaals te slaan. Jason stond tegen haar aan gedrukt.

'Nee, Kate.' Met afgrijzen constateerde ik hoe veraf mijn verzwakte stem klonk. 'Niet doen. Ik ben het.'

'Gore klootzak!'

Ik zag kans mijn rechterarm op te heffen voordat ze me nogmaals sloeg. De knuppel landde onder mijn elleboog, zodat de slag half afgeweerd was, maar er schoot zo'n pijn door mijn arm dat ik vreesde dat hij gebroken was.

Mijn pistool landde op de oever.

'Nee, Kate, ik ben het echt. Brad!'

'Brad!' gilde Kate, en weer sloeg ze toe.

Ik dook naar rechts en wist de klap net te ontlopen. De tak sloeg in het water. Opnieuw haalde ze uit. Ik rolde weg toen ze keer op keer de knuppel liet neerkomen.

Plotseling bleef ze met open mond staan staren.

Ik volgde haar blik.

Peteys gezicht werd zichtbaar boven de boomstam die over de beekbedding heen lag. Zijn voorhoofd zat onder het roet. Zijn haar en baard waren geschroeid. Zijn hemd was zwart van de rook. Er stroomde bloed uit zijn linkerschouder, waar ik hem kennelijk had geraakt toen ik de laatste keer de trekker overhaalde.

Zijn geweer rustte op de horizontale stam, de loop op ons gericht.

Jason deinsde achteruit.

'Als je weet wat goed voor je is, knul, dan blijf je daar staan,' zei Petey waarschuwend tegen Jason.

Ik lag op mijn rug in het water. Mijn rechterarm was onbruikbaar, waarschijnlijk gebroken door Kates rake klappen. Mijn met hagel doorzeefde linkerarm deed ook vreselijk pijn, maar die kon ik tenminste nog bewegen. Zwetend van inspanning tastte ik naar het mes in mijn riem.

Jason deinsde verder achteruit.

'Luister naar je vader,' zei Petey. 'Blijf staan.'

Jason opende zijn mond in een geluidloos gehuil.
Even later huilde Petey, maar dan hardop, toen ik onder de boom door rolde en het jachtmes diep in zijn dij plantte. Het lemmet schraapte over bot. Toen hij achteruitwankelde, ging zijn geweer af. De hagel floot langs mijn hoofd. Nee! Bang dat hij Kate en Jason had geraakt, stak ik nogmaals mijn mes in Peteys dijbeen. Zijn bloed spoot over me heen, en nu richtte ik het mes op zijn zij.
Maar hij stootte omlaag met de achterkant van zijn geweer, en raakte mijn gewonde schouder. Ik viel bijna flauw van de pijn en kon nog maar één ding doen: ik smeet mijn volle gewicht tegen zijn benen en werkte hem naar de grond, het water in. Ik kroop boven op hem en stak op zijn gezicht in, maar hij duwde me opzij en greep mijn keel. Hij drukte zo hard dat ik dacht dat mijn strottenhoofd zou breken.
De rook bereikte ons. Het vuur knetterde dichterbij. Ik liet het mes in zijn gewonde schouder zakken. Radeloos van de pijn viel hij achteruit en landde waar hij zijn geweer had laten vallen. Hij greep het, pompte er een lege patroon uit en haalde de trekker over.
Ik dook achteruit bij de klap die mijn borst aan flarden zou rijten, maar het geweer maakte alleen een klikgeluid. Het was leeg. Brullend haalde Petey uit alsof het een knuppel was, maar hij was verzwakt door bloedverlies. De klap schampte af langs mijn been. Mijn linkerarm deed nu nog veel meer pijn, en was nog minder beweeglijk geworden. Ik stak toe en miste.
Er spatte zand op toen er een schot viel.
Als één man draaiden we ons om.
Kate was onder de bomen gekropen. Wankelend op haar benen hield ze het pistool vast dat ik had laten vallen. Ze deed haar best om het gericht te houden en zag eruit alsof een klein deel van haar geest helder genoeg was gebleven om tijdens haar beproevingen te fantaseren over wraak. Normaal gesproken was het kinderspel om op deze afstand met een

pistool te schieten. Hoewel ze niets van wapens wist, hoefde ze alleen maar langs de loop te kijken en de trekker over te halen.

Maar ze zat onder de drugs, ze had al een keer gemist en nu concentreerde ze zich uit alle macht, haar ogen donker boven haar holle wangen. Het dubbele visioen van haar nachtmerrie – twee Peteys, twee Brads – moest een bedreiging hebben gevormd voor het laatste beetje gezond verstand dat ze nog over had.

'Help me,' zei Petey. 'Ik ben hier gekomen om jullie te redden. Schiet hem dood.'

Even aarzelde ze, toen richtte ze het pistool op mij.

'Alsjeblieft, Kate, niet doen,' zei ik.

Ik zag hoe haar vinger zich spande rond de trekker.

'Schiet hem dood,' zei Petey.

'Ik hou van je, Kate.'

'Ik ben je man. Doe wat ik zeg,' zei Petey.

Ze draaide zich naar Petey en schoot hem in het gezicht.

Ze nam nog een stap, haalde de trekker over en miste. Dus struikelde ze dichterbij tot ze recht boven hem stond. Ze zette het pistool op zijn borst en schoot. De volgende kogel doorboorde zijn keel. Ze richtte niet. Ze schoot gewoon waar de loop toevallig heen dwaalde. Ze schoot en ze bleef schieten. Ze was zo dichtbij dat ze niet kon missen: zijn schouder, zijn knieën, zijn kruis. Ze schoot zijn hele lichaam vol kogels, tot alle vijftien patronen in het magazijn op waren en de schuif boven op het pistool naar achteren bleef staan.

Tranen rolden over haar gezicht.

Ik zag kans overeind te krabbelen.

Maar toen ik op haar af liep om haar in mijn armen te nemen, deinsde ze angstig achteruit. Opnieuw hief ze het pistool. Ze haalde de trekker een paar maal over. Maar er gebeurde niets. Het pistool was leeg. Als er patronen over waren geweest, had ze me doodgeschoten.

Ik probeerde een geruststellend gebaar te maken. 'Het is goed. Je bent veilig. Ik doe je niets.'
Maar de duistere waanzin in haar ogen vertelde me dat ze me niet geloofde.
'Ik raak je niet aan,' zei ik. 'Maar ik wil je helpen. Alsjeblieft.' Achter me voelde ik de hitte. Ik hoorde een knetterend gebrul en keek over mijn schouder naar het vuur. 'We moeten hier weg.'
Ik deed een stap naar voren. Ze reageerde door achterwaarts naar de boom over de beek te lopen.
'Jason?' vroeg ik. 'Waar is Jason? Mijn god, is hij gewond geraakt?'
Terwijl ik wanhopig onder de boom keek waar ik Jason voor het laatst had gezien, kroop Kate eronderdoor in een poging om mij te ontvluchten. Ik dook achter haar aan en kwam aan de andere kant weer boven. Tot mijn enorme opluchting zag ik Jason naast de beek staan. Ik was bang geweest dat hij aan flarden was geschoten door Peteys laatste geweerschot.
Hij smeet een steen.
Die landde op mijn borst, maar ik was niet meer in staat om pijn te voelen. Ik wilde nog maar één ding: hem hier weg zien te krijgen.
'Het is goed, Jason. Je hoeft niet meer bang te zijn.'
Ik deed een stap in zijn richting. Maar ik zat natuurlijk onder het bloed en was geschroeid door het vuur, dus ik kan er niet veel anders uitgezien hebben dan Petey.
Hij krabbelde tegen de oever op en rende het bos in.
Uit mijn evenwicht gebracht door mijn verwondingen strompelde ik achter hem aan. Hitte en rook dreven me bijna terug toen ik door het kreupelhout wankelde.
Ik zag felle lichtflitsen in de rook. De hitte werd nog erger. Er barstte een boom in vlammen uit. Een muur van vuur bereikte de struiken.
'Jason!' Mijn stem klonk verstikt door de rook. Ik bukte me

hoestend, maar dwong mezelf om weer overeind te komen en rende langs nog meer bomen.
Even dreef de wind de rook opzij. Voor me was Jason de pas afgesneden door het aanstormende vuur. Hij draaide zich om, wanhopig op zoek naar een uitweg, maar bleef staan toen hij me zag. Ik moet er angstaanjagender uitgezien hebben dan een tweede vuurmuur. Hij dook links langs me heen en rende naar een opening in de vlammen. Toen ik op hem afsprong, dreef de wind de vlammen zijn kant uit. Ik werkte hem tegen de grond, net voordat de vlammenzee over onze op de grond liggende lijven heen spoelde. Met de laatste kracht van mijn gewonde arm sleepte ik hem het vuur uit. Hij schopte en sloeg. Toen was Kate er, en ook zij begon te slaan. 'Laat hem los!' gilde ze.
Samen tuimelden we de oever af en kwamen we in het water terecht. Ze bleven schoppen en slaan, maar ik verzette me niet. Eindelijk namen hun klappen in kracht af. Ze zakten ineen en staarden me aan. Hun ingevallen borstkassen gingen zwoegend op en neer.
'Ik hou van jullie,' zei ik.
Ze staarden.
Langzaam veranderde er iets in hun blik, alsof ze zich vagelijk een tijd herinnerden toen die woorden normaal hadden geklonken.
'Blijf even zitten. Ik moet nog één ding doen,' wist ik uit te brengen.
Toen het vuur de oever bereikte, goot ik water over me heen. Toen dook ik onder de boom door die over het water heen lag. Ik kwam bij de plek waar Petey lag. Zijn lichaam zat van top tot teen onder het bloed van de vele keren dat er op hem geschoten was.
Maar dat was niet genoeg. Hij was al eens teruggekomen. Ik moest zeker weten dat hij nu echt dood was, dat hij nooit meer terug zou komen, zelfs niet in mijn nachtmerries.
Ik greep zijn voeten, maar mijn gewonde armen waren zo

stijf geworden en deden zoveel pijn dat ik geen kans zag om hem de oever op te slepen. Ik probeerde het uit alle macht, maar het lukte niet. Net toen ik het wilde opgeven, zag ik Kates handen verschijnen. Verbaasd keek ik haar aan, maar ze zei geen woord. Zwijgend hielp ze me om Petey de oever op te slepen.

We gooiden hem in de richting van het vuur. Zijn lijk vatte meteen vlam. Toen pas struikelden we terug, de stroom weer in. Beneden aangekomen viel Kate, maar ik mocht haar niet aanraken om haar overeind te helpen. Op veilige afstand van mij zetten zij en Jason het op een rennen.

Met ons drieën lagen we nog een hele tijd in het ziekenhuis. Ik werd ondervraagd door de politie en de officier van justitie, die wilden weten waarom ik de politie niet achter Petey aan gestuurd had. Ik deed mijn best om duidelijk te maken dat het allemaal heel anders was gegaan dan ik me voorgesteld had. Hoe kon ik uitleggen dat ik bang was dat Kate en Jason niet gered zouden zijn als de politie erbij kwam, maar dat ze dan juist aan hun einde gekomen waren? Ondanks mijn herhaalde ontkenningen hielden ze vol dat mijn motief woede was geweest, dat ik vastbesloten was geweest om zelf met Petey af te rekenen.

Dus moest ik voor de rechtbank verschijnen en, zoals mijn advocaat uitlegde: ik kon ervan beschuldigd worden dat ik in feite het recht in eigen hand had genomen. Maar ik twijfel of er in de jury ook maar één iemand zat die na een blik op mijn gebroken arm in de mitella en de brandwonden op mijn gezicht niet vond dat ik al genoeg meegemaakt had. Kate en Jason hadden zeer zeker meer dan genoeg meegemaakt. In hun ogen lag die opgejaagde blik van oorlogsvluchtelingen.

Pas na drie weken mochten we weg. Ik betaalde iemand om de Volvo terug te rijden naar Denver terwijl Kate, Jason en ik vanuit Columbus naar huis vlogen. Onze vrienden verwelkomden ons. Ze belden. Ze kwamen langs. Ze hielden een feest voor ons. We bedankten ze. Maar in feite waren we zo verschrikkelijk getraumatiseerd dat we niet sociaal konden doen. We konden het amper opbrengen om te glimlachen en over koetjes en kalfjes te praten, en wat betreft de serieuzere gespreksonderwerpen: als iemand informeerde naar de details van wat er gebeurd was, konden we daar nog niet over praten. Na een tijdje was het nieuws van onze terugkeer eraf. Telefoontjes, bezoek en uitnodigingen werden

minder. Uiteindelijk waren we aan onszelf overgeleverd.
Jason bleef zo stil dat ouders van vriendjes het niet prettig vonden als hij nog met hun kinderen omging. Kate werd al zenuwachtig als ze het huis uit moest. Na verloop van tijd probeerde ze het niet eens meer. Het enige goede was dat ik niet meer als gevaarlijk werd beschouwd toen ik mijn baard had afgeschoren en toen de drugs waren uitgewerkt en Kate en Jason zagen dat ik Petey niet was. Maar nog steeds zorg ik ervoor dat ze kunnen zien aankomen dat ik ze ga aanhalen.
Ik heb geprobeerd eerlijk te zijn tegenover mezelf. Ik heb mijn best gedaan om te begrijpen wat er gebeurd is, in de hoop dat ik ermee kon leren leven. Maar soms vraag ik me af of het wel mogelijk is om te leren leven met wat Petey – Lester – ons gezin heeft aangedaan. Vreemd dat ik ooit zo mijn best had gedaan om te ontkennen dat Petey Lester was, en dat ik nu moest accepteren dat die twee een en dezelfde waren. Mijn broer was een hele tijd geleden al doodgegaan. En dat kwam door mij.
Soms, als Kate en Jason het niet merken, observeer ik ze, probeer ik te kijken of ze al beter worden. Onopvallend probeer ik te zien wat zich achter hun ogen afspeelt. Ik kijk in de spiegel en probeer te zien wat zich achter mijn eigen ogen afspeelt. Dragen we de duisternis in ons?
Een paar dagen geleden kwam Payne langs, een welkome bezoeker.
Ik informeerde naar zijn vrouw. 'Gaat het? Wat was de uitslag van de biopsie?'
'Die knobbel in haar borst was een cyste, goddank.'
Pas toen merkte ik dat ik mijn adem ingehouden had. 'Ik ben blij dat er nog goede dingen gebeuren,' zei ik.
In de achtertuin liet Payne zich neer op de chaise longue waar Petey een jaar geleden had gezeten, waar hij naar ons slaapkamerraam had zitten staren.
Kate bracht twee glazen ijsthee.

We deden alsof we niet merkten dat haar handen trilden en dat de ijsklontjes ratelden in de glazen.
'Dank je,' zei ik.
Toen ik haar schouder even aanraakte, glimlachte ze zowaar.
Payne keek haar na toen ze het huis weer inliep. 'Heeft ze hulp?'
'Van een psychiater? Ja,' zei ik. 'Wij alle drie.'
'En helpt dat?'
'Van mijn eigen therapeut moet ik een dagboek schrijven waarin staat wat er gebeurd is en wat ik daarbij voelde. Ik praat er zowat iedere week met hem over. Helpt dat?' Ik haalde mijn schouders op. 'Hij zegt van wel, maar ik heb nog niet voldoende objectiviteit om dat te kunnen beoordelen. Hij zegt ook dat we niet kunnen verwachten dat het snel over zal gaan, want het trauma zelf duurde een hele tijd.'
'Klinkt aannemelijk.'
'Kate is vandaag in haar eentje naar de supermarkt geweest.'
Payne keek niet-begrijpend.
'Dat is een hele stap,' legde ik uit. 'Ze is bang in de buurt van mensenmassa's en onbekenden.'
'En u? Gaat u weer aan het werk?'
'Dat zal wel moeten, binnenkort,' antwoordde ik. 'De verzekering dekt niet alle medische kosten. En zeker niet de gerechtskosten.'
'Maar hoe voelt u zich? Bent u eraan toe om weer aan het werk te gaan?'
Ik nam een slok ijsthee en gaf geen antwoord.
'Toen ik bij de FBI was, moest ik een keer iemand neerschieten,' zei Payne.
'Doodschieten?'
Hij concentreerde zich op zijn glas. 'Daarbij werd ik zelf ook neergeschoten. Drie maanden ziekteverlof. Een hele hoop therapie. Ik zal u weleens verteld hebben dat ik toen al die kilo's aankwam en bij de FBI wegging. Het duurde een hele tijd voordat ik me weer normaal voelde.'

'Normaal is een moeilijk woord. Ik vraag me af of ik me ooit weer normaal kan voelen. Het lijkt wel of ik in mijn vorige leven ronddoolde door een wereld vol ellende, maar te stom was om dat te beseffen.'
'En nu?'
'Volgens mij heeft Kate gelijk, dat ze zo uitkijkt voor wat er om haar heen gebeurt. Alles is mogelijk. Het ene moment stond ik nog op een bergrichel van het uitzicht te genieten. Het volgende moment duwde mijn broer me een ravijn in.'
'Voorzichtigheid is een deugd.'
'Dat heb ik geleerd, ja. U vroeg of ik weer aan het werk wilde. Ik bén al aan het werk.'
'O?' Payne keek me vorsend aan.
'Ik zorg voor mijn gezin. Het is mijn taak om van Kate en Jason te houden zoveel ik maar kan, om God te danken voor ieder moment dat ik ze bij me heb en om hen te behoeden en te koesteren en mijn best te doen om ze veilig te bewaren.'
Payne keek me een tijdje strak aan. 'Zal ik u iets zeggen, meneer Denning?'
'Zeg toch Brad.'
'Hoe beter ik je leer kennen, hoe meer ik op je gesteld raak.'